Oceani. 220

Della stessa autrice
presso La nave di Teseo

Un buon posto dove stare
L'impero della polvere

Francesca Manfredi
Il periodo del silenzio

La nave di Teseo

Il periodo del silenzio

ISBN 978-88-346-1643-7
Prima edizione La nave di Teseo febbraio 2024

Finito di stampare nel mese di febbraio 2024
presso Vela Web S.r.l. - Binasco (MI)

Prima parte
C.

Se uno vuole davvero farsi ascoltare dagli altri non deve alzare la voce, bensì abbassarla.

Julian Barnes, *Il senso di una fine*

Beckett: Ecco perché evoco un'arte che si distacchi dal dominio del possibile con disgusto, stanca delle sue deboli prodezze, stanca di fingere di essere capace, stanca di essere capace, stanca di fare un po' meglio la stessa, identica cosa, di compiere qualche passo in più su una via desolata.
Duthuit: E quale sarebbe l'alternativa?
Beckett: Esprimere il fatto che non c'è nulla da esprimere, nulla con cui esprimere, nulla da cui partire per esprimersi, nessun potere di esprimere, nessun desiderio di esprimere, unitamente all'obbligo di esprimere.

Samuel Beckett, *Three Dialogues*

Rettili

Una volta lessi, non ricordo nemmeno dove, una statistica alquanto stupida sui suicidi. La modalità di ricerca non era specificata, immagino prendesse in esame i tentativi falliti. Il cinque per cento degli intervistati sosteneva la mancanza di una premeditazione, così come l'assenza di quello che si può definire un raptus. Niente depressione maggiore, quantomeno non diagnosticata, niente crisi di panico né angoscia, no alla domanda sulla relazione conclusa in maniera traumatica, no al lutto, no, no. Il cinque per cento degli intervistati – non un numero così basso, se ci pensate – ammetteva che la decisione di togliersi la vita fosse la conseguenza di un attimo di consapevolezza, un momento epifanico. Il coltello colpito dalla luce che d'improvviso sta meglio sulla nostra pelle che sul pane. Una vasca da bagno e il rasoio appoggiato sul bordo. Una trave alla quale appendere una corda e, alla corda, il nostro collo. Immagini che contagiano la mente con quella che al momento ci sembra una promessa di purezza e perfezione.

Non ho mai tentato il suicidio – mi è sempre mancato il movente, più che la volontà – ma credo di capire cosa intendessero.

Decisi di tagliare le comunicazioni una sera di settembre, attorno alle undici. Sul momento fu una cosa banale. Non è così che iniziano tutte le cose importanti?

Ero seduta sul divano fra i miei genitori, in tv davano *Attacco al potere*. Mia madre era l'unica a seguire il film. Mio padre leggeva il giornale del giorno prima e alzava lo sguardo ogni tanto, quando il rumore si faceva più forte per via degli spari o delle esplosioni. Io ero appena rientrata da una serata al Quadrilatero, avevo bevuto due cocktail troppo dolci e troppo costosi, mangiato cibo scadente e passato il tempo a desiderare di essere a casa. Mi accorsi che stavo fissando la parete accanto al televisore, e pensai che era il momento giusto per andare a letto. Diedi un bacio sulla guancia a mia madre, che stava seduta col busto sollevato dallo schienale e gli occhi fissi sullo schermo, poi a mio padre, mi alzai e andai in camera. Mi sedetti sul letto e presi a scorrere il feed di Instagram. Gli occhi mi bruciavano, l'illuminazione era al minimo e vedevo tutto sfuocato. Mi fissai sull'immagine di un'influencer francese, in spiaggia: portava un fiore tropicale all'orecchio e lo stigma del fiore sembrava un'esca che, se osservata troppo a lungo, avrebbe risucchiato lo spettatore nella corolla, imprigionandolo in un vuoto cavo e senza fondo.

Premetti il tasto HOME una volta e poi di nuovo, a lungo, le icone delle app iniziarono a tremare. Selezionai quella da cui ero appena uscita. *Vuoi rimuovere Instagram? L'app rimar-*

rà nella libreria app anche dopo averla rimossa dalla schermata Home. Selezionai Elimina app. *Vuoi eliminare Instagram? Rimuovendo l'app, ne eliminerai anche tutti i dati.* Elimina. L'icona scomparve. Spensi il telefono e mi misi a letto. Mi addormentai subito e sognai di essere un rettile.

Settembre

Non c'è molto da dire su di me. Almeno, non c'era molto da dire. Ce ne sarebbe adesso, ma non è una cosa che voglio fare. Quando è iniziato tutto avevo ventotto anni e vivevo ancora a casa coi miei. Mi ero da poco laureata per la seconda volta, triennale in Beni culturali seguita da una specialistica in Archeologia e storia antica, con una tesi sull'epigrafia latina del Nord Africa. Lavoravo nella biblioteca pubblica del quartiere in cui abitavo, Santa Rita. Non era un posto fisso, avevo fatto la richiesta di servizio civile e guadagnavo quattrocentocinquanta euro al mese, non abbastanza per vivere da sola. Nel tempo libero navigavo su siti di antiquariato e vintage. Non ero riuscita a trovare nulla che avesse attinenza con la materia che avevo studiato se non qualche stage nei cantieri. Mi ero iscritta ad Archeologia perché da bambina ero in fissa con Indiana Jones e volevo scavare e trovare reperti. Tutti i bambini nati tra la fine degli anni settanta e l'inizio dei novanta sono stati almeno qualche tempo in fissa con Indiana Jones, però a un certo punto passa. A diciott'anni il mio sogno era ancora quello di perdermi da qualche parte nel Nicaragua e trovare resti di una civiltà scomparsa, che è il sogno di chiunque frequenti Archeologia fino al secondo semestre. Poi impari che le possibilità di finire in Nicaragua o su scavi di ricerca, in generale, sono abbastanza limitate e tutto quello che è stato prima ti sembra inutile e puerile.

Gli archeologi che conosco lavorano per la maggior parte nell'archeologia preventiva. Sorvegliano cantieri edili e stradali, impianti fognari e cavidotti, a partita IVA o con contratti precari, in cambio di compensi da fame. La sorveglianza serve perché siamo in Italia, e in Italia, come tutti sanno, apri una strada e salta fuori un reperto. È un paese piccolo e verticale, secoli di riscritture sullo stesso foglio: scavi un po' ed ecco qualcosa che non ti aspettavi. Il cosiddetto "patrimonio culturale" è in realtà un mucchio di pietre morte, che nessuno omaggia a causa dell'eccedenza e che nessuno, perciò, è in grado di tenersi stretto. Quello che tutto il mondo osserva con stupore per noi non è che un cavallo vecchio, ingombrante e costoso, improduttivo. Diceva così, più o meno, il responsabile del cantiere dove ho lavorato per il tirocinio obbligatorio dell'università. Era piemontese, di Cuneo, e pronunciava le *e* con tono nasale e le *o* tutte strette. Era strano sentirlo in mezzo agli accenti degli altri operai – calabresi, rumeni, magrebini, così concreti e vitali. La sua parlata sembrava una cosa fragile e morente, una *Mimosa pudica* della fonologia; un fossile, che sarebbe stato superato e coperto, assorbito nel sottosuolo.

Dopo il tirocinio c'era stata la laurea, discussa più o meno in segreto in uno dei giorni più caldi dell'anno. Ero tornata a casa a dare la notizia – mi ero beccata il massimo dei voti ma non la lode – e per salvarmi dalle ingiurie di mia sorella e dei miei genitori avevo detto: in università non funziona l'aria condizionata, ringraziatemi per avervi evitato questo strazio. Non era servito a nulla, e mia madre aveva domandato se ero andata vestita a quella maniera. Indossavo dei bermuda neri, una polo Lacoste e delle Superga. Le scarpe erano pulite. Mi sentivo perfettamente a mio agio.

Alla laurea erano seguite una serie di candidature di lavoro inviate a vuoto e altri stage non pagati, eccezion fatta per quella volta in cui una fondazione, a cinquanta chilometri da Torino, mi propose un contratto di tre mesi in cambio di un rimborso spese e dell'abbonamento musei. Ne avevo già uno. Lo regalai a mia sorella.

Mia sorella si chiama Elena e ha cinque anni più di me. È laureata in Economia e lavora in banca: ciò significa stipendio assicurato, malattia, ferie, tredicesima, quattordicesima e tutto quello che io non potrò mai avere. Non ho mai pensato alle sicurezze come una cosa importante, ma quando inizi a capire che il vero significato di "fa' quello che ami e non lavorerai un solo giorno della tua vita" è che ciò che ti appassiona non ti darà mai da campare, allora comincia a mancarti qualcosa. Non è davvero una mancanza, in realtà; è più una sensazione costante, una voce interiore, una consapevolezza difficilmente localizzabile – alla bocca dello stomaco, come un languore a fine pasto; o forse più nelle ossa, nei tessuti epiteliali – che ti ripete che non sarai mai come le altre persone. Magari è solo invidia per qualcosa che non ti è concesso. Ogni tanto capita di pensarci e di chiedersi dove hai sbagliato, se c'è stato un quando. Se a un certo punto hai imboccato la strada meno adeguata al bivio (ogni volta che mi trovo davanti a una scelta la mia mente visualizza *Pocahontas*, rio impervio contro corso d'acqua placido), se ne hai presa più di una, di strade sbagliate, oppure se si tratta solo di DNA, un gene recessivo rimasto silente per anni, che ti sei beccata tu alla roulette russa e che ti condannerà per sempre all'inettitudine e all'infelicità.

Comunque, Elena fa felici i miei genitori, anche se loro ce la mettono tutta per non far sentire la differenza. Quando eravamo piccole ero sicura sarebbe andata in maniera diversa. Lei era quella che piantava i capricci per mangiare, mentre io ero la bambina grassoccia alla quale tutti facevano i complimenti per il suo appetito insaziabile; appetito che stimolava qualsiasi adulto – in particolare di sesso femminile – a tentare di placarlo. Che bel periodo, quello: rimpinzata da tutti all'imbecillità, il torpore postprandiale come condizione esistenziale, le giornate che si dividevano tra il seggiolone e il lettino, i complimenti di tutti dopo aver espletato le normali funzioni fisiologiche. Nessun senso di colpa, nessuna frustrazione nell'inerzia; anzi, un motivo di vanto. Adesso, Elena ha una bifamiliare nella prima cintura di Torino, un marito che ogni fine settimana la aiuta con le pulizie, un figlio maschio di tre anni che ancora piange se lei si allontana troppo e una femmina che, sono sicura, arriverà presto. Perché quelle come lei hanno sempre un maschio e una femmina.

Dopo aver eliminato l'app dal telefono feci la stessa cosa con il profilo Instagram, poi con Facebook, Twitter, Linkedin e TikTok. Cancellai in maniera permanente la mia presenza dai social ai quali ero iscritta e svuotai il telefono dalle fotografie e dalle app inutilizzate. Uscii dai gruppi WhatsApp che non frequentavo più o non abbastanza ed eliminai le chat. Eseguii tutto in una decina di minuti, sul divano, mentre mangiavo patatine alla paprika. Con una mano tiravo fuori patatine dal sacchetto e con l'altra cancellavo i profili. Era un sollievo tornare alla schermata iniziale dei social, quella in cui ti convincono a unirti a loro mostrandoti la pagina di iscrizione. Una semplice richiesta di dati, asettica come una sala operatoria ma arredata con colori sgargianti. Poi mi fumai una sigaretta sul balcone e cercai di calcolare quanto tempo ci sarebbe voluto prima che Silvia se ne accorgesse. Usavamo i social per inviarci video divertenti o segnalarci quando qualcuno che detestavamo si metteva in ridicolo sul proprio profilo. Silvia aveva un account da ventiseimila follower che pubblicamente, a intervalli regolari, minacciava di chiudere. Capitava, di solito, quando esprimeva un parere in maniera un po' troppo colorita e la gente le si rivoltava contro. “Se dico che non mi piace il gelato, stai sicura che qualche gelataio si sente chiamato in causa, come se fosse un insulto a lui, nello specifico.” “E ha ragione,” rispondevo. “Dire che non ti piace il gelato è un insulto.” Poi aggiungevo, per consolarla, che al posto suo mi avrebbero già segnalato alle autorità competenti per violenza e diffamazione. Mi sentivo molto più giudicante. Sui social non sopportavo nessuno, nemmeno lei. Mi atterrivano i contorni che il culto di sé poteva raggiungere. Silvia li definiva deliri di grandezza. “Secondo te è possibile compiere un'azione senza farla precedere dalla formula *Me l'avete chiesto in tantissimi*? A chi si riferiscono, poi? Sembrano delle miracolate che parlano coi santi.” “E secondo te esiste qualcuno che si toglie dai social senza prima annunciarlo?" avevo rilanciato. "Stai parlando di me?" aveva squittito, fingendo di prendersela.

Si accorse che non avevo più Instagram quando cercò di inviarmi un video, e non appena non trovò il mio profilo mi chiamò per chiedere spiegazioni. Era passata una settimana dall'ultima volta che avevo aperto un social. "Me lo mandi lo stesso su WhatsApp?" le chiesi al telefono. I contenuti stupidi erano gli unici che riuscivo a tollerare, insieme ai meme a sfondo politico. Il video mostrava un setter che metteva in ordine la sua cuccia; i proprietari lo avevano vestito da cameriera, con crestina e grembiule bianco, uno spolverino di piume infilato tra le dita della zampa. Ero pronta a giurare che qualcuno avesse scritto *Sessista!* nei commenti, oppure *Violenza sugli animali!*, ma non potevo leggerli perché non ero più iscritta. "Tanto non duri," mi diceva ogni tanto Silvia, per punzecchiarmi. "Ma non preoccuparti. Troverai tutto come l'hai lasciato, quando tornerai. Forse pure peggio."

Più il tempo passava, meno ne sentivo la mancanza. Era un sollievo non dover leggere così tante futilità e scempiaggini, mi sembrava di avere un'infinità di tempo da dedicare ad altro. L'unica cosa buona dei social era che offrivano, in tempi rapidissimi, un diversivo al dolore. Potevano ricordarti che non valevi abbastanza, che non avresti mai combinato niente di buono, che non avevi nulla da mostrare, ma un attimo dopo la rabbia e l'invidia svanivano, coperte dal bisogno impellente di acquistare un paio di scarpe o un frullatore che non sapevi di volere. Adesso potevo saltare la parte negativa e concentrarmi solo sui miei bisogni. Quando non lavoravo, nelle pause, mi mettevo a navigare cercando oggetti che non avrei mai acquistato, informazioni che non conoscevo, vocaboli in lingue che non parlavo, come se avessi ancora quattordici anni e mi trovassi davanti a Internet per la prima volta. La vita insipida delle persone, le opinioni non richieste, le critiche ai social sui social, le polemiche del giorno, il livore, le informazioni non verificate, l'attivismo performativo e il *greenwashing*: tutto scorreva dentro una narrazione di cui non sai nulla, una serie tv che non segui e sulla quale tutti hanno qualcosa da dire. Hai visto l'ultimo episodio di...? No, non ne so nulla. Parliamo d'altro, per favore. "Hai fatto bene," mi dicevano alcuni. "Anche io ho passato un periodo di *social detox*. Adesso li ho riaperti, ma li uso pochissimo." E poi cambiavano discorso.

Nel mio raptus di pulizia, mi tolsi anche da Tinder. L'avevo riaperto da un anno e mezzo, qualche mese dopo la rottura con Giacomo. Mi aveva portato una decina di incontri, di cui un paio più duraturi, che però non erano andati oltre le tre settimane. Facevo sempre attenzione a non raggiungere il mese – si creano sempre dinamiche strane, dopo il mese. Più che il possesso, aveva a che fare con il vedersi dentro. Mi spaventava l'idea di me stessa che potevo dare agli altri come mi spaventavano tutte le cose su cui non avevo controllo. Spesso non comandavo nemmeno la lingua, specialmente quando provavo emozioni forti come la rabbia, l'imbarazzo o l'amore. Ogni volta che uscivo con qualcuno che mi piaceva tornavo a casa con l'impressione di aver detto troppo o troppo poco, e passavo la notte a ripercorrere tutte le frasi fuori luogo che potevo aver pronunciato, in uno stato di vergogna che mi impediva di chiudere gli occhi. Le emozioni forti non mi facevano bene, per cui cercavo di fermarmi prima di affezionarmi troppo. Di solito non avevo bisogno di grandi giustificazioni per troncare: quando dai poco, raramente ricevi indietro di più. È un lato di me che mi ha sempre salvato.

La storia con Giacomo è andata decisamente oltre il limite, ed è finita in maniera dolorosa. Ci frequentavamo da mesi, con l'idea comune del "non facciamoci prendere troppo". Proprio in quel periodo, davanti all'università, mi aveva fermato un ragazzo – doveva essere al primo anno, o forse ancora al liceo – e mi aveva messo in mano un volantino. L'avevo infilato in borsa senza guardarlo, ma ogni volta che cercavo qualcosa mi capitava tra le mani. Pubblicizzava un evento, una serata studentesca, c'era scritta la frase *And in the end the love you take is equal to the love you make*. Continuavo a ritrovarmelo davanti e a un certo punto, non ricordo nemmeno quando, mi sono arresa a leggerci un segno. È iniziato tutto così, credo. Poi, in seguito, non ci ho più creduto. Almeno, non vale uguale per tutte le persone. Mi ero sbagliata, prima: ci sono alcuni che si prodigano e ricevono solo scarpe in faccia, altri che sono affettuosi e chiamano affetto. Poi ci sono quelli come i gatti, che se ne stanno in un angolo e vengono avvicinati, coccolati, presi in braccio. E più scappano più vengono rincorsi. Non ho mai capito se è una dote innata, come il carisma o il talento, oppure se sia strategia. Non sono nemmeno sicura se sia un dono o una condanna. Che succede, insomma, quando ti stanchi di fuggire?

Anche Giacomo l'avevo conosciuto su Tinder, in un periodo in cui mi davo meno pena e non avevo problemi a conoscere gente nuova. Nelle primissime fasi di un rapporto avevo il pieno controllo: potevo essere chi volevo e mi sentivo a mio agio. Sulla app, dopo una prima analisi delle foto e delle bio – in cui eliminavo quelli con frasi motivazionali e con immagini a petto nudo, in palestra o in montagna – cercavo di non perdere tempo dietro ai messaggi; se il ragazzo dimostrava di saper gestire una conversazione, di possedere un minimo di senso dell'umorismo, facevo in modo di incontrarlo al più presto, per vedere che impressione mi avrebbe fatto di persona. Di solito, per ritenermi fortunata, bastava che riuscissero ad azzeccare i congiuntivi, che non adoperassero più anglicismi del necessario e che fossero in grado di utilizzare il tovagliolo. Più complicato era trovare qualcuno che capisse al volo che quando nominavo De Rossi non intendevo un calciatore, che non scambiasse Theodor Mommsen per una cantante post-grunge né si mettesse a ridere se gli parlavo del mausoleo di Lucilio Peto. Ma non gliene facevo una colpa: la facevo piuttosto a me, per aver scelto di specializzarmi in una materia così disgraziata. Giacomo non sapeva nulla di epigrafia, però si intendeva di cinema. Non lo diceva troppo in giro, perché è una cosa piuttosto banale, il cinema. Gli piaceva spartire quella passione così comune con pochi, a volte con nessuno. Se ne stava ore a raccogliere informazioni su questo o quel regista senza mai condividerne altre in cambio – niente forum, niente social correlati al cinema, nessun post per consigliare qualche rarità o mostrare qualche bel fotogramma. Memorizzava dettagli inutili e guardava i titoli di coda con estrema attenzione fino alla fine; amava andare alle proiezioni da solo, di solito al pomeriggio, quando le sale sono mezze vuote e gli unici spettatori sono pensionati.

La prima volta che uscimmo insieme si presentò con una felpa col cappuccio nera senza scritte né loghi e un paio di jeans scuri. Aveva i capelli tagliati cortissimi e le occhiaie, gli occhi cavi e sospetti, come gli assassini che vedi alla tv e pensi ecco, avrebbero dovuto accorgersene. Gli chiesi se avesse fatto tardi la sera prima o se fosse un serial killer. "La seconda che hai detto," rispose. "Ma lo faccio solo nel tempo libero." Aveva otto anni più di me e mi chiesi come sarei stata io, a trentaquattro anni. Era la prima volta che mi ponevo una domanda tale e glielo confessai. Ribatté avvisandomi che questo genere di pensiero è il primo segnale di invecchiamento. Poi ci sedemmo nel ristorante argentino del Quadrilatero che aveva scelto e cominciammo una conversazione di prima conoscenza abbastanza scontata, in cui io facevo battute sul nome dei piatti in modo da parlare di me il meno possibile, e lui mi raccontava un sacco di balle per rivelare di sé il meno possibile.

Ottobre

Silvia viveva sola da quando aveva diciott'anni. La sua famiglia era ancora più conformista della mia e decisamente più borghese, abitava in collina e Silvia aveva sempre odiato essere distante dalla città. Al liceo si fermava spesso a dormire da me, nella brandina sotto al mio letto della stanza che condividevo con Elena, e mia sorella non la sopportava perché Silvia rimaneva sveglia fino a tardi e voleva che le parlassimo perché il buio le metteva paura. A me faceva ridere che una ragazzona come lei, alta quasi un metro e ottanta, che avevo visto più volte fare a botte senza sforzo, avesse una fobia così infantile. Le raccontavo com'era andata la mia giornata oppure la prima cosa che mi veniva in mente e lei si addormentava col suono della mia voce. A diciassette anni aveva preso i primi lavori come indossatrice e poco dopo la maturità erano arrivati gli ingaggi per i servizi fotografici e le sfilate. Viaggiava moltissimo ma era spesso a Milano e aveva preso casa lì, insieme ad altre ragazze della sua agenzia, quelle che chiamava "fighe ignoranti" perché per loro la moda era solo un pretesto per fare soldi e mettersi in mostra, cresciute con il mito di *Gossip Girl* e Victoria's Secret e convinte che Phoebe Philo da Céline valesse giusto gli Audrey e le borse. Nel frattempo, Silvia studiava Fashion Design alla NABA e frequentava solo gente del giro, il che le aveva fatto sviluppare un'aura di superiorità e affettazione che tolleravo a malapena, perciò avevamo smesso di frequentarci. Dopo qualche anno si era stufata ed era tornata a Torino – la succursale di Milano per poveri e hipster, avevo sentito dire una volta a un compagno di Silvia, dove le *sciure* fingono di stare a Parigi e gli adolescenti a Berlino – e avevamo ripreso a vederci. La chiamavano ancora per qualche servizio di moda o di intimo – in Italia, più che all'estero – e ogni tanto si prestava come stylist, giusto per mantenere le spese. I follower di Silvia erano cresciuti durante il lockdown ma la sua agente sosteneva che fossero ancora pochi. La rimproverava di non essere costante nelle interazioni e nelle condivisioni, di iniziare rubriche o Q&A e poi di piantarli lì di punto in bianco senza addurre motivazioni, di non pubblicare abbastanza look, di essere troppo impetuosa e scurrile, di non curare la sua community. "Tutto vero," commentava Silvia rollandosi una sigaretta, il filtro tra le labbra che rendeva le vocali identiche. "I miei follower sono principalmente quarantenni arrapati e adolescenti incapaci di provvedere a sé stessi. Non sanno nemmeno usare la ricerca Google. Ed è assolutamente vero," concluse accendendosi la sigaretta, "quando dicono che la tua community ti rappresenta." Mi sentivo fortunata a non avere una community che mi rappresentasse.

Silvia si era comprata un loft in via Lagrange, metà coi soldi che non aveva sperperato e metà con quelli dei suoi genitori. Adoravo quell'appartamento; lei invece era arrivata a detestarlo: sia per i vicini che la guardavano storto ogni volta che usciva sul balcone o sul pianerottolo in maniera a loro avviso poco consona – e cioè immagino spesso, conoscendo l'insofferenza di Silvia verso le norme del senso comune, in particolare quando si trattava di collegare abiti e occasioni – sia per via dei ricordi spiacevoli, dopo una serie di relazioni trascorse e terminate tra quelle mura. Ma se era di umore allegro, mi invitava da lei e guardavamo *X Factor*, *Masterchef*, o *Pechino Express*, fumando, bevendo Tennent's, mangiando salatini e pizzette oppure gelato dalla confezione. "Sia lodata la *body positivity*," diceva. Aveva il frigo sempre vuoto tranne che per qualche birra e una decina di bottigliette di acqua frizzante e sospettavo, in maniera tutto sommato presuntuosa, che attendesse me per nutrirsi. Ci vedevamo una, massimo due volte a settimana. Se era malinconica cenavamo fuori, oppure sceglievamo un locale del centro dove andare a bere.

Il più delle sere, da quando mi ero mollata con Giacomo, restavo a casa. Guardavo un film coi miei, accontentandoci dell'offerta della tv in chiaro se eravamo troppo pigri per scegliere qualcosa su Netflix. I miei andavano a letto alle undici al massimo, e allora la casa era tutta per me. Aspettavo l'una, a volte le due, lasciavo la tv accesa con il volume al minimo e guardavo una serie a caso o un reality finché non ero troppo stanca per continuare, a volte mi addormentavo sul divano. A letto, nel silenzio totale della casa, interrotto solo dal respiro profondo dei miei dall'altra stanza, cercavo di capire se sentivo altro. Una voce imprigionata nel timpano, impronta e scia di qualche ricordo. Lasciavo scorrere il pensiero e mi arrivavano parole sconnesse, spezzate, pronunciate da voci differenti e irriconoscibili, ma piano, come se volessero farmi addormentare. E così mi addormentavo. Ma da dentro di me non arrivava nulla.

In biblioteca, quando non avevo niente da fare, osservavo le persone sedute ai tavoli. A volte, mentalmente, prendevo nota dei movimenti che facevano, e ascoltavo il rumore collegato a ognuno di essi. Non c'è silenzio in biblioteca, non come si pensa: ci sono una miriade di piccoli suoni, suoni muti o attutiti, come sotto la superficie dell'acqua. Poi, ogni tanto, la frenesia e la goffaggine emergono: una sedia tirata indietro all'improvviso, una penna che cade, un libro appoggiato troppo bruscamente, qualche colpo di tosse. Nel micro brusio di fondo, prodotto dal respiro educato di una decina di polmoni, dallo sfogliare leggero delle pagine, dall'acqua che scorre nei caloriferi, queste interferenze improvvise sono colpi di cannone. Li vedevo spalancare gli occhi, gesticolare per chiedere scusa, ricomporsi. Mi sembravano cervi fuori dal loro habitat, costretti a tenere la posizione seduta, ad adoperare le zampe per sfogliare le pagine. L'essere umano non è capace di adattarsi al silenzio, non come gli altri animali: la sua imperiosità è dimostrata anche dal desiderio di ammansire il silenzio per farne qualcosa di proprio. Qualcosa di meno pulito, che non gli ricordi in ogni momento quanto il suo intelletto sproporzionato lo renda ridicolo nei movimenti, fisicamente inetto, incapace della stessa armonica, invisibile fluidità delle bestie. Mi veniva da pensare che le convenzioni sociali non fossero altro che il disperato desiderio di recidere le nostre discendenze animali. Quando tornavo a casa ascoltavo lo stesso rumore sgraziato nelle strade, immaginandomi il silenzio delle origini, il freddo e il buio. Immaginavo le giornate infinite, come quando si è piccoli e ogni cosa è gigantesca e sorprendente.

"Che cosa vuoi?"

Elena era paziente ed educata, una persona gentile con tutti. Con me lo era un po' meno. Mi vantavo sempre, con lei, di conoscere questo suo lato che si sforzava così tanto di nascondere al resto del mondo.

Le chiedevo di vederci quando avevo bisogno di un consiglio o un riparo, ma a lei doveva sembrare che la usassi per sfogarmi e imprecare, di solito contro i miei. Capitava quasi sempre dopo un litigio. Elena era molto brava a non prendere le parti di nessuno, nel senso che non dava piena ragione né a loro né a me. Su una cosa eravamo d'accordo: i miei genitori erano pieni di ossessioni e stranezze, e andavano peggiorando.

Quel giorno però non ero da lei per lamentarmi.

"Credo sia arrivato il momento di seguire il tuo consiglio," le dissi. Era sabato e avevo preso due autobus fino a casa sua, beccandomi la pioggia tra una coincidenza e l'altra, che come sempre era in ritardo. Elena si era preoccupata talmente tanto nel vedermi capitare da lei con così poco preavviso, sfidando pioggia e mezzi pubblici, che aveva chiesto a Marco di farsi un giro con Elia e di lasciarci sole.

"Quale?" mi guardava con la testa leggermente rivolta di lato, come i cuccioli di cane.

"Credo mi cercherò una casa."

“Per conto tuo?”

“Sì.”

“Dio sia lodato.”

“Sì.”

Era saccente solo con me, ed era il nostro segreto. Davanti agli altri lei era la figlia modello, mentre io quella scontrosa e supponente. Il sarcasmo per me era una dote da coltivare, un’attitudine negativa attribuita dal caso ma che, per qualche ragione, invece che liberartene ti ci affezioni, e la tieni lì, al caldo, come quei piccoli funghi bianchi che sbucano inaspettati nei vasi di piante. Io non li strappavo mai. Per Elena invece era qualcosa di cui vergognarsi, con tutti tranne che con me. E questo, più che ogni altra cosa, mi faceva sentire lusingata. Pensavo – sapevo – che era un modo per comunicare, riservato a me e a nessun altro, un linguaggio in codice che condividevamo da quando avevamo memoria.

“Hai trovato lavoro?”

“Forse. Ho passato un concorso.”

“Un concorso? E me lo dici così?”

“A tempo determinato, eh. Cosa credi. Contratto di un anno, devo digitalizzare il catalogo. All’università però. Dipartimento di Filosofia.”

“Sembra buono.”

“Un sogno. La parte migliore è che mi pagano ben il doppio di quanto prendo ora. Novecento euro al mese, un lusso. Però, posso seguire il tuo consiglio e levarmi di torno.”

“Brava. Hai già trovato dove andare?”

“No. Ci ho pensato ieri sera. E ho preso la decisione stamattina. Sei la prima a saperlo.”

Sembrava non aspettasse altro. Prese il portatile, lo mise sul tavolo della cucina e cominciò a cercare siti immobiliari. "Da sola o in condivisione?" chiese.

"Ti pare che mi metto in casa con degli sconosciuti?"

"No, non mi pare," disse sovrappensiero. Tra i filtri deselezionò "stanza singola", "stanza condivisa". Poi mi chiese quanto volevo spendere. "Sono povera," dissi. "Non mi interessa che sia grande né che sia bella, voglio solo andarmene."

A quel punto Elena smise di digitare. "Ma è successo qualcosa?" chiese, guardandomi.

Scossi la testa. "No. È che hai ragione tu, è arrivato il momento. Ho voglia di stare da sola per un po'. E credo che anche mamma e papà non mi sopportino più."

"Non mi sconvolge. Anzi, mi sconvolge di più che tu ci abbia messo tanto a deciderti. Però," fece una pausa, le dita della mano destra ancora sul mouse, "se c'è qualcosa che non va me lo dici, sì?"

"Va tutto bene. Anzi, va meglio adesso rispetto a mesi fa. Va sempre meglio," dissi.

Elena restò ancora a guardarmi, poi riprese la ricerca. Fuori era quasi buio, tra poco non saremmo state più sole. Mi tornarono in mente i pomeriggi a casa, noi due, quando lei era abbastanza grande da avere il permesso di venirmi a prendere a scuola a piedi e cucinare la pasta anche per me, e io non ancora così presente da ricordare i dettagli; solo un senso di beatitudine infinito, dato dalla luce invernale che si trascinava sul pavimento del salotto abbandonandolo a poco a poco, la tv accesa durante il pranzo, le pubblicità dei Giochi Preziosi, le piastrelle fredde oltre il bordo del tappeto. Il senso di drammatica fine dato dai passi di mia madre nell'androne delle scale – che sapevo essere i suoi, che non avrei confuso con altri – e poi la chiave nella toppa, il rumore di un tempo che si dissolveva per riallinearsi con quello di sempre.

"Guarda questa. Trentacinque metri quadri, trecentottanta euro. Bilocale. Così non devi cucinare e dormire nella stessa stanza."

Guardai lo schermo, scorsi le fotografie. La zona mi piaceva, era comodo al centro e a un passo dalla Dora. L'annuncio diceva "libero da subito". Un quarto piano, le finestre grandi. Nessuno avrebbe potuto vedermi.

Novembre

La casa era arredata; l'essenziale, tra pezzi di recupero e mobilia da quattro soldi di grandi magazzini. La vernice in alcuni punti iniziava a scrostarsi e la cucina non era in bolla. Fu mia madre a notarlo, storcendo il naso. Quando vide che il materasso era macchiato iniziò a fare scenate. Litigammo ad alta voce, io la accusai di essere insopportabile e avere manie di controllo e lei mi rinfacciò di essere ingestibile e permalosa. La verità è che quel posto mi piaceva, mi sembrava la prima cosa sensata che facevo da un sacco di tempo e non volevo che lei la rovinasse con le sue pretese. Era una decisione mia, era tutto ciò che potevo permettermi e già mi sembrava molto. Alla fine, mia madre decise di regalarmi un materasso nuovo – chiamò personalmente il proprietario di casa perché venisse "a portarsi via quello schifo" – e io rimasi, come dopo ogni litigio, a ripetermi le parole che c'eravamo dette, quelle che avrei potuto aggiungere e quelle che avrei dovuto tacere, divisa tra la sensazione di non essere capita e la paura di avere esagerato.

Mancava solo il televisore. Ne comprai uno in offerta ancora prima di traslocare gli abiti e la biancheria. Lo sistemai in camera da letto: avevo sempre sognato di guardare i film sdraiata sotto le coperte, come facevo a casa di Giacomo. A volte ordinavamo del cibo cinese, sperando ce lo portassero in quelle confezioni a tronco di piramide che si vedevano nei film di Woody Allen. Avveniva di rado. In ogni caso mangiavamo a letto, davanti a un film. Era sempre Giacomo a sceglierlo, lasciavo fare a lui. Poi, alla fine, ne discutevamo. Se quello che avevamo visto, per qualsiasi motivo, non ci era piaciuto, cominciavamo a parlarne all'inizio dei titoli di coda. Ci scambiavamo le nostre impressioni, le opinioni sul perché non avesse funzionato, cosa mancava e cosa invece era di troppo. A volte ci divertivamo a tirare fuori spiegazioni assurde, campate per aria, tipo: "La storia sarebbe stata più credibile se la protagonista avesse avuto una bocca più piccola," oppure "È stata la poltrona. Quella poltrona color ruggine ha rovinato l'atmosfera". Ero più io a farlo, a dire il vero, mentre Giacomo era sempre in grado di analizzare i punti deboli e proporre un'alternativa valida e sorprendente. A volte stava al mio gioco, altre volte si infastidiva. Io ero brava a trovare i dettagli fuori posto, gli errori di continuità – una ciocca di capelli che tendeva a destra e poi a sinistra nell'inquadratura successiva, il lembo di una camicia di colpo sollevato, e di nuovo abbassato dopo il controcampo. Siccome non avevo molto altro con cui competere, glieli facevo notare. Le prime volte annuiva, ma poi aveva iniziato a rispondermi "Sono cazzate", lo stesso tono con cui liquidava un film da una, due stelle al massimo. Ma se il film era un bel film – uno da quattro, cinque stelle –

Giacomo mi aveva fatto promettere di non commentare. Ce ne saremmo rimasti in silenzio, a guardare i titoli di coda fino alla fine, poi avremmo spento il televisore, ci saremmo abbracciati e saremmo rimasti così, ad accomodarci nel buio fino ad addormentarci. "Se non c'è nulla da aggiungere, che senso ha parlarne? Lo rovineremmo e basta." "Ma se io non l'ho capito?" avevo protestato. "Vedi che se ti impegni ci arrivi. Basta riflettere." Riuscivo a leggerglielo negli occhi quando un film gli era piaciuto; a volte mi bastava ascoltare il suo respiro, perciò lo osservavo senza voltarmi, sprofondavo nel cuscino accanto a lui e cercavo di ragionare come ragionava la sua testa.

I primi giorni di vita nella casa nuova li passai così, a letto, ordinando cibo con le app di delivery, scaldando zuppe in scatola o surgelati. Il riscaldamento era centralizzato e la linea Internet non era installata, ma ero riuscita ad attaccarmi alla connessione della trattoria sotto casa. Era una rete protetta, ma era bastato scendere, ordinare un arrosto con patate per l'asporto, una bottiglia di vino e, nell'attesa, domandare con gentilezza la password del Wi-Fi, con la scusa di aver terminato i dati mobili del telefono. Trentasette euro mi era sembrato un prezzo più che ragionevole per una cena e una connessione ADSL, un po' lenta ma pressoché illimitata. Le bollette della luce restavano intestate al proprietario, che me le inoltrava via mail e chiedeva il rimborso tramite bonifico insieme all'affitto mensile. Il proprietario era un tipo di mezza età piuttosto strano, alto, secco e vestito sempre alla stessa maniera – pantaloni scuri in tessuto tecnico, pile grigio, impermeabile informe – che parlava poco e non conosceva l'ironia. Il giorno in cui avevo firmato il contratto ero andata con Silvia. Eravamo su di giri per via dei due cocktail a testa dell'aperitivo e avevamo parlato a voce altissima per tutto il tempo. Silvia aveva chiesto: "Nell'annuncio c'è scritto *ingresso che si disimpegna*. Vuol dire che quando non ha più voglia di fare l'ingresso si alza e se ne va?" Io avevo riso, non tanto per la battuta ma per l'assurdità della situazione, e poi avevo rilanciato dicendo che magari era un ingresso poco paziente, che non appena arrivava un ospite iniziava a sbuffare. Il proprietario era rimasto impassibile, il contratto in una mano e la penna nell'altra, il che mi aveva fatto ridere ancora di più. "È incredibile che non me l'abbia strappato davanti," avevo detto a Silvia una volta uscite. "Ma va'," aveva risposto lei. "Ci adora già. Me soprattutto." Poi si era accesa una sigaretta, me ne aveva offerta una e aveva esultato: "Hai una casa, Martinez! Non sei contenta?"

Le avevo risposto di sì, con lo stesso automatismo che ti fa rispondere *bene* a un *come stai* di circostanza. Detestavo quel genere di domanda, ma Silvia non poteva saperlo: era una delle tante cose che non condividevo con lei. Le domande di quel tipo mi facevano sentire inadeguata in un modo che faticavo a spiegare anche a me stessa.

La mattina andavo in biblioteca e controllavo furiosamente l'orario sul display del cellulare. Avevo comunicato che avrei interrotto il servizio per iniziare una collaborazione con l'università, ma il lavoro sarebbe iniziato a dicembre, per cui avevo deciso di finire il mese in corso. Rispondevo a monosillabi alle richieste che arrivavano, come se ogni parola fosse uno sforzo immane. Replicavo a gesti a chi mi chiedeva un volume e, se proprio dovevo dare consigli – quelli che già abitualmente avrei elargito sussurrando, per via del silenzio imposto –, avevo preso l'abitudine di scriverli su un foglio. Se si mostravano sospettosi o sorpresi o incuriositi, mettevo un indice davanti la bocca e abbozzavo un sorriso. Mi importava solamente di arrivare a casa, chiudere la porta a chiave e rannicchiarmi sotto il piumone, scaldare una pizza al forno aggiungendo salame piccante e mozzarella extra, tagliarla in quattro parti e divorarla, davanti a qualche film action o qualche thriller mediocre preso a prestito dal reparto audiovisivi della biblioteca. Avevo traslocato anche il lettore DVD di quando ero ragazzina e incredibilmente funzionava ancora. La domenica andavo a pranzo dai miei, mentre il sabato facevo colazione tardi e la univo al pranzo. Se faceva freddo, preparavo del brodo col dado e ci buttavo dentro due uova sbattute col parmigiano. Era il piatto che mi faceva mangiare mia madre quando avevo la febbre e stavo a casa da scuola. L'uovo a contatto col calore si rapprende e sembra di mangiare cervella di mostro.

Al pomeriggio, se mi andava, uscivo e facevo una passeggiata. Elena veniva raramente a trovarmi, di solito ci vedevamo la domenica. A volte passava a prendermi in macchina e prima di ripartire, con la scusa di usare il bagno, saliva ad accertarsi che fosse tutto a posto. Era, ci avrei potuto giurare, la maniera meno invasiva che mia madre aveva trovato per controllarmi. Mi faceva sentire come se fossi ancora adolescente. "Se trovi della polvere accanto al lavandino non buttarla, è molto costosa," le urlavo. "Cretina," rispondeva lei. "Ti serve qualcosa, piuttosto?"

Io e Silvia ci vedevamo più spesso. Adesso anche lei veniva da me, mangiavamo qualcosa insieme poi, se ci sentivamo in vena, uscivamo. Silvia aveva degli amici strani, erano abituati a dire quello che gli passava per la testa senza pensarci troppo, e da un lato li invidiavo. Erano rumorosi, si vestivano in maniera ricercata, il loro vociare riusciva sempre a sovrastare la musica e tutti finivano per accorgersi di loro. A volte pensavo che mi facessero bene, perché dopo una settimana passata nel silenzio della biblioteca e tra le voci metalliche del televisore di casa era come una terapia d'urto. Ogni fine settimana ci mettevo un po' a riabituarmi, e c'era quella sensazione di fastidio, come le pupille quando si passa dal buio alla luce diretta, o come quando ti svegli all'improvviso di notte per un bisogno impellente, tipo fare la pipì, e devi uscire dal piumone per attraversare la casa gelida. A volte avrei voluto essere un personaggio di un libro o di un film, di quelli che non hanno amici, sembrano non avere una vita, non averla mai avuta; quelli delle commedie indie romantiche, che quando incontrano l'anima gemella le dedicano ogni minuto del giorno, e ci fosse una volta in cui un amico o un parente li chiama per reclamarne la presenza. La persona più vicina alla finzione narrativa che io avessi mai conosciuto, in questo senso, era Giacomo. Aveva un'affinità speciale con il segreto, come se la falsificazione fosse il suo unico credo. Quando ci conoscemmo mi disse di lavorare come impiegato al comune e di avere tre sorelle: cambiò versione cinque volte. La cambiava di continuo, su qualsiasi aspetto della sua vita. La verità nelle sue mani era come plastilina, da formare e riformare secondo l'ispirazione del momento. Mi passava quello che aveva creato poi se lo riprendeva, senza dirmi nulla, strappandomelo di mano, e gli dava un'altra forma. Io restavo attonita, strabiliata e impotente, e aspettavo di ricevere questa nuova lavorazione della realtà. Non avevo alcun potere per distinguere il falso dal vero, né mi interessava farlo. Credevo che l'onestà fosse di una materia più dura, che non dovesse per forza coincidere con la verità e che passasse indenne attraverso ogni manipolazione. Rimanevo lì in silenzio, e aspettavo di conoscere le storie nuove che Giacomo avrebbe inventato per me, mentre lui era sempre uguale e sempre diverso ai miei occhi, un palloncino modellabile – ora fiore, ora cane, farfalla. Mi diceva di non avere amici, poi di averne solo di anziani, o in nazioni lontanissime; il suo cellulare – un Nokia di vecchia generazione senza connessione Internet – squillava di rado. Non aveva i social, non appariva inserendo il suo nome nei motori di ricerca. La famiglia non l'ho mai conosciuta, perciò non ho mai scoperto se avesse davvero fratelli o sorelle, che tipi fossero i suoi genitori, se li avesse mai avuti. Credo che verso la fine del nostro rapporto si fosse stancato lui per primo e volesse pian piano abbattere le barriere che aveva alzato. Fu la mia curiosità a spiazzarlo: non verso la reale natura dei fatti, ma verso il gioco che proprio lui aveva iniziato. Ormai chi era davvero non mi interessava più. Nella completa finzione, anche io potevo essere chi volevo, o meglio, potevo essere nessuno. Era la prima volta che mi sentivo così capita. "Qua è dove ho fatto il liceo," mi aveva detto una volta mentre passeggiavamo sul lungo Po, prendendomi la mano. "Me l'hai già detto," avevo risposto. "Non vale ripetersi." Poco prima avevamo litigato – era partito tutto da una cosa futile, l'avevo preso in giro perché non mi aveva risposto a un messaggio – e lui mi aveva chiesto: "Hai paura che frequento altre ragazze, quando non mi faccio sentire per qualche giorno?" Avevo risposto: "Sei sempre così limpido con me. Perché non dovrei crederti?" Mi aveva lasciato la settimana seguente. L'azienda per cui lavorava avrebbe iniziato un progetto in Venezuela e lui era stato richiesto sul posto. "Azienda di cosa?" gli avevo chiesto. Lui aveva scosso la testa: "Sai che non sono bravo con la comunicazione a distanza. È giusto che trovi qualcuno più simile a te." Erano almeno due verità di fila. Avevamo visto da poco *A qualcuno piace caldo*, in cui Marilyn Monroe viene lasciata da Tony Curtis con all'incirca la stessa scusa, ma con un bracciale di diamanti a compensare. Io non mi ero messa a piangere e non lo avevo inseguito, anche se una parte di me avrebbe voluto attaccarsi alle sue gambe come fanno i bambini il primo giorno di asilo. Controllare quella parte, però, era la mia specialità. Me n'ero andata dicendogli "*Bon voyage*" e la sera avevo cancellato il suo numero e tutti gli SMS che c'eravamo mandati. Poi avevo trascorso il mese seguente a cercare su Google il suo nome, aggiungendo *Venezuela – aziende italiane Caracas – multinazionali America Latina – voli in partenza.*

I ragazzi dopo di lui mi sembravano prevedibili. Sentivo la mancanza di una sensazione precisa, una sorta di distacco dalla realtà, come un tossico ripulito che vede per la prima volta il mondo senza il filtro brillante e colorato della droga. Le persone che più di tutte mi parevano scontate erano proprio quelle che a tutti i costi tentavano di non esserlo. Finivano per reiterare gli stessi schemi, utilizzare le stesse espressioni, come in una costante sensazione di déjà-vu. Non capivo mai se ero io: soffrivo davvero di déjà-vu ricorrenti, da quando avevo sette, otto anni. Ma quando uscivo con compagnie numerose, soprattutto con gli amici di Silvia, rimanevo stordita per qualche minuto, a veder scorrere la vita davanti a me come se si trattasse di immagini di repertorio, finché quella sensazione non smetteva di rimbombare da un timpano all'altro. Se provavo a dire qualcosa, mi sembrava di avere gli occhi del locale puntati solo su di me. "Che cosa?" mi chiedevano, segnandosi l'orecchio, il che mi faceva capire che parlavo a voce troppo bassa o forse non scandivo bene le parole. Mi sembrava di non riuscire a farmi capire. Se facevo una battuta e nessuno rideva, passavo i minuti successivi a chiedermi se non mi avessero sentito o se invece avessi detto qualcosa di sconveniente. Leggevo nei loro sguardi imbarazzo e compatimento. Preferivo stare in silenzio, limitandomi a ridere alle battute degli altri e a rispondere con parole contate. Tre, massimo quattro alla volta. A volte, tornando a casa, mi mettevo a contare quante ne avevo pronunciate durante tutta la serata e mi sembravano sempre troppe. Anni prima mi sarei preoccupata del contrario.

C'era qualcosa in me che mi spingeva, nonostante tutto, a lanciarmi sulle persone per abbracciarle, a discolparle. A idealizzarle mai; era però come una sbronza, che ogni tanto saliva da qualche parte del corpo, in basso, probabilmente, e mi faceva apparire tutto più sopportabile. Era causata da un qualche spettro di verità, una breccia nella finzione che li faceva apparire autentici, che donava loro nuova dignità. Una qualche insospettabile bellezza, nascosta dietro i sorrisi marcati e le collane sovrapposte, le matite ad aumentare il perimetro delle labbra e a restringere quello degli occhi, perché avere gli occhi sbarrati è sinonimo di entusiasmo, che è sinonimo di ingenuità. A volte però si lasciavano andare a un gesto imprevisto – la mano a compiere un movimento infantile, come grattarsi il naso o sistemarsi ossessivamente una ciocca di capelli dietro l'orecchio, uno sguardo, un passo goffo, fuori asse, un sorriso meno composto degli altri, a tradire troppe gengive, denti piccoli, da latte – e quel gesto, solo per un attimo, rivelava bellezza.

Gli amici di Silvia conoscevano tutti i locali di Torino, sapevano quali erano più frequentati in quel preciso momento e quali meno, quali erano giusti per l'aperitivo e quali per tirare tardi. Capitava ancora che finissimo per fare mattina; uscivamo da un locale con la musica assordante per fare colazione insieme, respinti sul fiume che inizia a riflettere l'alba, la città che si stiracchia e si lava, le prime persone a passeggio coi cani. Mangiavamo pizze al taglio, parlavamo con frasi sconnesse, avevamo il trucco sbavato e i capelli in disordine. Io sentivo freddo e sognavo il mio letto. Rientravo da sola, con la musica nelle cuffie, mettevo su gli Air in ricordo di una notte di anni prima, quando ancora facevo l'università, e io e una mia compagna di corso eravamo finite a casa di un ragazzo che conoscevamo di vista, c'era un sacco di gente e si era finiti a bere e a fumare e uno di loro che suonava in un gruppo aveva messo *Playground Love* su Spotify. Arrivavo a casa e mi tuffavo sotto il piumone, e il caldo e il silenzio gracile del mattino presto mi facevano dimenticare il modo in cui ero sicura di aver rovinato tutto.

Di sera, tre volte a settimana, mi facevo un bagno caldo. Ero molto grata ai proprietari dell'appartamento per aver installato una vasca. Aggiungevo all'acqua i sali e le perle, facevo le cose per bene. Di solito mettevo su un po' di musica, oppure portavo il computer e lo sistemavo su un tavolino da vasca che avevo comprato all'Ikea e mi guardavo dei classici – Howard Hawks, Ernst Lubitsch, John Huston. Quando non avevo voglia di film c'era tutto il resto a farmi compagnia. Il silenzio spezzato dallo sciabordio regolare dell'acqua contro le pareti della vasca. Se mettevo la testa sott'acqua riuscivo a sentire le voci dal piano di sotto. Guardavano la televisione e i quiz preserali mentre cenavano, avevano due figli adolescenti e ogni tanto parlavano sopra il programma per indovinare le risposte prima del concorrente. Rimanevo così, a cibarmi di quelle onde sonore e parole sospese, finché l'aria non mi mancava.

La stanza al mattino era fredda e sapeva di nebbia. Prima di alzarmi e di uscire dal piumone guardavo video di cani. I miei preferiti erano i cani in mezzo alla neve: correvano come pazzi e poi ci ficcavano la testa dentro, azzannandola. Quando alzavano il muso era bianco, il pelo congelato a formare piccole sfere di ampiezza differente, continuavano a masticare con voracità come se fossero pezzi di carne. Le condivisioni erano migliaia. Cosa spinge le persone alla condivisione? L'avrei chiesto a Giacomo, se solo avessi potuto ancora usare il suo numero. Mi avrebbe detto che era il tempo in cui viviamo, la gente sta in piedi solo se riceve conferme. Ma io pensavo che ci fosse dell'altro. Litigavamo spesso sul ciò che pensavamo degli altri, se le persone fossero più deboli o più sole. Io sostenevo che trovarsi a badare a se stessi fosse la paura che più accumunava gli esseri umani, che li spingeva a compiere azioni inspiegabili, ed era per questo che non li capivo e finivo per sentirmi sola. Per tanti, diceva Giacomo, la solitudine equivale a sparire. Era per paura di sparire che qualcuno aveva condiviso il video del proprio cane? Era per evitare di perdersi? Forse non le persone, ma le sensazioni sì. Le sensazioni sono come sogni, impulsi transitori diretti ai neuroni, all'interno della corteccia cerebrale, non hanno alcuna possibilità di durare a meno che non vengano estirpate a forza, mostrate, decodificate.

Le giornate erano veloci, sprofondavano nella notte senza che me ne rendessi conto. Su Internet leggevo di donne diventate madri che improvvisamente avevano trovato uno scopo, quasi che prima si trascinassero la vita addosso come un cappotto troppo largo, che non appena ti muovi scivola da tutte le parti. Nei film dicono sempre che l'amore ti completa. A me non era mai successo. Per anni avevo sentito la pulsione a tenermi occupata le mani, la bocca, la vista. Ma non bastava mai. Cominciavo a capire che l'unico modo per rispondere al vuoto, quando non hai di che riempirlo, è togliere ancora.

Avevo traslocato solo parte della mia roba – i vestiti di stagione e i prodotti per il bagno, i trucchi, la biancheria e le stoviglie che mia madre mi aveva rifilato, di seconda scelta ma non ancora così vecchie e rovinate da essere buttate via. Mi battei invece perché tutti i cimeli di quando ero piccola rimanessero a casa dei miei. Primo, perché nel mio minuscolo bilocale non avrei avuto abbastanza spazio. Secondo, perché non volevo contaminare i miei ricordi. I diari di scuola e i vecchi quaderni, i giocattoli ancora sopravvissuti al corso degli anni e i libri che leggevo alle scuole medie e alle elementari – erano oggetti che dovevano restare nel posto dove ero cresciuta. Negli anni avevo sommerso mia madre di disegni: quella era stata la mia vera passione dai due ai quindici anni circa, poi soppiantata dall'interesse per il sesso opposto e dalle cose futili dell'adolescenza. Ma i segni erano rimasti, nella forma di una decina di faldoni strapieni di scarabocchi e fogli colorati. Sapevo che mia madre mi voleva bene perché non aveva mai avuto cuore di gettarli.

Quando ero piccola, uno dei dubbi che più mi tormentava era relativo ai nomi delle cose. Chi aveva inventato le parole? Chi aveva deciso che l'acqua si dovesse chiamare *acqua*, il grande soffitto azzurro o grigio sopra le nostre teste *cielo* e il mezzo per vederlo *occhi*? In principio era il Verbo, diceva la Bibbia. Nella mia mente di bambina, indottrinata dai sabati trascorsi al catechismo, l'artefice doveva essere per forza Dio. Avevo fatto un disegno con le matite colorate, un uomo barbuto con una corona di luce a circondarlo, dalla cui bocca usciva una nuvoletta. Diceva: *Ho deciso che le cose che ho creato devono avere un nome, altrimenti come fate a distinguerle?* Nelle vignette seguenti, Dio faceva visita a una famiglia, aleggiando sopra le loro teste, e infondeva loro una luce fatta di lettere, una pioggia di C, di R e di A, e madri, padri e figli sospiravano, *Ecco, finalmente possiamo parlare!*, e nei disegni successivi era tutto un *Marco, passami il sale*, *Certo mamma, è sul tavolo*, con i sostantivi in stampatello, per metterli in evidenza. In un altro disegno mi ero inventata un esercizio, come quelli che trovavo nei libri scolastici. C'era scritto: *Dio sta inventando le parole, ma è indeciso. Puoi aiutarlo a dare un nome alle cose? Sottolinea i termini che esistono davvero.* Il disegno raffigurava il solito vecchio barbuto, una nuvoletta in stile balloon e un'altra nuvola, più grande, nella parte inferiore, a fargli da seduta. Nel balloon si alternavano parole di senso compiuto e lemmi inventati, tipo MALANGIA – CINCARRO – BENODO. Ogni tanto le sognavo pure, lettere scalpitanti e veloci come treni, che si rincorrevano a formare parole, alcune di queste ricevevano la grazia di essere scelte e potevano finire sulla bocca degli esseri umani, altre venivano scartate e morivano di lì a poco. Era una cosa stupida, lo so, ma ne ero davvero fissata. Leggevo e rileggevo l'edizione della Bibbia che avevamo in casa e non capivo perché alla Parola non fosse dedicato un capitolo ma solo una riga, e poi una breve apparizione a Babele, per toglierle la pace una volta per tutte. Dov'era la creazione del linguaggio? Si faceva un gran parlare dei corpi, con scheletri e busti a riprodurre l'anatomia e lezioni di scienze a dimostrare che discendiamo dalle scimmie e prima dall'acqua, come i pesci e i trilobiti, e ancora più indietro dal caos, ma nessuno a spiegarci come è nata la lingua. Mia mamma diceva: arriva dalle urla, come certe guglie di pietra scolpite dal tempo. Invece le parole, ai miei occhi di bambina, quei suoni per nulla primordiali con cui gli esseri umani si distinguevano dagli animali, si informavano e ottenevano ciò che volevano, dovevano per forza essere inventate da un'entità superiore. Qualcuno di saggissimo e poliglotta che, come Prometeo col fuoco, aveva donato le parole agli uomini, togliendoli dalla loro condizione subalterna e umiliante di animali su due zampe. Loro ne avevano fatto ciò che avevano fatto del fuoco: un'arma, ancora prima che un rifugio.

Ogni giorno, al lavoro, riflettevo su quanto ogni smania di verbalizzare fosse un modo per uscire dalla propria solitudine, e quanto la solitudine fosse qualcosa di profondamente proibito, intollerato, uno stigma sociale per il quale nessuno era interessato a combattere, al quale nessuno si sarebbe mai sognato di restituire valore, per il quale nessun movimento attivista sarebbe mai stato costituito. Nonostante su Instagram le pagine per *introverts* proliferassero, le persone che le seguivano erano le stesse che sentivano la smodata urgenza di spartire con centinaia o migliaia di sconosciuti la propria vita e i propri gesti e le preferenze, quello che una volta si sarebbe definito privato e che adesso non aveva più nessun confine, si intersecava col collettivo e poi forse, per l'eccesso di contenuti che scorrevano incontrollati su e giù per il web, tornava a essere personale, segreto, perché nessuno sente un fischio nel mezzo di un concerto, e il battito di mani alla fine di un brano ha lo stesso suono per tutti, nessuna singolarità, nessuna distinzione, solo un rumore frastagliato e polifonico, compatto nella sua irregolarità.

Perché non ero come loro? Me lo domandavo ogni volta che tornavo a casa, la musica nelle cuffie o qualche podcast per non sentire altre voci, e il mondo si muoveva davanti a me senza suono, senza storia. Nell'isolamento del mio bilocale, mangiavo noodles istantanei e navigavo sui siti di moda – aggregatori di brand, multimarca, seconda mano. Mettevo nel carrello abiti che non potevo permettermi e poi li rimuovevo. Gli utenti che vendevano i propri capi su Vestiaire Collective o su Vinted erano diventati il corrispettivo degli amici di Facebook, li distinguevo gli uni dagli altri solo attraverso lo username e la foto profilo, nei rari casi in cui era presente, minuscola e spesso presa in prestito da qualche celebrità icona di stile o personalità del mondo della moda. I vestiti che avevano indossato e ora vendevano erano i loro mezzi di comunicazione, il modo in cui la loro storia arrivava a me, solo in maniera più silenziosa, più ermetica, e mi era richiesta attenzione per comprenderla. In che occasione Hannah dei Paesi Bassi (*Venditore Affidabile, Fashion Activist*) aveva indossato un abito lungo di seta verde di Alaïa? Perché Dominika dalla Polonia (*Venditore Esperto, 132 follower e 3 seguiti*) vendeva un cardigan di Missoni mai messo, ancora con il cartellino? Sceglievo sempre venditori dall'altra parte del globo, Australia, Nuova Zelanda, Hong Kong, così al checkout le spese di spedizione e dogana erano troppo alte e mi facevano desistere. Raramente portavo a termine l'acquisto; non capitava mai che scrivessi ai venditori per chiedere informazioni. Il mercanteggio era l'unico grado di comunicazione che avevo deciso di tenere, l'unica forma di socialità che praticavo sul web. Cifre, non lettere. A volte mi mettevo a contrattare per un paio di scarpe che non era nemmeno del mio numero, solo per vedere che prezzo avrei raggiunto. Sbirciavo comunque gli altri social, anche se non possedevo più un account. Instagram e Pinterest non mi permettevano di guardare più di qualche anteprima, così non potevo seguire nessuna influencer di moda per avere dritte sui look – dritte che poi non ascoltavo perché finivo sempre per indossare jeans e pantaloni neri, maglioni larghi a tinta unita e giacche di pelle o piumini, al massimo un montgomery o un montone che avevo trovato da Humana a venticinque euro. Mi mancavano quelle ragazze, bellissime sotto la luce dei ring light e dei filtri adeguati, il fisico addomesticato da ore di programmi personalizzati, vestite di capi strepitosi di marche costosissime oppure alternative a medio budget, in posa davanti allo specchio di case arredate da professionisti, piene di oggetti di design e piante d'appartamento, pronte a rendere gli abbinamenti tra tessuti e colori, abiti e scarpe un gioco da ragazzi. Il paradiso, se mai fosse esistito, avrebbe avuto quel grado di ordine e compiutezza. Quando mi sentivo persa cercavo un paio di sandali o una gonna su Google e scorrevo gli outfit che l'algoritmo mi proponeva. Riempivo il carrello di articoli affini e poi lo svuotavo di nuovo. Sentivo il bisogno di rimanere informata per capire dove stesse andando il mondo, tendenze comprese. Leggevo molte più news. Avevo disdetto tutti gli abbonamenti, anche quelli al *New York Times* e al *New Yorker* che avevo sottoscritto da quando lavoravo in biblioteca, per permettere al tempo di passare più velocemente, e a me di non indulgere troppo nello scroll senza fine e senza scopo dei social network. Mi rimanevano i quotidiani gratuiti. Quando non guardavo film e non riempivo carrelli virtuali, rimbalzavo senza sosta da un giornale all'altro, tra agenzie di stampa, riviste, siti d'informazione. Ero ancora terrorizzata all'idea che il mondo andasse avanti senza di me. Mi detestavo per questo.

Dicembre

Il nuovo lavoro era effettivamente un sogno. Niente di più noioso e ripetitivo, ma mi permetteva di non pensare. Soprattutto, mi concedeva il lusso di non rivolgere parola ad anima viva per quasi otto ore consecutive, fatta eccezione per la pausa pranzo, in cui qualche sillaba almeno mi toccava. Ero in prova per tre mesi dopo i quali, se tutto andava bene, mi avrebbero confermato per gli altri nove fino alla scadenza del progetto. I novecento euro che ricevevo ogni mese se ne andavano per la metà tra affitto e bollette, ma fuori faceva così freddo che mi era passata la voglia di uscire, e a parte il cibo e qualche birra con Silvia ogni tanto non avevo altre spese. In più, avevo un po' di risparmi. Mettere da parte soldi era una passione che praticavo da quando ero nata – i regali di sacramenti, compleanni e lauree erano ancora sul mio conto corrente – e cercavo di accumulare spendendo il meno possibile, al netto di pochissime eccezioni. Le eccezioni erano dei premi che mi concedevo saltuariamente – perlopiù viaggi, libri d'arte antica o scarpe – annotati su un taccuino in cui segnavo entrate e uscite. Le eccezioni erano una ricompensa e una pausa dal controllo, perché sapevo che il potere che ne derivava avrebbe potuto ingurgitarmi.

La sera della vigilia di Natale andai a cena a casa dei miei, anche se avrei preferito rimanere a casa ad affogarmi di gelato in vaschetta e film natalizi alla tv. Il programma era quello di mangiare tutto quello che i miei genitori mi avrebbero messo davanti, parlare il meno possibile elencando le gioie del vivere da sola, quanto la mia scelta avesse migliorato la mia esistenza, rendendomi più responsabile; mostrare la mia maturazione sparecchiando e caricando la lavastoviglie, magari anche arrivando nel pomeriggio per dare una mano in cucina; sorridere ed essere affabile; non nominare argomenti di politica né attualità, non iniziare nessun discorso che avrebbe portato a discussioni; fare tutto questo, e poi, a mezzanotte salutare e svignarsela, confermando l'appuntamento per il pranzo del giorno dopo. Avrei percorso la strada semi deserta fino al centro per raggiungere Silvia e gli altri, per bere qualcosa e tirare fino alle quattro, cinque di notte, come era tradizione dal liceo.

Quella sera Silvia indossava una pelliccia celeste ecologica e costosissima. La piazza dove avevamo scelto di andare a bere – ogni anno ci concedevamo di cambiare locale – era piena di gente, e tutti si giravano a guardarla. Fumava le slim – unica alternativa valida a tabacco e cartine, unica che reggesse il suo stile – perché faceva troppo freddo per togliere le mani dai guanti e girarsele, anche se poi le sue mani erano sempre perfette e raramente portava i guanti. Ci si avvicinò un ragazzo, staccandosi da un gruppo di soli uomini che parlava ad alta voce, lui e Silvia si abbracciarono. Lei iniziò a fargli domande in fretta sovrapponendo le parole, lui rispondeva e ne faceva a sua volta; aveva un tono di voce che avrei volentieri cercato, ogni volta che l'insonnia non mollava.

Mi sorpresi a fissare i suoi occhi stretti e lunghi, le ciglia da donna. Silvia si rivolgeva a lui come Dani: doveva chiamarsi Daniele, o Danilo, o Daniel; speravo che il suo nome non terminasse con una consonante. Mi resi conto che mi ero presa una cotta per lui come la si prende per un attore non tanto famoso da adolescente, speravo mi lasciasse osservare senza interferire. Invece mi guardò, e Silvia si preoccupò di non essere scortese. Dani, ti presento Cristina, disse. Mi strinse la mano, aveva mani molto belle anche lui, dovevo smetterla di innamorarmi delle mani.

Iniziammo a parlare e mi chiese cosa facevo nella vita. "Ma dai!" fu il suo commento quando gli dissi cosa avevo studiato, che non seppi se interpretare in positivo o in negativo. Si chiamava Daniele. Aveva studiato Economia, come Elena, e lavorava in una società di consulenza come collaboratore a partita IVA, anche se di fatto stava in ufficio a tempo pieno. Parlava lentamente, scandendo le parole e facendo pause come per selezionarle con cura. Pensai che mi piacevano le persone che parlano lentamente. Sono sicure di sé. Si prendono il rischio di non essere ascoltate.

Mi offrì da bere e io accettai. Entrammo nel locale insieme, gli altri rimasero fuori a fumare. Mentre aspettavamo i cocktail continuammo a parlare, aveva l'aria di ascoltarmi davvero mentre io lo vedevo sfuocato, faccio fatica a mettere a fuoco le persone che trovo molto attraenti. Pensai che probabilmente a fine serata saremmo finiti a letto insieme. Di solito preferivo non aspettare troppo, se uno mi piaceva non ci giravo attorno e andavo a casa sua la sera stessa. Tutto questo nella speranza che, raggiunto l'obiettivo, non mi avrebbero più chiamato. A volte capitava che mi piacessero più del dovuto, e allora raccontavo loro episodi personali e spiacevoli, spesso inventandomeli – come a uno che avevo detto che da piccola ero stata molestata da un vicino di casa, o quella volta che avevo fatto credere di aver tentato il suicidio, ingerendo alcol e cortisone in dosi da cavallo. Non sempre funzionava. Nei giorni successivi non li cercavo, e questo, in molti di loro, agiva da stimolante anziché da deterrente. Poi c'erano alcuni convinti che gli raccontassi quelle storie come grido di aiuto, e si sentivano eletti, depositari di un segreto preziosissimo. Mi tempestavano di messaggi – *Grazie di esserti aperta così tanto con me. Non dev'essere stato facile* – e qualcuno si spingeva addirittura a chiamare. L'unica soluzione, in quel caso, era bloccarli. Quando l'avevo detto a Silvia mi aveva chiesto: dopo solo una notte? Sei così brava? Chiaramente, avevo risposto io. Basta farli sentire rifiutati. Il problema delle ragazze, sosteneva Silvia, è che se anche decidessero di andare in giro con una maglietta con su scritto *Non ti preoccupare, voglio solo scopare*, nel migliore dei casi non verrebbero credute.

Daniele era uno di quelli, pensai, a cui avrei facilmente raccontato episodi spiacevoli. Forse, se fossero stati *davvero* spiacevoli, si sarebbe allontanato prima degli altri? Mi sembrava uno senza particolari problemi nella vita, la strada spianata e piena d'amore, tipo coi genitori che ancora si tenevano per mano. Mentre ci parlavo, cercavo di capire se la sua gentilezza fosse reale o solo un modo abbastanza scontato di provare a portarmi a letto. A prima vista sembrava abbastanza sicuro di sé da non provare terrore verso una ragazza che ammetteva di gradire il sesso, ma forse era comunque troppo timido o troppo ben educato per accettare che se ne parlasse ad alta voce. Doveva avere una visione piuttosto romantica dell'amore. Era per questo che, ci avrei scommesso, non aveva mai avuto una ragazza per più di qualche mese e non le aveva mai presentate ai suoi. Oppure ne aveva avute solo due, ed entrambe le storie erano state lunghe e importanti. Mi sembrava diverso dal resto degli amici di Silvia. O forse era solo più bravo a nascondersi.

Gli dissi: sembri finto. Com'è che conosci Silvia?

Mi chiese se lo intendevo come un complimento o un insulto. Gli dissi che voleva essere un complimento, ma ero consapevole che non mi avrebbe creduto. Mi disse: lascialo decidere a me.

"Al liceo stavo con una compagna di classe di Silvia. Greta, forse la conosci anche tu."

"No."

"Meglio. Ci lasciammo perché lei mi tradì e io lo venni a sapere da Silvia. Greta chiuse sia con me che con lei, mentre io e Silvia rimanemmo in contatto."

Quindi era uno da poche storie ma importanti. Mi domandai il perché di quella mossa da parte di Silvia. Non era una da sbilanciarsi troppo, non era mai risolutiva. Avevo l'impressione che saremmo potute rimanere amiche a vita anche se avessimo smesso di divertirci a vicenda e provare interesse l'una per l'altra, come già era accaduto qualche volta. Mi sembrava che Silvia preferisse la quantità alla passione, e questa cosa mi rassicurava. Anch'io, come tutti, avevo paura di rimanere sola, di essere abbandonata, ma la mia era un'ansia che sviluppavo per una manciata di persone alla volta, mentre Silvia indiscriminatamente per chiunque entrasse in contatto con lei. Era questo che più mi legava a lei; la sua esuberanza aveva su di me un effetto antidepressivo. E poi, era bravissima a sintonizzarsi sui miei silenzi. Avveniva ogni tanto, senza che nemmeno me ne rendessi conto, di solito sulla strada verso casa, alla fine di una serata. In quei momenti mi sentivo compresa, e provavo sensazioni di calma e gratitudine come vampate benevole.

Io e Daniele svuotammo i nostri bicchieri e uscimmo a fumare. Gli altri sembravano impegnati in una discussione, ma né io né lui ci preoccupammo di capire l'argomento. Mi misi di fianco a Silvia, che mi disse "Ehi", e appoggiò per un attimo la testa sulla mia spalla. Daniele tornò fra i suoi amici, che nel frattempo avevano iniziato a chiacchierare col gruppo di Silvia e si era formato un cerchio più grande e rumoroso. Ci guardammo un paio di volte, entrambi fingevamo di ascoltare le conversazioni che procedevano in maniera scoordinata e casuale mentre qualcuno – quelli più sobri – cominciava a lamentarsi per il freddo. Verso le quattro, gli amici di Daniele decisero di andarsene. Io ero in macchina con Silvia, che era ancora presa a chiacchierare e a fare la spola tra il bancone del bar e l'esterno per fumare, così Daniele si offrì di accompagnarmi a casa. Lo disse anche a Silvia per avvertirla – lo fece al posto mio, come se non vedesse l'ora di condividere la notizia – e Silvia, visibilmente sbronza, ci disse: "Vi do la mia benedizione," e mimò il segno della croce sui fedeli come fosse il papa. Le accarezzai una manica della pelliccia e le ricordai che domani era Natale, sperando che smettesse di bere. "Domani è Natale!" esultò a una piazza ormai vuota. "Avete la mia benedizione! Procreate!" Daniele rise e le mise in mano una bottiglietta d'acqua che aveva comprato insieme all'ultimo cocktail. "È acqua santa," disse. "Bevila prima di metterti in macchina, che ti protegge."

Poi salutammo tutti e ci avviammo all'auto. Mentre camminavamo Daniele parlava e mi faceva domande, alle quali rispondevo a monosillabi dando la colpa al freddo. La verità è che avevo iniziato a sentire una voragine alla bocca dello stomaco, come se avessi bevuto un liquido corrosivo. Il cuore batteva più forte del normale e sembrava che ogni pulsazione creasse una cavità nel petto. Mi sembrava di poter digerire il mio stesso cuore.

La macchina di Daniele era nuova e pulita, come me la sarei immaginata se solo avessi avuto modo di pensarci. L'odore di concessionaria degli interni peggiorò il mio stato. Mi appoggiai al finestrino ghiacciato mentre andavamo. Avevo bisogno di una sensazione forte e sterile che mi tenesse ferma. Daniele mi chiese se andava tutto bene; gli dissi che sì, andava tutto bene ma avevo bisogno di dormire.

Mi feci portare a casa dei miei genitori. Lo salutai con un bacio sulla guancia, non molto audace ma evidentemente già troppo per il mio corpo in quelle condizioni, perché percepii netta la sensazione della mia vagina bagnarsi immediatamente seguita da una centrifuga allo stomaco. Corsi su e nella casa buia mi infilai in bagno cercando di vomitare, ma non ci riuscii. Mi misi a letto, togliendomi giusto le scarpe e i pantaloni, e aspettai di addormentarmi, mentre pensavo a Daniele e al fatto che il dolore fisico era un ottimo antidoto contro l'infatuazione.

Mi svegliai tre ore dopo con la convinzione che sarei esplosa. Corsi in bagno e vomitai, spruzzando la parete di fronte al water. Appena mi riebbi un attimo chiamai mia madre, che era già in cucina.

"Non sapevo che avevi dormito qua," mi guardò come per realizzare che fossi davvero io. "Cosa è successo?"

Le raccontai quello che era successo, mentre mi trascinavo a letto.

"Hai bevuto ieri sera? Hai bevuto molto?"

Scossi la testa. Avevo la bocca acida e sentivo che se l'avessi aperta avrei vomitato di nuovo. "Virus," dissi solo. "Bacinella."

Mi portò la bacinella come quando ero piccola. Poi, come quando ero piccola, mi esonerò dagli impegni. "Oggi resti qua a letto. Ti porto io qualcosa, del brodo magari. Intanto bevi un goccio d'acqua, vedi se riesci a trattenerla o butti fuori anche quella."

La buttai fuori. Mi diede una medicina, granuli da infilare sotto la lingua, sapevano di menta. "Febbre non ce l'hai. Vedrai che stasera stai meglio."

Mi portò un libro da leggere. "Se non ti fa male la testa. Però cerca di dormire."

La gola era in fiamme, non riuscivo a parlare. Mia madre si sedette sul bordo del letto e mi carezzò la testa. "Sei venuta a rintanarti qui per stare male, come gli animali." Amavo essere malata perché potevo avere ancora dieci anni, e godermi mia madre affettuosa e accudente che mi portava minestrine calde e mi rimboccava le coperte.

Sentivo la lingua incollata al palato. Volevo dirle qualcosa ma la voce veniva fuori bassissima, un soffio. Lei uscì dalla camera e io cercai di dormire. Poco prima di addormentarmi pensai a mia madre nell'altra stanza ed ebbi paura di avere bisogno di lei ma di non riuscire a chiamarla, paura di vomitare mentre dormivo e fare la fine di Bon Scott o di Jimi Hendrix. Pensai che avrei dovuto chiamarla per nome, Lea, tre lettere e una sillaba contro le cinque lettere e due sillabe di mamma. Ho sempre invidiato il suo nome come invidiavo i nomi brevi – mia madre, mia sorella, persino mio nipote, mentre io mi ero beccata un nome di otto lettere, una S tra la prima e la seconda sillaba che alle elementari non sapevo mai come spezzare e una R vibrante alveolare, una sfida alla pronuncia che dai tre anni di vita in avanti avevo superato spingendo al massimo la lingua contro gli incisivi superiori e producendo la replica di una trivella in azione. Mia madre per consolarmi diceva che il mio nome aveva carattere, era stato scelto in riferimento a santa Cristina anche se né lei né mio padre andavano in chiesa dalla mia comunione e a Christine de Pizan per la quale in un brevissimo momento della sua vita aveva avuto una fugace devozione. Diceva che i nomi lunghi hanno personalità, ci vuole tempo a pronunciarli e le sillabe in più contengono chi siamo. Io non volevo trasmettere personalità. Io volevo un nome breve; i nomi brevi sono puliti e introflessi. Io volevo un nome che la gente potesse pronunciare in un soffio e poi lasciarmi in pace.

Mi svegliai di nuovo nel pomeriggio, bevvi dell'acqua e la nausea sembrava essere passata. Dal salotto arrivavano le voci dei miei, Elena e Marco, le urla di Elia. Dovevano avere finito il pranzo ma si erano fermati a tavola a parlare, Elia forse giocava sul tappeto. Rimasi ferma a fissare il soffitto e ad ascoltare brandelli dei loro discorsi. Non capivo granché, la distanza attutiva e loro tenevano la voce bassa, le parole che riuscivo a carpire erano inutilizzabili prese da sole. Pregai di non sentire il mio nome. Respiravo piano, immaginando di essere invisibile. Aspettai che se ne andassero e finsi di dormire quando mia madre infilò il naso nella stanza per controllare. Non volevo parlarle per paura che mi tornasse la nausea. Mi sembrava di avere qualcosa in gola, come se il vomito avesse corroso le corde vocali. Per il resto ero sempre io, mani piedi gambe. Riuscivo a muovere tutto. Non era cambiato nulla, né dentro né fuori. Mi chiamavo Cristina. Avevo quasi ventinove anni e guadagnavo novecento euro al mese, senza possibilità di crescita. Erano più di tre mesi che mi ero tolta dai social e non ne sentivo la mancanza. Vedevo Silvia tutti i weekend, lei e i suoi amici erano le uniche persone con cui uscivo. Messa così, la mia vita sembrava davvero vuota. Non avevo più contatti con le mie compagne del liceo né dell'università, probabilmente nel frattempo erano rimaste incinte e io senza Facebook non avrei mai potuto saperlo. Mi sentivo fluttuare nella stanza, come se riuscissi a vedere tutto dall'alto. Il momento migliore della settimana era il weekend perché potevo sbronzarmi ed essere meno loquace, esprimermi solo a versi e gridolini senza che nessuno mi chiedesse di più e senza che io me ne vergognassi. Non avevo smesso di sentirmi stupida il giorno dopo per le cose stupide che facevo, la verità è che non facevo più cose stupide perché avevo imparato a controllarmi e a bere solo lo stretto necessario per essere come gli altri e tenere a bada il cervello. Tenere a bada il cervello era di gran lunga la cosa più difficile. Riuscivo meglio con le persone, il che era tutto un dire. Mentre fluttuavo, mi convinsi che dipendeva da quello che mi usciva dalla bocca. La gente è portata a condividere tutto ma non capisce che è proprio da lì che derivano i conflitti, le incomprensioni, i rimorsi. Come quando riveli un segreto e poi te ne penti. Confidarsi equivale alla masturbazione, alle abbuffate. Un atto fisiologico che a volte va fatto o che non si riesce a frenare, ma che ci fa sentire in colpa una volta terminato. Pensai quanto fosse curioso che per ogni comportamento umano e naturale ci fosse una corrente volta a controllarlo – la medicina, l'estetica, la Chiesa cattolica. La Chiesa cattolica in quanto ecumenica non faceva distinzioni: negava un po' tutto. Il confidarsi però no. Quello era suo fondamento. Mi chiesi se saremmo stati umani ugualmente, e perdonabili, se avessimo deciso di non parlarci più. Se Dio ci avesse fatto muti come salamandre, se non avesse dovuto inventare delle parole per noi, saremmo stati lo stesso i suoi figli prediletti?

Cos'è che ci costringeva a darci in pasto agli altri? A dipendere da opinioni esterne, da occhi non nostri. Com'era possibile che l'essere umano fosse così poco autonomo, così gregario? Lasciavamo tracce di noi ovunque, continuamente, come bestie in calore. L'identità non esisteva senza approvazione. L'assenso era un parametro vitale, un cibo necessario.

Pensai di chiamare mia madre, ma l'impulso si fermò in gola, prima di raggiungere le corde vocali. Sentivo i polmoni comprimersi, la nausea salire di nuovo: mi toglieva il fiato l'idea di mettere a parole un pensiero, di dover rispondere a una domanda. Non dovevo dimostrare niente a me stessa. Non mi mancava niente. Senza la voce, la lingua a riposo come un pesce che ha smesso di lottare, potevo stare al sicuro. Nel silenzio non c'è incomprensione, pensai, non c'è menzogna e neppure giudizio. Tutto era facile. Mi sembrava di essere immersa in un liquido nero e caldo.

Nel frattempo il sole stava tramontando e l'aria fuori prendeva fuoco. Io ero sdraiata a letto con le cuffie nelle orecchie, ascoltavo per la ventesima volta *Ça plane pour moi* da una playlist che avevo fatto quando ancora passavo il mio tempo sui social e mi tenevo aggiornata sui film indipendenti che tanto piacevano agli amici di Silvia. Ridevo dentro di me ogni volta che Plastic Bertrand diceva *I am the king of my divan*, fingendo che andasse tutto bene e che il mondo non stesse bruciando per combustione come sembrava a guardare dalla finestra. Avevo un déjà-vu. Mi venne in mente che alle medie o giù di lì ci avevano insegnato che in principio non era il Verbo ma il Silenzio, che se fossimo stati presenti al momento del Big Bang, più di tutto, ci avrebbe colpito l'assenza totale di suono, che se fossimo stati davvero lì in mezzo avremmo potuto sentire qualsiasi rumore del nostro corpo, dal sangue che scorre nelle vene alle cellule che si riproducono per mitosi ai pensieri che si sovrascrivono come lettere impazzite di una tastiera. Ci fecero l'esempio della camera anecoica. Io allo stesso modo dei miei compagni non sapevo cosa fosse la camera anecoica, ma a differenza loro conoscevo che suono fanno i pensieri e il sangue.

Lanciai le cuffie sul letto, la musica continuò ad andare. Mi misi alla finestra e pronunciai parole sconnesse, dirette a nessuno in particolare, per fissare per sempre nel timpano il suono della mia voce.

Ancora dicembre

L'inizio del silenzio fu anzitutto un piano elaborato. Non è qualcosa che si improvvisa, così come non si improvvisa una fuga o un atto di distruzione. C'è sempre un punto di partenza – un modello di riferimento, una ricerca web, un libro, una canzone. Un impulso che su alcuni ha un effetto e su certi un altro, specialmente se il significato del messaggio è: non fatelo. Prendete un gruppo di mille persone e portate avanti tutte le campagne informative che volete: a parità di stimoli, qualcuno di loro svilupperà l'effetto opposto a quello sperato. Un po' come coi farmaci.

Ho letto un articolo su Pete Doherty, una volta: sosteneva – non so se l'autore del pezzo o Pete Doherty stesso – che la tossicodipendenza, per lui, fosse stata un passaggio lento e ponderato, un piano lucidamente elaborato per diventare il più possibile simile ai musicisti che idolatrava. Anziché concentrarsi sulla musica, sullo studio, aveva deciso di dedicarsi all'essenza. Il problema è che il suo corpo – effetto collaterale opposto a quello sperato – remava contro di lui, non reagiva come quello dei più. Nonostante si facesse quasi regolarmente, non riusciva a sviluppare una dipendenza: era sempre lui a cercare la droga, mai il contrario. Allora si era procurato enormi quantità di crack ed eroina, si era chiuso in casa e non era uscito finché non aveva ottenuto il suo scopo: rimanerne invischiato, diventare a tutti gli effetti un tossico.

Una cosa sapevo, dalla numerosa letteratura dedicata e influenzata da, consumata a suo tempo: quando consacri la tua vita a una dipendenza, sia essa costruita per eccesso o per privazione, come l'anoressia o gli amori impossibili, quella dipendenza si prende tutto. Mi stava bene. Avrei fatto accadere la stessa cosa. Avrei permesso al silenzio di prendersi tutto ciò che al silenzio si sarebbe rimesso, come una sorta di test di ingresso retroattivo per le persone che mi stavano attorno.

Ora, ero consapevole del fatto che praticare un silenzio risoluto e sistematico mi avrebbe dato problemi con il resto della società, o almeno con quella minuscola parte della società connessa a me. Come avrei potuto giustificarlo al lavoro, ad esempio? Mi sarei concessa di adoperare la scrittura come risorsa, nei casi di assoluta necessità. Poche frasi mirate: non posso più parlare, posso continuare a venire al lavoro. Lo stretto necessario che avesse a che fare coi miei compiti. Sì, no, ho bisogno di questo testo. Una serie alfanumerica scritta su un bigliettino di settantasei millimetri per settantasei. Quella era l'unica concessione che avrei fatto al mondo, l'unica comunicazione ammessa – non la trasmissione di un pensiero, di uno stato d'animo, di un avvenimento: ma quella di una posizione, la collocazione di un oggetto nello spazio, qualcosa di indipendente dal mio volere e giudizio, non soggetto a cambiamento né a doppia lettura. Il punto era non condividere quello che accadeva in me. *Vietato condividere*, mi sarei scritta sulle braccia e sul petto, se ancora gli slogan avessero contato qualcosa in questa epoca. Ma poi avrei condiviso qualcosa, e tradito il mio stesso patto. Vedevo una parte di me, quella inflessibile, prussiana, armarsi di asciugamano insaponato e sfregare la pelle all'altra, quella mollacciona e fintamente ribelle, affinché le tracce di scrittura si cancellassero, come nella scena di *Stargate* in cui James Spader disegna sulla sabbia e la ragazza aliena si affretta a pulire, perché disegnare è vietato.

Quelli che mi preoccupavano di più erano i miei genitori. Loro ne avrebbero sofferto. Mi avrebbero chiesto perché, e altre domande a cui non avrei potuto dare una risposta. Sarei riuscita a rimanere in silenzio? Il fatto è che ero debole come lo siamo tutti, povere bestie dotate di parola che non riescono ad amministrare questa dote, come un cane non sa contenersi davanti alla ciotola piena di cibo. Si trattava di mettere in atto una guerra contro la mia stessa natura. L'avrei portata avanti con fierezza, con l'intolleranza di quelli troppo stupidi per capire l'effetto delle proprie azioni, troppo stupidi per capirne a volte anche il significato. L'avrei portata avanti soffocandomi la voce e gli istinti, e i sentimenti, soprattutto; sarei stata stoica e antisociale, nessun senso di colpa né empatia, nessuna pietà.

Ero davanti a un momento cruciale della mia vita, lo sentivo, piccole scariche elettrostatiche che mi attraversavano ogni volta che ci riflettevo e mi sentivo pronta, il cuore che spinge per uscire dal petto e si congela come quando ci si lava con l'acqua di montagna. Mi venne da pensare al modo in cui Giacomo mi spingeva a essere una persona migliore, nella maniera in cui le persone migliori sono quelle che non si accontentano, ma domandano, provano, cambiano posizione finché non trovano quella più adatta. Perché guardi questo video sul telefono quando puoi guardarlo alla tv?, ad esempio. Oppure: basta comprare un cavo più lungo. Così non ti devi alzare ogni volta che arriva una notifica quando hai il telefono in carica. Una volta mi disse, scherzando: lasciati conquistare dalla comodità, facendomi sembrare una guerriera di Sparta. Proprio lui, che mi aveva fatto innamorare attraverso i vestiti *normcore* e la frugalità tipica di chi conosce le lusinghe ma non se ne lascia tentare. Una delle balle a cui avevo deciso di credere era che i genitori di Giacomo avessero molti soldi, anche se lui preferiva non parlarne – né avrebbe potuto dirsi dal modo in cui si presentava al mondo, come capita a quelli che hanno *davvero* tanti soldi. Eppure alle piccole cose ci teneva: sapeva qual era il modo corretto per servire un branzino in crosta e quale il più comodo, e sceglieva a colpo sicuro il più comodo. Senza alcuna fatica, perché tutta quella fatta in precedenza aveva pagato. Adesso, pensavo, avrei seguito i suoi insegnamenti per la prima volta. Mi sarei scavata una tana bella profonda, impiegandoci tempo e sudore, facendomi le unghie nere, cavandomele se necessario, ma poi avrei avuto il mio rifugio. E uno di quelli dura per sempre.

Avevo trascorso le feste dai miei, contando sull'università chiusa e portando avanti la scusa del virus finché potevo. Quando non aveva più retto avevo continuato a ciondolare per la casa in pigiama e accappatoio di spugna schivando gli sguardi di disapprovazione. Stai così tutto il giorno? chiedevano i miei. Non mi sono ancora ripresa del tutto, rispondevo. Sapevo che si erano già abituati a stare soli, e la mia presenza era una sconfitta e un fastidio taciuto, come un lamento che arriva dall'appartamento accanto, che non si commenta perché si sa appartenere a un'anziana sul punto di morte. A me non importavano i loro sguardi. Ci stavo bene lì, e non avevo voglia di tornare nel mio appartamento al freddo, a prepararmi pranzi e cene da sola. La pianificazione era un lavoro a tempo pieno che mi concedeva giusto il tempo di nutrirmi due volte al giorno e fare conversazione coi miei e mostrargli che non c'era niente che non andava. Ero sicura si fossero convinti che ero depressa. Lo sembravo sicuramente, da fuori. Ma il mio cervello non staccava un attimo. Pensavo a come avrei adattato la mia vita al silenzio. A cosa avrei tenuto e cosa sarebbe cambiato. Il silenzio era un bambino non ancora nato che non avrei potuto tenere in braccio e non avrebbe mai pronunciato il mio nome, un essere fragile di cui avere cura. Studiavo le risposte che avrei dato a chi mi avesse chiesto, anticipavo con liberazione e imbarazzo il momento in cui avrei smesso di farlo. Pensavo alle persone che mi conoscevano di più. Pensavo ai miei genitori. L'avrebbero presa come una rappresaglia nei loro confronti, ed era tutto ciò che volevo evitare.

Passai la notte di Capodanno con Silvia dopo non averle risposto per tre giorni ai messaggi. Non la vedevo dalla Vigilia.

"Credevo fossi arrabbiata con me," mi disse.

"No," risposi. "Perché avrei dovuto?"

"È quello che pensavo anch'io. Non farlo più, allora. Mi preoccupo."

Silvia non mi abbracciava mai, nemmeno da sbronza, mentre io diventavo smielata e invadente. Però le capitava di dire frasi del genere, e allora mi veniva da stringerla; lei ricambiava con rapido entusiasmo seguito da immediata ritrosia. A quel punto, mi rendevo conto di essere sbronza e mi allontanavo. Credevo di darle davvero poco – non ero un granché come amica, né ero di grande compagnia, il più delle volte – e speravo di compensare in quella maniera. Mi chiesi se avrei sentito il bisogno di abbracciarla più spesso, quando avrei smesso di parlare.

"E se lo facessi sempre? Intendo, se smettessi di usare il cellulare?"

"Un altro capitolo della tua ribellione tardiva, Martinez?" mi chiamava Martinez per via di Cristina Martinez dei Boss Hog. Oltre al nome, era convinta che le assomigliassi nell'aspetto. Mi invidiava per questo. Lei invece assomigliava a Liv Tyler. La invidiavo per questo.

"No. Ma dico, è davvero così determinante?"

"Vedi un po' tu. Mi stai chiedendo se è giusto oppure no? Se era meglio quando si stava peggio?"

"Intendo il telefono come mezzo di comunicazione. Qualsiasi tipo di telefono, anche quello fisso."

"Ah, parli di preistoria."

"Quello."

"La tua domanda? Scusa, mi sono persa."

"Secondo te, è possibile farne senza? O è un punto di non ritorno?"

"Tu riusciresti a fare a meno del riscaldamento e tornare a cacciare e raccogliere bacche anziché scendere al supermercato? Non so."

"E nella nostra *amicizia*? Riusciremmo a mantenere un rapporto come facevano i nostri nonni?"

"Ma tutto bene? Che cazzo c'era in quel cocktail?"

"Rispondi."

"Che vuoi che ti dica. Non abitiamo poi così vicino. Sicuramente non mi metterei a prendere un autobus ogni volta che mi viene l'impulso irrefrenabile di sparlare di qualcuno. Oppure cosa dovrei fare, scriverti una lettera? Che fatica. Odio le persone che si oppongono a tutti i costi alla tecnologia e al progresso. Credono di essere anticonformisti invece sono solo dei reazionari noiosi."

Annuii. Eravamo in un locale in Santa Giulia, aspettavamo i suoi amici. Silvia indossava un cappotto nero lungo, sneakers Old Céline e un maglione di lana grossa. Dimostrava in questa maniera la sua intolleranza verso chi aspettava tutto l'anno il trentun dicembre per agghindarsi di paillettes: vestendosi come fosse un qualsiasi giorno dell'anno, che per lei significava scegliere fra gli abiti costosi che le regalavano i marchi di moda per cui lavorava o tra i capi fast fashion e di seconda mano che amava acquistare per poi mettere una volta soltanto. Ci eravamo trovate prima che arrivassero i suoi amici, e questo di solito voleva dire che aveva qualcosa da raccontarmi. Glielo chiesi. Sentivo fretta, una sensazione alla quale non ero abituata, che allentava i miei freni inibitori. O forse era l'alcol a stomaco vuoto.

"Cosa ti dice che ho qualcosa da raccontare?"

"Dai."

"Sai che ti detesto quando fai così, no? Non è giusto che tu riesca a leggere le persone senza dare niente in cambio."

“Cosa significa che non do niente in cambio?”

“Ci hai messo tre mesi per dirmi che ti eri mollata con Giacomo.”

“Lo so. Scusa.”

“Tre mesi.”

“Hai ragione. Possiamo tornare al discorso di prima?”

“Una volta mi insegnerai come si fa. Non ti viene da esplodere?”

“Per favore.”

“Io veramente non capisco. Comunque. Davide è ricomparso.”

Lo sapevo.

“Cosa?”

“Non ho detto niente. Vai avanti.”

Davide era il suo ex, o meglio, uno con cui aveva avuto una storia sei mesi prima. Non si era mai capito in che termini fossero. Lei ne parlava come se avesse trovato il padre dei suoi figli, lui probabilmente nemmeno sapeva il suo cognome. Avevano smesso di frequentarsi il giorno in cui lei prima gli aveva chiesto di vedersi più spesso, e poi, addirittura, aveva rilanciato chiedendogli una definizione. Principiante. Era una delle tante fissazioni che mi sfuggiva, il bisogno ossessivo di dare i nomi alle cose. Il problema, pensavo, stava davvero nelle parole.

Ora lui era tornato con una scusa qualsiasi e avevano ripreso a vedersi.

“Qual è la scusa, questa volta?” chiesi.

“Tra un mese lo mandano in Canada per lavoro. Vuole salutarmi.”

"Ti ha già dato una scadenza, quindi. Pratico."

"Molto. C'è questo senso di limite che rende tutto ancora più eccitante."

"Romantica."

"Sempre stata."

La storia più lunga di Silvia era durata nove mesi, con una ragazza americana di nome Tara. Lei era in Italia per un periodo di studio, aveva vent'anni e noi ventitré. Ci eravamo conosciute a una serata Erasmus, Tara si era avvicinata a noi e ci aveva chiesto se eravamo sorelle, poi ci aveva offerto di fumare con lei fuori dal locale. Ero rientrata per andare in bagno e quando ero uscita di nuovo Silvia e Tara erano scomparse, lasciandomi sola e strafatta. Avevo attaccato a parlare con un tipo di Madrid molto bello e molto sorridente, aveva una dentatura perfettamente bianca che mostrava a ogni mia battuta, atteggiandosi come se fosse la cosa più divertente che avesse mai sentito. Parlammo mezzo italiano mezzo spagnolo e mezzo inglese e mi feci offrire da bere tutta la sera. Ci baciammo sui divani luridi del locale poi mi chiese di andare da lui in studentato, dato che il suo compagno di stanza in quei giorni era via. Gli dissi di no perché a quel punto l'hashish aveva avuto la meglio sull'alcol e sentivo il bisogno di stare da sola. Lui ci rimase un po' male, così ci scambiammo i numeri e promisi di chiamarlo. A casa non feci altro che pensare a Silvia, come se già sapessi che qualcosa era cambiato. Durante i mesi successivi, come avevo previsto, Silvia praticamente scomparve. Seppi che Tara aveva prolungato il soggiorno in Italia, ma dopo quasi un anno di semi-isolamento, nel quale nessuna delle due lavorava, si resero conto che non potevano andare avanti così e finirono per non sopportarsi più. A quel punto, Tara tornò negli Stati Uniti e Silvia ricominciò a farsi viva; riprendemmo a vederci e fare tutto quello che facevamo prima come se quei nove mesi non fossero mai esistiti. Adesso, ogni relazione di Silvia che andava oltre le due settimane rappresentava per me una minaccia, e ogni volta che Davide tornava a farsi sentire, in cuor mio speravo non fosse cambiato. Forse anche lei lo sperava. Non era ancora il momento per relazioni a lungo termine, in fondo. Il termine *sistemarsi*, che le persone attorno a noi tanto usavano, mi faceva sentire come se fossi stata un frigorifero da aggiustare. Ero sicura che anche Silvia la pensasse uguale, anche se non ne parlavamo mai.

Ordinammo il secondo cocktail e Silvia mi chiese di Daniele. Le raccontai che la sera che mi aveva accompagnato a casa non ci avevo fatto niente perché a momenti mi vomitavo sulle scarpe, ma mi aveva scritto il giorno dopo per chiedermi come stavo e da lì avevamo iniziato a sentirci.

"E vi siete visti?" chiese.

"Non ancora."

"Ma ti piace?"

"Molto. La sera della Vigilia pensavo di stare male per causa sua."

"E invece era un virus intestinale. Bello. Perché non vi siete visti?"

"Non so. Ho avuto altri pensieri in questi giorni."

"Ho notato," disse Silvia, e fece un'espressione piccata come se ce l'avesse ancora con me, ma sapevo che stava scherzando.

Il locale aveva alzato la musica e qualcuno iniziava a ballare nello spazio lasciato libero dai tavoli, davanti al bancone. Gli amici di Silvia arrivarono alle dieci. Mancavano ancora due ore alla mezzanotte ed eravamo già alticce. Alessio, un amico di Silvia che lavorava nel Fashion Department dell'Accademia reale di belle arti di Anversa, comprò una bottiglia di Gin Mare e la fece portare al tavolo insieme a toniche e limone. Aveva degli anelli bellissimi, una felpa giallo fluo e le Tabi di Margiela ai piedi. Ci raccontò del tipo con cui si frequentava in quel momento, che lavorava per Dries van Noten ed era in una relazione aperta. Il marito era un artista. Alessio sospettava che prima o poi gli avrebbero chiesto di stabilirsi da loro, ma lui non ne voleva sapere. La casa era un loft di quasi duecento metri quadri ma, nonostante il marito avesse lo studio separato dal resto, tutti gli spazi puzzavano terribilmente di trementina. "Quella roba è tossica," diceva. "E poi l'odore passa alla pelle." Qualche tempo prima, Alessio usciva con un archeologo che curava, tra le altre cose, le collezioni del MAS di Anversa. Quando aveva saputo che mi interessavo all'argomento mi aveva raccontato che questo tizio teneva una collezione privata clandestina, nascosta in un antro della casa al quale si accedeva sollevando una candela dal doppiere, come in *Frankenstein Junior*. Mi aveva promesso che se la storia fra loro due fosse continuata mi avrebbe portato a casa sua per trafugare dei pezzi. Mi era dispiaciuto molto sapere da Silvia che si erano lasciati.

Arrivammo a mezzanotte grazie a un'altra bottiglia di gin. Il brindisi lo facemmo con dello spumante e tutto il locale interruppe la musica per fare il conto alla rovescia. Era iniziato un nuovo anno. Per un attimo, ci fu quel momento di sospensione idilliaca in cui fai gli auguri anche a persone che non conosci e vuoi bene a tutti e ti sembra davvero che qualcosa sia finito e un capitolo diverso possa cominciare. Poi ci mettemmo a ballare in maniera scoordinata e capii che ero veramente sbronza quando scambiai una canzone per un'altra e poi smisi del tutto di distinguerle. Il locale era pieno di gente ed era impossibile non sbattere contro qualcuno mentre ballavi. Gli amici di Silvia avevano formato un cerchio, ma ognuno di noi a turno lo rompeva o trascinava dentro gente a caso. Ero talmente sbronza che avevo smesso di preoccuparmi di come ballavo, e anche di guardare gli amici di Silvia per copiare il ritmo. Ci interrompemmo solo per andare a ordinare da bere di nuovo e Silvia mi chiese di uscire a fumare. Erano le tre passate.

"Tra poco vado da Davide," mi disse. "Mi ha scritto, vedi."

Fumavamo appiccicate al muro, tentando di non barcollare troppo. Faceva freddo.

"Rimaniamo finché non chiudono, come ai vecchi tempi. Secondo me tra un po' ce ne andiamo a casa tutti. Dai, fallo aspettare un po'. Te lo deve."

Mi diede ragione. Tornammo dentro e ci rimettemmo a ballare, la sigaretta aveva fatto salire di nuovo l'alcol ma adesso riuscivo a riconoscere le canzoni. Eravamo passati agli anni novanta. Tra poco sarebbe finito tutto. Dopo i Cypress Hill misero *Drinking in LA* e *Porcelina of the Vast Oceans* e *Easy* nella versione dei Faith No More come ultimo pezzo. Era la canzone che aveva chiuso tutte le nostre serate da adolescenti. Io e Silvia la ballammo spalancando le braccia e urlando il testo. Poi la musica si spense e uscimmo anche noi.

“Non mi ricordo più da che parte si va,” rise. “Prendo un taxi. Tu che fai?”

Le dissi che sarei andata a piedi. Casa mia era più vicina di quella dei miei, frugai la borsa per controllare di avere le chiavi.

“Va tutto bene, vero?” biascicò.

Io la rassicurai che sì, andava tutto bene. Poi l’abbracciai e le chiesi se le sarebbe mancata la mia voce. Se ne avrebbe sentito la mancanza, quando avessi smesso di usarla. Silvia disse solo: “Buonanotte, Ariel,” poi mi baciò sulla testa come si fa coi nipoti, gettò la sigaretta e corse verso la fermata dei taxi, dal lato opposto della piazza. Mi urlò che mi voleva bene e riuscii a sentirlo in mezzo a tutto quel casino, e pensai che non avrebbe ricordato nemmeno quello.

Rimasi a finire la sigaretta attaccata al muro e poi mi incamminai verso il mio appartamento. La strada era cosparsa di vetri e bottiglie e bicchieri di plastica, nell’aria rimbombava ancora qualche fuoco d’artificio – o forse erano solo petardi, scoppiati da un ragazzino. Arrivai a casa e mi buttai a letto senza struccarmi. L’appartamento aveva già cominciato a sapere di chiuso, i vestiti usati erano ancora ammonticchiati sulla sedia, nell’oscurità sembravano cadaveri.

Era il primo giorno del nuovo anno. Mentre le persone erano ancora per strada, in case non loro o nei locali, io mi misi a pensare a Giacomo, e mi concessi ancora due settimane prima di prendere la mia decisione.

Gennaio

Due giorni dopo vidi Daniele. Mi aveva scritto la sera di Capodanno, gli avevo risposto la mattina dopo sostenendo di non aver letto il messaggio. Gli chiesi di venire da me il giorno successivo, e da lì iniziammo a vederci ancora, un paio di sere a settimana. Rimanevamo a casa e ordinavamo da asporto, perché gli dicevo che non mi andava di uscire. Mi piaceva il modo in cui arrivava e cominciava a fare conversazione. Ogni volta mi faceva domande, e non lo faceva sembrare un lungo preambolo al sesso. Teneva molto alla sua famiglia, la nominava spesso. Ero sicura che gli avessero dato un'educazione rigida ma tutto sommato affettuosa, una morale cattolica che giustificava obblighi e limitazioni con la ricerca di amore, di carità, di rispetto per il prossimo. Il sesso occasionale doveva perciò contenere un minimo di sentimento – in quel modo, non sarebbe stato peccato. Daniele era il tipo gentile e silenzioso che ha molte amiche donne pur essendo eterosessuale; divertente senza mai essere volgare; che, una volta sbronzo, rivela insolite intolleranze per le gerarchie e le regole di ordine pubblico, e per questo non ama bere più del dovuto; discreto ma interessato alle conversazioni, meglio se con un numero ristretto di persone; a volte un po' noioso; con una propensione incurabile per le donne manipolatrici. Il genere di ragazzo che mi avrebbe fatto perdere la testa, a lungo andare, se non avessi avuto altro a cui dedicarmi. Continuavo a pensare al silenzio, e mi ero resa conto che, quando avrei iniziato, avrei fatto fatica e mi sarei sentita più sola. Avrei potuto avere bisogno di lui.

A metà gennaio, mentre si concedeva una sigaretta dopo il sesso, gli confessai il mio piano. Ci mise un po' a capire se stavo scherzando o no, e quando finalmente gli fu chiaro cercò di farmi cambiare idea. Gli spiegai che era tardi, che non era questo che gli chiedevo.

"E perché, allora? Forse faresti meglio a parlarne con qualcuno."

"Non è un grido di aiuto, non mi sto suicidando. È probabile, anzi, che non arriverò nemmeno alla prima settimana. Ma poniamo il caso che ce la faccio: avrò bisogno di compagnia, ogni tanto. Stare qui, fare sesso, guardare dei film: tutte le cose che facciamo da qualche giorno, senza impegni, quando va a entrambi. Tutto uguale a ora, meno la conversazione."

"Non sono sicuro di aver capito."

"Ti sto solo chiedendo di continuare a fare quello che stiamo facendo, avvertendoti però che dalla prossima volta ci sarà più silenzio. Tu potrai parlare, ovviamente. Ma non aspettarti una reazione."

"Ma che gioco è?"

"Ti prego, non chiedermelo. Non lo voglio spiegare."

"Quante domande ho?"

"Nessuna."

"Ok. A chi l'hai detto?"

"A te e basta. Sei il solo a portare questo peso."

"Perché?"

"Perché cosa."

"Intendo perché proprio io."

"Tra tutti gli amanti che ho? Sei quello con cui i silenzi sono meno imbarazzanti."

Restava da comunicarlo a Silvia. Ai miei e a Elena avrei scritto una lettera. Non me la sentivo di affrontarli direttamente. Non sono cose da dire ai tuoi, se non a fatto compiuto: un po' come decidere di avere un figlio. Il concepimento non è parte del discorso. Cercavo di associare esempi simili e con quelli discolparmi, perché non possedevo nessuna letteratura di riferimento. Ma a Silvia sentivo che avrei dovuto dirlo in faccia. Così la invitai da me, perché prevedevo scenate e non avevo voglia che qualcuno ci sentisse.

Invece restò piuttosto calma. Mi fece notare, con tono pacato, che quello che stavo per fare non aveva alcun senso.

"Ma questo immagino che tu lo sappia già," aggiunse.

"Sì. È che non mi sento proprio di farlo per qualcuno. Non so, è come una vocazione."

"Un voto, quindi. Fai un voto di silenzio. E cosa chiedi in cambio?"

"La redenzione dei peccati degli uomini. Non è un voto, ti ho detto. Il punto è questo: non ho nulla da chiedere in cambio. Forse una purificazione. Ma solo mia, personale. Fai conto che sia un detox dalle parole."

"Tipo quando hai deciso di smettere di bere."

"Ecco, quello era un voto."

"Per cosa, già?"

"Lascia perdere."

"Ok. È veramente la cosa più stupida che io abbia mai sentito. Ma non per i motivi che pensi."

"Non per i motivi che penso? Cioè?"

"Almeno, non solo. Mi hai detto che lo scopo è smettere di comunicare, no."

"Di condividere. Voglio sapere che si prova."

"Quello che vuoi. Il punto è che stai sbagliando metodo, Martinez. Il silenzio è un atto comunicativo. Non comunicando, comunichi qualcosa."

"Comunico il mio proposito di non comunicare."

"In ogni caso, lo stai facendo. È un paradosso."

Ci pensai su. "Hai ragione," dissi alla fine. "Mettiamola così allora: è un esperimento. Voglio capire quanto dura. Per quanto l'essere umano può essere diverso dall'animale."

"Gli animali comunicano. I cani abbaiano, i topi squittiscono, i cervi barriscono, eccetera. O forse quelli sono gli elefanti."

"E le lucertole? I conigli?"

"I conigli quando stanno per morire urlano."

"Lo so, che cosa brutta. Ma tutto il resto del tempo?"

"Non emettono versi, ma di sicuro hanno un linguaggio silenzioso."

"Un linguaggio necessario. Qualcosa che utilizzano solo in casi estremi, per avvertire di un pericolo. Non per parlare di cose futili. Non per esprimere un pensiero."

“Che c’è di male a esprimere un pensiero? Non avremmo la filosofia, sennò. Non avremmo l’arte, il cinema, la moda.”

“Non c’è niente di male. Ammiro il linguaggio necessario e quello essenziale. Il linguaggio tecnico è linguaggio essenziale. Così come quello artistico. Io però non ho nulla di essenziale da dire. Ergo, decido di tacere.”

“E tutta la comunicazione non verbale?”

“Ah, di quello non m’interessa. Il linguaggio del corpo, dici? Il fatto che ti gratti il naso quando stai dicendo una bugia? È del tutto involontario. Controllerò quello su cui avrò consapevolezza, sul resto non ho potere. Ho dei limiti anch’io.”

“Comunicherai, però.”

“Ma non condividerò.”

“Condividerai uno stato interiore.”

“Non importa. È ingannevole. Tutto il linguaggio non verbale è ingannevole. Non è diretto, non è preciso, non sempre è intenzionale. Il potere è nell’occhio di chi guarda. Sai che cos’è l’erotomania?”

“Come no. Ci convivo ogni giorno.”

“Chi, vedendomi, si concentrerà sul battito delle palpebre, o sul mio andamento, o su dove appoggio lo sguardo, e ci leggerà un messaggio, sarà come chi è convinto che una popstar gli lanci dichiarazioni d’amore attraverso le canzoni. In realtà, dentro di me non ci sarà nulla. Mi allenerò al silenzio. Anche a quello interiore.”

“È un peccato,” disse Silvia. “Più di tutto, mi mancherà sentire le tue opinioni. Soprattutto quando sono espresse in forma di protesta.”

“Sono carina quando mi arrabbio?”

“Sei molto divertente. Sembri una di quelle vecchie matte che prima o poi ti capitano come vicine di casa.”

“La gattara dei Simpson?”

“Un po’, sì.”

“Però mi vorrai bene lo stesso?”

“Ti vorrò bene lo stesso. Ma non te lo dirò perché tu non me lo dirai.”

Poi uscimmo e ci ubriacammo con la vodka. Erano le nostre sbronze preferite perché ci rendevano espansive e loquaci. Facemmo amicizia nei bagni delle ragazze come il sabato sera quando ancora frequentavamo il liceo o l’università, e restammo sprofondate sui divanetti del locale finché non arrivarono a supplicarci di uscire che stavano chiudendo. Parlammo tutta la sera ad alta voce, senza più nominare i miei propositi.

Cara Elena,

comincio questa lettera nella maniera più scontata possibile perché ho bisogno di qualcosa di scontato a cui aggrapparmi. Non sono fatte per questo, in fondo, le consuetudini? Rassicurare? Ma sto divagando. Il fatto è che è una settimana che non parlo e sono affamata. Mi sono concessa uno strappo alla regola, una volta sola con mamma, al telefono. E adesso questa lettera, anche se non è proprio come parlare, e ora che scrivo non so se lo sto facendo più per te o per me stessa. Per me stessa, probabilmente, perché ho bisogno di spiegarvi cosa sta succedendo, in modo da aiutarmi in questa scelta. Non vi chiedo solo di rispettarla, come si fa per le prese di posizione un po' radicali che a volte i figli fanno e che non ammettono repliche. Vi chiedo di aiutarmi a sostenerla. Che forse è una richiesta ancora più egoista, ma non ho altro modo.

Ho deciso di fare a meno delle parole, almeno nella loro forma orale. Ho deciso di praticare il silenzio così come lo si pratica in clausura, escludendo la clausura. Sette giorni su sette, senza possibilità di tregua. Non è una cessazione definitiva, solo una pausa. Una pausa dalle comunicazioni.

Ho preso questa decisione da sola, senza parlarvene. Fa ridere messa così, non parlare del non parlare. In fondo un po' ci siete abituati, alle mie reticenze. Ma questo è qualcosa di più, e so che se vi avessi informati avreste fatto di tutto per farmi cambiare idea. Mi avreste portata dallo psicologo, convinti che si tratti di depressione. Oppure di pazzia e basta. Immagino mi crederai pazza, e forse è così. Mi ha sempre spaventato l'idea che i matti non sanno mai di esserlo, diventarlo è sempre stata una mia grande paura. Forse è anche per questo che ho deciso di fare quello che sto facendo. Perché la conferma di follia e la sua diagnosi passano prima di tutto dalla parola.

Ti ho scritto che è una pausa che ho deciso di prendermi. Per quanto tempo, ancora non so: non credo sia qualcosa da stabilire a priori. Forse mi tornerà l'esigenza di parlare quando avrò qualcosa da dire. Per ora sento di non averlo affatto: e allora, come direbbe Tamburino, è meglio se non dico nulla.

I motivi, in realtà, sono tanti; non pensare che sia una delle mie solite scelte impulsive. Ho passato settimane ad architettare un piano, cercando di stabilire se ce l'avrei fatta, prima di tutto, e poi come avrei potuto portarlo avanti senza farvi soffrire. Non ho trovato una soluzione. Però mi sono resa conto che avrei potuto convincervi – convincervi che non si tratta di un atto dimostrativo, né di una rappresaglia. Ho passato l'adolescenza, e non ho nulla da recriminare a mamma e papà. Vorrei che questo glielo dicessi. Non è per causa loro e soprattutto nulla di tutto ciò sta avvenendo per dolore. Forse per rigetto, in parte sì, ma per rigetto di tutto ciò che sta fuori. Voi non siete come il mondo fuo-

ri. È anche per questo che lo sto facendo. Come insolito atto di purificazione, per regalarvi la possibilità di avere a che fare con una persona migliore. Per dare a me stessa la possibilità di essere felice. E ho capito che la mia felicità, adesso, passa attraverso il silenzio. Ho bisogno di allontanarmi dalle parole per recuperare il loro significato. Perché non lo capisco più, il punto è questo. Perciò, vedimi come un Siddartha nella sua prima fase, e non torturarmi: è una fase necessaria per trovare il giusto mezzo. Vedimi come una suora atea che fa voto di silenzio a nessunissima divinità, forse solo all'essere umano, forse solo a voi.

So che è difficile da comprendere. Non vi chiedo a tutti i costi di farlo. E non mi sentirò superiore a voi se non lo farete, tutto il contrario, su questo ~~avete~~ potete starne certi (pensa te: stavo per scrivere avete la mia parola. *Avete il mio silenzio, mettiamola così). Vi chiedo solo di ammettere questa nuova Cristina: una Cristina (ancora) più silenziosa, che non parteciperà alle conversazioni, che sembrerà – se riuscirò nella mia impresa – una statua di gesso, ma dentro sarà la stessa. Forse non proprio la stessa: una versione in trasformazione. Ecco, vedetemi un po' come una crisalide (di farfalla, che sono dei sarcofagi verdi e sinuosi; non quelle di altri insetti che fanno decisamente schifo). Sarò con voi in ogni maniera che non comprende la parola, almeno non la mia. Ascolterò le vostre. Mi faranno bene. Sarò una spettatrice appassionata.*

Basterà questo ad aiutarmi, in fondo. Vi chiedo solo questo. Ne ho bisogno per poter essere una persona migliore.

Tua, vostra,

C.

Febbraio

La cosa più difficile, quando non puoi parlare, è evitare di rispondere alle domande. Lì sta la vera prova di resistenza: contro un impulso fisico, che parte dal cervello e passa ai nervi e lo avverti nei muscoli – la lingua, le mascelle – e rema contro i propositi e le imposizioni. Si potrebbe definire una risposta a uno stimolo esterno, come avviene per il dolore, ma non sarebbe del tutto corretto; ha, in verità, un'origine più nascosta. Credo risieda nell'educazione. Tutto l'apparato di gesti e reazioni che ci portiamo in dote fin da piccoli, tramandato con grande fatica dai genitori, che ti insegnano a stare al mondo mentre ti mostrano che stare al mondo è prima di tutto forzarti di fare quello che non vuoi. Come si dice? Grazie. Per favore. Il gatto ti ha morso la lingua? No. Dove sei stata? Hai mangiato? I bravi bambini sono quelli che rispondono correttamente. Lo impari a forza di colpe, e a un certo punto sei adulto perché non riesci più a non rispondere alle domande. Gli adulti trovano motivo di vanto nelle buone maniere, nella cortesia – che è diversa dalla gentilezza – perché fanno parte delle tante abilità che differenziano l'uomo dagli animali. E se l'evoluzione della specie risiede – oppure ha origine, non lo so – nella comunicazione, di sicuro l'essere umano ha trovato infiniti pretesti per adoperarla. A questo pensavo, nei lunghi momenti che avevo da passare con me stessa, e che sarebbero stati sempre maggiori. Tra le prime cose che avevo scoperto, c'era che praticare il silenzio significa prima di tutto dimenticare l'educazione: ed è contro un sacco di muscoli, un sacco di impulsi e un sacco di anni di precetti che devi lottare. Mi sentivo stremata, ma mi convinsi che tutto quello di cui avevo bisogno era portare pazienza, come per ogni allenamento.

In cambio, mi ero riappropriata del tempo. Mi sembrava che le giornate fossero più lunghe. Senza le parole sentivo le ore scorrere, e i minuti, e tutto sembrava più grande. Mi ricordavo di aver letto, da qualche parte, che l'amore sconfigge la morte perché ridà un senso al tempo, lo ferma, o almeno lo rallenta. Come lo zen dietro l'arte del tè, o quella gente che si fissa col riassaporare il vero gusto della vita e allora evita il sale, gli eccipienti, e cucina tutto in casa e compra solo biologico, convinta di allontanare la morte. È strano l'essere umano, pensavo: impiega tutta la vita a trovare stratagemmi per trascorrere il tempo, cercando di schivare la noia, e poi a un certo punto si rende conto che la vita gli è passata davanti troppo in fretta, e allora via, a trovare modi per rallentare. A quanto pare, il silenzio funzionava come il tè verde e l'amore.

Il giorno prima di iniziare il silenzio ero stata a cena dai miei. Elia aveva gridato come un pazzo per tutto il tempo, e mi ero chiesta se davvero mi sarebbe mancato tutto questo. I discorsi facili a tavola, raccontarsi la propria settimana, commentare le notizie al telegiornale. Le cene in famiglia erano le uniche in cui mi sentivo di esprimere la mia opinione senza problemi. In cui non sentivo che ciò che dovevo tacere era molto più pesante in confronto a ciò che cacciavo fuori dalla bocca. Prima che Elena uscisse, le avevo infilato la lettera nella borsa.

Ne avevo scritta un'altra, molto più concisa, a Patrizia, la mia responsabile, per avvertirla e spiegare. Non le avevo spiegato veramente tutto. Avevo mentito. Le avevo parlato di una disfunzione alla laringe che mi era stata diagnosticata. Un tumore, avevo rilanciato. Benigno, avevo aggiunto, in un moto di pentimento e scaramanzia. Mi avevano consigliato riposo assoluto delle corde vocali ed ecco tutto. Ci aveva creduto: chi non lo farebbe. Tumore è una parola talmente brutale che non ha bisogno di chiarimenti. Una diga linguistica in sé: usa quella parola, la parola con la T, e tutte le domande si argineranno. Mi ero sentita una stronza? Sì, ma anche quello era il prezzo da pagare.

Il lavoro riuscivo a gestirlo bene, o almeno così mi sembrava. I momenti più critici arrivavano quando qualcuno mi faceva una richiesta, anche se Patrizia li aveva informati che non avrei potuto parlare. Avevo iniziato a usare bigliettini per comunicare quello che non potevo a voce, lo stretto necessario. Fortunatamente, per la maggior parte del tempo dovevo interagire solamente con il computer. Non ero mai andata molto d'accordo con l'elettronica, ma i computer della biblioteca di dipartimento erano rassicuranti. Non erano nemmeno collegati a Internet, solo alla rete di Ateneo. A volte rispondevo direttamente tramite la chat interna, sperando che gli altri capissero e si limitassero a contattarmi così. La collega più giovane che avevo, una ragazza sui venticinque anni che fin dal primo giorno mi aveva guardato come se fossi una psicopatica, era ben contenta di starmi distante. Mi scriveva solo se espressamente richiesto dai nostri superiori, sbuffando contro la tastiera dell'anteguerra che le avevano rifilato, le lettere mezze cancellate e i tasti che si inceppavano almeno una volta al giorno. L'attrezzatura in dotazione mi ricordava il mio lettore DVD, per il quale sia Silvia che Daniele mi prendevano in giro. "Perché non usi il mio account Netflix?" mi aveva chiesto una volta Daniele. Sei pazzo, gli avrei detto. Mi ero appena scollegata dall'account condiviso che avevo con Giacomo. Avevo disattivato l'accesso automatico da tutti i dispositivi, e meno male che le password non le ricordavo a memoria. Una delle dipendenze più pesanti che avevo sviluppato, una volta terminata la storia con lui, era controllare spasmodicamente la cronologia delle visualizzazioni. Non ho mai capito se se ne accorgesse o meno, se si ricordasse che avevo ancora il suo accesso salvato. A volte credevo di sì, e mi convincevo che le serie tv o i film che aveva guardato fossero messaggi per me. Giacomo usava Netflix di rado perché riteneva che possedesse un catalogo di qualità scadente e preferiva Mubi, ma di quello non avevo la password. Ogni tanto, però, cadeva anche lui nella trappola dell'intrattenimento di bassa lega e dei blockbuster, o del rewatch di film di culto già visti a suo tempo al cinema. Immaginavo li scegliesse apposta, guardandoli solo, di sera, e pensavo che comunicassero uno stato d'animo – dolore, malinconia, tiepida euforia. Mi capitava di trovare scelte insolite, documentari sul narcotraffico, sulle dipendenze o sulle prodezze degli animali, serie indiane o nordeuropee iniziate, guardate per dieci minuti e poi abbandonate, e mi convincevo che fossero un messaggio in codice rivolto a me, per dirmi che gli mancavo oppure che mi detestava. Altre volte sospettavo che li scegliesse insieme ad altre, e allora, nel pieno della notte, li guardavo anch'io, fumando una sigaretta dietro l'altra, mangiando orsetti gommosi o bastoncini di liquerizia e masturbandomi. Mi chiedevo spesso se sarebbe stato fiero di me, e da quando avevo iniziato il silenzio riuscivo a rispondermi di sì. Pensare a lui mi faceva meno male. Era un filo invisibile che ci univa.

Al lavoro avevo preso a usare bigliettini, dicevo. Quando mi chiedevano un'informazione, io scrivevo le risposte sul post it. Cercavo di arricchire l'essenzialità delle repliche con qualche vezzo stilistico – una faccina sorridente, una freccia a corredo dell'indicazione, un punto esclamativo in grassetto, con un cerchio al posto del puntino. Mettevo i puntini sulle i e talvolta li sostituivo con cuoricini. La mia calligrafia era diventata vezzosa. Se mi facevano altre domande, prendevo un altro post it. Cercavo di limitare i gesti, così scrivevo anche i sì e i no sui post it. Non ne tenevo mai di pronti, anche se sarebbe stato più facile: utilizzavo ogni volta dei foglietti nuovi. Mi ero imposta di limitare i gesti perché dovevo mettere dei confini alle concessioni che facevo al silenzio, e quei cuoricini e arzigogoli mi sembravano la cosa più lontana da me possibile perciò non mi sentivo tradita. Se tornavo a casa e qualcuno, per strada, mi chiedeva un'informazione, io facevo finta di non sentire. Capitava di rado, a dire il vero. Erano perlopiù anziani alla fermata dell'autobus, al supermercato, nascondevano il loro bisogno di fare conversazione dietro pigre richieste di aiuto, domande retoriche, quesiti dei quali conoscevano già la risposta. Io tenevo sempre le cuffie alle orecchie, così a volte non li sentivo davvero ed era più facile ignorarli. Ogni tanto, quando proseguivo a testa bassa, nonostante una domanda, riuscivo a sentire i loro insulti attraverso la musica. A volte mi scappava da ridere. Altre volte mi vergognavo. Quasi sempre, non potevo fare a meno di pensare alla velocità con cui ci facciamo un'idea delle persone che abbiamo davanti, e a quanto poco di norma ci prendiamo. Su questo non potevo avere controllo, ma mi stava bene così. Ero comunque protetta. Riuscivo a tollerare meglio il mondo.

Arrivavo a casa e mi facevo da mangiare. Ordinavo ancora dalle app, ma lo facevo solo quando l'esigenza di pronunciare un suono si faceva insostenibile. Era l'unico lusso che mi concedevo. Quel *Sì?* pronunciato al citofono, per segnalare la mia presenza all'altro capo, era lo sgarro settimanale che mi ero autorizzata. Se riuscivo a non dire nulla durante tutta la settimana, se perfino al venerdì o al sabato, quando mi capitava di uscire con Silvia, riuscivo a tenere fede al silenzio, allora la domenica potevo coccolarmi con quelle due lettere, seguite dallo scatto del portone di ingresso ad annunciare che sarei scesa a ritirare la consegna, più il *grazie* finale, una piccola concessione alle regole sociali e alla gentilezza. Con i rider che mi consegnavano il cibo mi dispiaceva fare la stronza. Non se lo meritavano, specie in una giornata di pioggia. Speravo si sbrigassero ad automatizzare tutto, perché con le macchine e i computer non si parla e la mia vita sarebbe stata perfetta.

Perlopiù mi facevo da mangiare da sola. A volte tenevo la televisione sintonizzata sui canali di cucina e mi sforzavo di prendere nota delle ricette che avrei potuto fare senza troppo sforzo, segnandole su un quaderno. Il giorno dopo scendevo al supermercato e compravo gli ingredienti. Sceglievo sempre lo stesso supermercato, un discount frequentato da studenti squattrinati e gente di mezza età con pensioni o stipendi ridicoli. Più raramente, qualcuno di passaggio, che entrava di fretta e usciva alla stessa maniera, guardandosi attorno un po' atterrito. Il discount era diventato il mio negozio preferito per due ragioni: la prima, la meno importante, era la varietà di prodotti esotici che si potevano reperire. Potevo così darmi alle cucine etniche, quando avevo voglia di sperimentare. La seconda ragione erano i cassieri. Stare in quel posto, le luci al neon e l'umidità data dal riscaldamento acceso per poche ore al giorno e a una temperatura troppo bassa, li rendeva disillusi e poco loquaci. Le cassiere più anziane avevano la ricrescita grigia e gli occhi opachi, stavano ingoffate dentro le divise tirate su fino al mento. I colleghi sotto i quarant'anni si muovevano più velocemente ma avevano le palpebre gonfie e lo sguardo vacuo, sempre nella direzione sbagliata, come si fa per discrezione quando un cliente digita il pin del bancomat. Nessuno faceva domande, nessuno era interessato a iniziare una conversazione e la musica a un volume sempre troppo alto sembrava essere scelta apposta per ricordarlo. Non si facevano raccolte punti né di bollini, non c'erano tessere. Ognuno entrava, faceva quello che doveva fare e tornava alla sua vita. Era un rifugio perfetto.

Cercavo di arredare il mio silenzio di rifugi: il discount, la mia casa, le cuffie. Le persone mi sembravano sempre più lontane, ma ora almeno avevano un motivo valido. Un capro espiatorio per il mio complesso di inferiorità. Adesso sapevo che se non mi cercava più nessuno era per una ragione, se mi guardavano strano era a causa del silenzio. Quando capivano che non potevo parlare si comportavano in maniera diversa. Avevo iniziato a notare come le persone, anche le più sensibili, non riuscivano ad andare oltre. Mi ero trovata ad avere a che fare con atteggiamenti *troppo gentili*, e capivo che creavano fastidio esattamente come la discriminazione, che *erano* una forma di discriminazione – ma questo, anziché deprimermi, era un'idea che mi tornava in mente la notte e mi faceva addormentare. E poi non dovevo più pensare a cosa dire, soprattutto. Non dovevo per forza ascoltare. La mente si era liberata di un pensiero opprimente, e per stare nel mondo mi bastavano un cuore, due polmoni e tutti gli altri apparati che permettevano loro di funzionare. La lingua serviva ad assaporare. Il cervello poteva essere messo in pausa. Quando mi sentivo osservata, quando mi veniva da domandarmi cosa ci facessi in mezzo alla gente, se non volevo comunicare con loro, mi concentravo su organi e pelle, su cuore e polmoni, e pensavo: ho lo stesso diritto di esistere che avete voi.

Però c'era il fatto, ovviamente, che le mie interazioni sociali si erano ridotte ancora di più. Silvia veniva a trovarmi di rado, non aveva problemi a parlare per tutto il tempo ma era abbastanza chiaro che non si sentiva a suo agio. Era come se all'improvviso fosse diventata timida. Percepivo la sua difficoltà nelle pause troppo lunghe tra una parola e l'altra, come a calibrarne il peso per fare la scelta adeguata, oppure nei leggerissimi balbettii, una novità per lei. Era sempre stata abituata a essere la più chiacchierona, ma adesso, davanti a nessuna reazione, era come se fosse in imbarazzo, come si prova la prima volta che ti piazzano davanti una telecamera. A differenza della telecamera, però, io non le restituivo nulla, niente di cui vantarsi. Nel migliore dei casi, se ne andava da lì con un'immagine di lei per nulla confortante, come se anziché un obiettivo fossi stata uno specchio deformante. Vedi il tuo riflesso in uno di quelli e ti rimane nella testa per un po', a inquinare l'immagine di te che hai costruito con così tanta fatica. Non so se Silvia ci avrebbe fatto mai l'abitudine.

"Sei pazza," mi disse una volta. "Ancora non ci posso credere che ti sei convinta a fare questa stronzata. Senti, se lo stanno chiedendo tutti: è per qualcosa che hai letto? Sei entrata in una setta? In una spirale dell'odio? Ti sei convinta che la tua scelta salverà il mondo? Come fai a non ridere? Sembra il gioco del silenzio. Se ti faccio le boccacce smetti?"

Parlava velocissimo e poi ridacchiava. Risi anch'io. Non perché mi divertisse, ma perché volevo che sapesse che non era quello il punto. Mi infastidiva, invece. Indossava una pelliccia che non le avevo mai visto addosso, e avrei voluto che mi parlasse di quello. Era un visone o una marmotta, un reperto degli anni ottanta di quelli che si trovano sempre a Porta Palazzo. Aveva un taglio datato e le setole ispide. Pensai che non le stava bene come il resto degli abiti che possedeva, e se fossi stata insieme a lei non gliel'avrei fatta comprare. Strappai un foglio dal blocchetto che tenevo sul tavolo e scrissi: *Raccontami qualcosa*.

"Quanto sei melodrammatica," rispose lei, e rise di nuovo. "Sembra che stai per morire. Perché non usciamo?"

Mi sembrava una buona idea. Era quasi sera ed ero rimasta senza niente da mangiare in casa, in più mi era venuta voglia di bere. Seguii Silvia che camminava velocissima, come mi capitava di fare quando mia madre era arrabbiata con me e avevo paura che se l'avessi persa non mi avrebbe cercato, che mi avrebbe abbandonata a me stessa. "Ho fame," disse Silvia. "E mi è venuta voglia di bere."

Entrammo in uno dei posti di via Po che sceglievamo di solito per fare l'aperitivo. I gestori e i ragazzi del bar ci conoscevano tutti. Silvia li salutò e si fermò a parlare con loro, a voce alta. Il locale era pieno e c'era un brusio assordante, la sua voce non fece granché differenza. Io sorrisi e feci un cenno col capo, poi filai verso l'unico tavolo libero che avevo trovato. Mi sedetti ad aspettarla, leggendo le notizie sul telefono e scorrendo le notifiche di Vinted e Vestiaire che mi comunicavano che i miei capi preferiti erano stati scontati. In entrambe le community mi chiamavo luke666 e fingevo di essere un uomo. Era l'unica presenza tracciabile che mi ero concessa di tenere.

Silvia arrivò al tavolo con una bottiglia di Nebbiolo e iniziammo a bere. Al secondo bicchiere si era sciolta e iniziò a parlarmi di sé. "Con Davide non va per niente bene," mi disse. "Credo si veda ancora con la sua ex."

Finsi di ascoltarla mentre mangiavo noccioline. Le noccioline accompagnate al vino creavano un sapore singolare, molto più interessante delle parole di Silvia. Da quando avevo iniziato il silenzio mi sembrava che la sua voce fosse più petulante, o forse era solo che ultimamente mi parlava molto più di Davide. Quando si prendeva una cotta per qualcuno i suoi discorsi gravitavano tutti lì attorno ed era difficile fingere interesse dopo i primi cinque minuti. In quel momento ero davvero grata al silenzio. La cosa che continuava a stupirmi però era la sua incapacità di gestire conversazioni a lungo termine, cosa che non aveva alcun problema a fare prima. Le bastava che la persona di fronte a lei le desse un piccolo riscontro ogni tanto – anche solo un *mmh-mmh* di quelli che si pronunciano al telefono per rassicurare che non sia caduta la linea – e lei poteva procedere con un monologo di ore. Invece eccola lì, a incespicare dopo una manciata di frasi. Alcune volte mi deludeva, altre mi spaventava. Si sarebbe stancata di me, prima o poi, e quella, tra le tante conseguenze del silenzio, era un'eventualità che non avevo preso ancora in considerazione. Me la vedevo più come la Bibi Andersson di *Persona*, una che si sarebbe dissanguata di parole di fronte alla totale annullazione dell'altro. A tratti, però, questo atteggiamento le faceva onore. Era facile dipingerla come una ragazza egocentrica, concentrata più sulla soddisfazione dei propri desideri che sull'interesse per gli altri. Non avrebbe mai ammesso che il mio annichilimento, come lei lo considerava, fosse motivo di preoccupazione. Invece lo era. Silvia aveva davanti a sé un problema e non lo sapeva affrontare. Era una questione che riguardava una persona al di fuori di se stessa e non aveva gli strumenti per risolverla, come uno che è stato distratto durante gli insegnamenti di primo soccorso e adesso si trova davanti un amico che soffoca e non può che guardarlo impotente. Mi faceva tenerezza. Alzai lo sguardo e finsi un'espressione interessata, anche se avevo perso il filo del discorso minuti prima, sperando non incespicasse più. Se non potevo parlare, dovevo almeno allenarmi all'ascolto. Il fatto che le persone non fossero appassionanti come una ricerca in rete non era colpa loro.

"Mi segui?" disse Silvia. "Spero di sì. Mi sembra di stare in un confessionale vuoto."

Non mi avrebbe chiesto un consiglio comunque. O se l'avesse fatto, poi non l'avrebbe seguito. Quindi tanto valeva.

"Il fatto è," disse Silvia, e fece ancora una pausa, "è che ho capito che non mi interessa più come prima. Tutte queste cose che mi ha detto, tutte parole che aspettavo da una vita, non hanno più lo stesso significato. Sono rimasta impassibile, e lì per lì pensavo che fosse una cosa momentanea, magari l'emozione, a volte mi capita. Invece sono tornata a casa, ci ho ripensato, anche nei giorni successivi, ci ho ripensato, e niente. Non mi importa più come prima. È come se tutte quelle parole me le avesse dette in una lingua straniera, come se avessi capito il senso ma non fossero andate a segno, non so se mi spiego."

Avrei voluto saperle anch'io, quelle parole. Perché non ero stata a sentire? Cercai di concentrarmi, ma tanto era impossibile riavvolgere il tempo. Silvia finì il calice di vino e se ne versò un altro, poi rabboccò il mio bicchiere per terminare la bottiglia. Cominciavo a percepire le voci attorno come un'entità unica e soffice, non più fastidiosa ma avvolgente.

"Non ho mai provato questa sensazione prima. Mi sa che è colpa tua," disse.

Non specificò se lo considerava un bene oppure un male. Se si sentiva più vicina a me o se mi odiava per averle instillato un dubbio. La sua espressione non indicava né l'una né l'altra cosa. Mi guardò solo in quell'attimo, congelandomi, poi rimase in silenzio e infine tornò su argomenti futili. Pensai che se anche avessi potuto parlare forse non le avrei chiesto nulla, quindi andava bene così. Pensai che c'erano milioni di domande che non facevo perché avevo paura di conoscere la risposta, e che il silenzio mi aveva dato un alibi, e adesso mi sentivo meno codarda. Mentre fingevo di ascoltare, Silvia decise che aveva ancora fame e voleva un kebab, da mangiare sul divano davanti a un episodio di *Shameless*.

"Mi accompagni?" disse.

Non capivo se a prendere il kebab oppure a casa. Mi limitai a seguirla e lei non obiettò, e anziché pena per me stessa, come in altre circostanze avrei potuto provare, mi sentii libera. Senza le parole di mezzo, a trovare scuse o a esibire motivazioni, potevo seguire ciò che il corpo e la mente mi chiedevano di fare. Silvia prese un kebab anche per me e io la seguii come un cagnolino, andammo a casa sua e senza dire una parola accese la tv. Era già alla settima stagione. Io ero ferma alla quinta.

Avevo iniziato a sognare tantissimo. Nei sogni parlavo, la gente mi stava ad ascoltare. Le parole fluivano da qualche parte dentro di me incontrollate, soffici – foulard di seta, acqua di montagna, latte fresco. Il mio subconscio non considerava l'idea del silenzio, era come se nulla fosse accaduto. Mia madre, mio padre, Elena: loro comparivano di rado, ma ogni volta parlavano con me, non ricordo di cosa, e io rispondevo. Una volta sognai di essere a cena da loro – ma come se abitassi ancora lì, credo – e di mangiare semolino dolce: un piatto che mia madre non cucina mai, che non appartiene alle sue origini modenesi, ma che coincide, per qualche inaspettato meccanismo, con uno dei miei primissimi ricordi. Magari veniva servito alla mensa dell'asilo nido – oppure era la scuola materna, ma adesso non lo potevo sapere, siccome l'unica maniera sarebbe stata quella di chiederlo a mia madre. Un'altra volta sognai di litigare con Silvia. Nel sogno eravamo in una stanza vuota e io non sapevo del silenzio e mi uscivano di bocca parole terribili, che non riuscivo a trattenere. Dicevo a me stessa di smetterla, eppure ogni volta era come se la precedente accendesse quella successiva, e la successiva era ancora peggio. Silvia mi guardava senza reagire, muoveva piano la testa da destra a sinistra, come si fa quando ci si rigira nella mente un pensiero, tentando di muoverlo per metterlo a fuoco, oppure quando si ascolta con molta attenzione e non vogliamo che l'orecchio di sinistra faccia tutto il lavoro o viceversa, e allora cerchiamo di portare avanti l'altro, per dargli il cambio. Io continuavo a vomitare fuori parole irripetibili e pensavo di essere diventata pazza, e che avrei dovuto tapparmi la bocca, così cercavo qualcosa da ficcarmi tra i denti – un fazzoletto, un cuscino – ma in quella stanza non c'era nulla. Allora decidevo di mordermi la lingua, ma non era affatto facile. Guizzava da una parte all'altra e tutto quello che riuscivo a fare era darle dei colpi brevissimi che non la laceravano ma la facevano gonfiare. Continuavo a parlare con la lingua gonfia, Silvia non la vedevo più ma non era importante perché non potevo fare altro che concentrarmi su quella cosa viva e pulsante che lievitava e voleva strozzarmi. Mi mancava il respiro e mi chiedevo quando avrei trovato la pace. Poi mi svegliavo.

Al mattino mi sentivo a volte triste e a volte rinfrancata, sempre stanca allo stesso tempo, come dopo aver pianto. Mi alzavo e andavo a fare un bagno. Affondavo la testa sotto l'acqua calda e sussurravo parole a caso, coperte dal rumore del rubinetto ancora aperto. Se avevo fretta di andare al lavoro facevo una doccia, e allora mi mettevo con gli occhi chiusi e la bocca aperta sotto il soffione alla massima pressione, l'acqua dritta sul cranio, così da attutire il suono. Gocce, docce, bocce. Deglutivo a serie di tre, per dare modo alla mia gola di idratarsi, poi ricominciavo. Giallo, ballo, pappagallo. Parole slegate, parole che non comunicavano, accomunate da nient'altro che il suono. Le parole prese singolarmente mi piacevano, avevano grazia e armonia. Erano come le persone. Persone, milione, migliore. Ogni volta che ingoiavo saliva sentivo un dolore al petto, sotto allo sterno, nel punto dove dicono che abbiamo il cuore.

Dalla finestra della cucina riuscivo a vedere il palazzo di fronte. La sera, quando tornavo a casa, mi facevo una tisana e mi mettevo a spiare i vicini. Cercavo sempre qualcuno che fosse solo. Mi piace vedere quello che fa la gente quando è sola, quando pratica il silenzio. Il mio preferito era un tizio sui cinquanta, fumava sul balcone al buio, tirava lunghe boccate e la brace si accendeva nel blu scuro della sera, i lampioni della strada che alteravano il colore del cielo, troppo viola per essere reale. Finiva la sigaretta e la spegneva sul tavolino dietro di sé, dove sicuramente teneva un posacenere, però non la lasciava lì: la portava dentro, entrava dalla porta finestra del soggiorno e andava in cucina – per buttarla nella pattumiera, immagino. Tornava in soggiorno e si sedeva sul divano a leggere, oppure al tavolo del computer. Dieci, venti minuti al massimo e tornava fuori a fumare, stesso giro per buttare la sigaretta. Non lo vedevo mai fumare di giorno perché era al lavoro, mentre nei weekend usciva prima che mi svegliassi e stava fuori fino a sera, a volte rientrava alla domenica. Se pioveva capitava che si fermasse a casa, ma non fumava mai prima che facesse buio. Andava a letto tra le undici e mezzanotte, ma sospettavo rimanesse sveglio ancora a lungo, perché la luce della sua camera da letto restava accesa fino a tardi. Però non c'erano più uscite per le sigarette. Non so che lavoro facesse. Lo conoscevo dai suoi orari perché anche io come lui non dormivo.

Un'altra finestra che mi piaceva era quella al piano di sotto. Lì ci abitava una signora sulla settantina, probabilmente vedova, che passava tutto il tempo sola all'infuori dei tre giorni a settimana in cui le portavano i nipoti. Tutti maschi, il più grande non doveva avere più di dodici anni, tutti molto vivaci. La signora faceva loro da mangiare incominciando la mattina presto, e dopo pranzo li metteva davanti alla tv, i programmi che volevano loro, mentre lei tornava in cucina e accendeva il piccolo televisore che teneva sopra la porta finestra che conduceva al terrazzo. Riuscivo a vedere i suoi movimenti perché, nonostante avesse messo le tende ai vetri come il resto degli abitanti del palazzo, spesso le teneva scostate: di solito quando c'erano i nipoti, per fare entrare più luce. Ma quando tornava in cucina per vedere il suo programma preferito – me la immaginavo guardare *Forum*, o *La signora in giallo*, gli stessi che guardava mia nonna mentre mangiavamo insieme – le tende venivano chiuse per permetterle di vedere meglio lo schermo. Lasciava però la finestra socchiusa, anche nelle giornate più fredde, e quando cucinava una striscia di fumo usciva da quello spiraglio mischiandosi all'aria invernale. Una volta la incontrai per strada: aveva tratti insoliti, la pelle, che una volta doveva essere stata bianchissima, adesso macchiata dal tempo e dal sole, sottile e grinzosa. Gli occhi piccoli e allungati, la punta del naso sottile. Mi fermai qualche giorno più tardi a osservare i nomi sui citofoni; mi colpì un cognome nordico, forse olandese, pensai dovesse essere il suo. Dall'Europa del nord aveva preso l'avversione per le schermature alle finestre, dell'Italia aveva ereditato il pudore e la gelosia del privato, o forse la comodità. Coi nipoti non parlava molto, pensai si vergognasse ancora di un'inflessione che non riusciva a cancellare, così spigolosa e metallica; di qualche parola che non le veniva, perché ancora nella sua testa e nei sogni parlava fiammingo.

Riuscivo ad accorgermi di molte più cose rispetto a prima, come se il silenzio avesse acuito i sensi, come dicono che avvenga ai cani o alle persone senza la vista o l'udito, per compensare. Da piccola mi chiedevo perché la voce non fosse considerata un senso, perché, se gli organi di senso sono quelle parti del corpo che permettono all'uomo di interagire, la bocca fosse inclusa in riferimento al gusto ma non alla parola; e allora perché, se la parola non rientrava fra i cinque sensi, il mutismo faceva parte delle tre condizioni che più terrorizzavano noi bambini. Preferiresti essere muto, sordo o cieco, era la domanda che tutti prima o poi ti facevano. Io rispondevo che avrei scelto un altro senso che non interessa a nessuno, tipo il tatto, o al massimo l'olfatto, così ti perdi l'odore delle merendine al cioccolato o dello shampoo all'albicocca ma almeno non senti le puzze. Mi dicevano che non valeva, troppo facile, allora rispondevo che avrei scelto di sacrificare l'udito perché non volevo che conoscessero la verità. Non sapevano che il tipo di silenzio a cui ero già devota era un altro. Un'ambizione segreta che mi portavo addosso cucita nella fodera. Qualcosa per la quale non esisteva percorso di studi ma solo, da un momento all'altro, improvvisazione.

Branchie

La nomenclatura binomiale lo registra come *Pterois volitans*, ma è più conosciuto come pesce scorpione, oppure pesce leone, a volte anche come scorpena volante.

Il mio si chiamava Harpo anche se lui non lo avrebbe mai saputo, e non chiamarlo per nome mi sembrava la maniera più rispettosa di ospitare in casa una specie animale, pure se in cattività. Dentro la mia testa, però, si chiamava Harpo. L'avevo comprato a cinquantasei euro su un sito di acquari. La vasca, gli accessori e l'allestimento e il mangime mi erano costati più del doppio. Dopo due mesi di silenzio, me l'ero meritato. Un regalo per la ricorrenza: qualcuno con cui condividere il silenzio, come si dice delle coppie anziane.

Harpo è uno *Pterois volitans*, e come tutti gli *Pterois volitans* mal sopporta altri esemplari della sua specie attorno. Si dice sia per questo che proliferano con più facilità in luoghi distanti, dove tra un pesce scorpione e l'altro corrono chilometri. Gli esemplari giovani si allontanano dalla famiglia molto presto, non appena acquisiscono autosufficienza, alla ricerca di nuovi habitat. In questo, io e Harpo eravamo diversi. Ma avrei potuto imparare da lui.

Altra particolarità dello *Pterois volitans* è la velenosità: possiede in tutto sedici aculei veleniferi – tredici posizionati sulla pinna dorsale, tre in quella anale – che lo proteggono dai potenziali pericoli. Gli effetti della tossina sono mortali per gli altri esseri acquatici ma difficilmente per l'uomo, anche se producono sintomi che vanno dall'ecchimosi alla necrosi fino al vomito, dalla difficoltà respiratoria all'edema polmonare e alla sincope. Tutto ciò non impedisce agli umani di cibarsene: sia per il gusto pregiato delle sue carni, sia come forma di controllo alla proliferazione. Nonostante la poca propensione alla socialità, infatti, il pesce scorpione ha un tasso di fertilità altissimo, ed è per questo considerato specie invasiva. Soprattutto nei Caraibi dove, dicono, ha quasi devastato la biodiversità locale.

Negli acquari può vivere serenamente, a patto che gli siano forniti luoghi in cui nascondersi. Gli comprai una roccia con un anfratto nel quale poteva infilarsi. Ci si infilava, in effetti. Passava lì metà della giornata, quasi invisibile. Lo immaginavo dormire (dormono, i pesci?). Sotto sera riappariva. Lo nutrivo a giorni alterni: crostacei essiccati, krill, piccoli pesci surgelati. Li scongelavo sotto l'acqua calda e glieli avvicinavo con una pinza, muovendola avanti e indietro per scatenare l'istinto predatorio, come coi gatti. A volte lo premiavo e gli offrivo gamberetti freschi, oppure pescetti vivi. Apprezzava. Il pesce scorpione è un superpredatore, si nutre di una grande varietà di creature marine e a volte anche di piccoli esemplari della sua specie. Più conoscevo cose su di lui, più ne ero fiera.

Harpo mangiava tutto quello che gli davo con voracità e poi si metteva a nuotare in tondo. Io immaginavo la sua digestione dentro a quel piccolo corpo sgradevole e corazzato, una spia vivente, fornita dalla natura di mezzi raffinatissimi per mettere in guardia chi lo circonda, per avvertire i suoi simili di stargli alla larga.

Sistemai l'acquario in soggiorno, sopra un mobile Ikea già presente nell'arredamento in dotazione, di fianco alla finestra, così che il sole potesse creare giochi di luce che si riflettevano su tutte le pareti della stanza. Attorno all'ora del tramonto sembrava un caleidoscopio gigante. Sdraiata sul divano, guardavo l'acquario al posto della tv, poi le pareti, un via vai forsennato di piccoli diamanti colorati che si rincorrevano, colibrì, arcobaleni, cristalli. Cercavo di seguirli con lo sguardo ma non era facile, minuscole bolle di sapone che scoppiavano silenziose senza lasciare traccia. Pensavo a loro come persone, ognuna con il proprio tragitto e una lista di cose da fare. Pensavo a loro come le persone quando sono in contesti sociali, non quando restano sole. Le persone che hanno uno scopo. Le persone che si danno uno scopo, fosse solo comprare un litro di latte, la carta igienica. Una volta rientrate a casa, scompaiono dalla nostra vista e tornano sé stesse, piccole nullità brulicanti di pensieri, incapaci di comprendere la loro natura e la loro ragione. Era per questo che mi piaceva spiarle dalla finestra, giù in strada. Ectoplasmi erranti.

Harpo non aveva scopo se non quello di essere pesce, un pesce solitario, e passava le sue giornate tra la roccia e il resto della vasca, fluttuando da un punto all'altro senza uno schema. A volte mi domandavo se mi vedesse e pensasse a me come una totale estranea, un gigante a quattro tentacoli che lo teneva prigioniero e lo nutriva, oppure se fosse solo imbarazzato dal mio continuo osservare, e cercasse, quando era sveglio, fuori dalla tana, di trovarsi qualcosa da fare. Me lo domandavo perché non potevo sapere. Perché nulla, in lui, comunicava le sue intenzioni. Non comunicava con me e di conseguenza non poteva farlo con nessuno, perché nessuno dei suoi simili avrebbe potuto vederlo. La classica storia dell'albero che cade nella foresta disabitata: nessuno poteva sentire Harpo = Harpo non faceva rumore. Era l'animale perfetto con cui condividere la mia condizione: l'unico essere vivente che non mi ricordasse ogni volta la mia scelta, che non rappresentasse una sfida o che non mi facesse sentire una delusione costante. Murphy, il cane dei miei, mi avrebbe girato attorno alla ricerca di gesti e complimenti, esaltandosi per le briciole che gli avrei dato e deprimendosi se non lo consideravo. Quando, davanti a lui, stavo zitta, Murphy cominciava a guaire e ronzarmi intorno con gli occhi spalancati, richiedendo le mie attenzioni con la stessa voracità con cui richiedeva il cibo a mia madre. Supplicava complimenti anche a mio padre, consapevole che il massimo che avrebbe ottenuto sarebbe stato una carezza sulla testa, veloce e senza attrito come le pinze delle sale giochi, quelle che dovrebbero pescare un pupazzo dal mucchio e invece si limitano a sfiorarlo, insolenti. Allora mia madre se ne usciva con una frase, sempre la stessa, che era: *Su, ditegli qualcosa.* Aveva abituato Murphy come aveva abituato noi, un alternarsi di lodi e ingiurie che lo rendevano a tutti gli effetti parte della famiglia. Su un paio di cose, però, Murphy sapeva di poter contare: la pappa, due volte al giorno (alle sette di mattina e alle sette di sera), e il giretto subito prima, che mia madre teneva per sé, cascasse il mondo, come momento di raccoglimento e solitudine all'inizio e alla fine di ogni giornata.

Avevamo preso Murphy in canile, quando io avevo vent'anni e Elena venticinque e abitava ancora con noi. Era stata lei a trovarlo e lei a convincere i miei a prenderlo, dopo che per tutta la nostra infanzia erano rimasti fermi alla regola del nessun animale in casa. Ma quello era stato un anno pesante: la morte dei nonni prima – i genitori di mia madre – e il tumore di mio padre poi. Una piccolissima massa nel cervello che alla fine era risultata benigna, ma mio padre aveva comunque dovuto subire un'operazione e fare la terapia e tutto il resto. Quando si era ripreso, mia sorella aveva preso da parte mia madre e le aveva detto che ci sarebbe piaciuto fargli un regalo – aveva parlato al plurale anche se l'idea era stata sua –, per renderlo felice, per dimostrargli che tenevamo a lui e che eravamo al suo fianco. Qualcosa che non fosse strettamente materiale, ma che implicasse cura e presenza. Qualcosa che volesse dire: non andare da nessuna parte. Alla fine, Elena aveva convinto mia madre a prendere un cane, nonostante lei continuasse a ripetere che gli animali dovevano stare in campagna liberi, non prigionieri di quattro mura – quattro mura che, oltretutto, avrebbero potuto sporcare e rosicchiare e infestare di peli. Lei e Elena avevano discusso a lungo, mica gliel'aveva data vinta così mia madre, nemmeno di fronte alla malattia una come lei si piegava, ma poi aveva ceduto. Aveva *piano piano* ceduto, e la sua resa era stata frutto di un impegno smisurato messo in pratica giorno dopo giorno, un allenamento all'abitudine. La vedevo esaminare lo spazio per valutare se fosse o meno a prova di cane, spostare i mobili, ricavare nicchie, allontanare gli oggetti fragili, anche solo mentalmente. Si fermava a fissare un angolo, una stanza, e da lì capivo che stava cambiando. Lei osservava lo spazio e io osservavo lei, e mi chiedevo se anche quando avevano preso la decisione di metterci al mondo fosse andata allo stesso modo, se avesse iniziato a desiderarci dal momento in cui aveva iniziato a considerare lo spazio in una maniera differente, se avesse iniziato a prendersi cura di noi così.

Io avevo fatto la stessa cosa con Harpo, e questo era la dimostrazione che anche io potevo prendermi cura di qualcuno. Che il silenzio non aveva nulla a che fare con la freddezza.

Harpo ricambiava a suo modo, mangiando il cibo che gli davo e nascondendosi negli anfratti che avevo creato per lui. Non mi serviva altro. Non gli avrei chiesto altro. Me l'ero imposta. Avevo sempre guardato con biasimo e sospetto l'atteggiamento dei cani, la loro fedeltà ossessiva al padrone, la richiesta inesauribile di attenzioni, impossibile da saziare, che mi inteneriva sempre e sempre mi faceva sentire incompleta, inadatta. Harpo non aveva bisogno di nulla se non dei suoi gamberetti e del suo spazio. A volte però, quando mi guardava dal vetro, fermandosi in mezzo alla vasca – mi piaceva pensare che mi stesse osservando – mi faceva venire in mente certi bambini, quelli un po' più maturi della media, con ottime capacità di linguaggio ma poca disposizione a utilizzarlo; quei bambini che, quando incrociano il tuo sguardo e rimangono muti e fermi a fissarti, capisci che ti hanno scoperto.

Mia madre di Murphy aveva imparato ad amare proprio il suo essere cane, e che lo fosse specialmente con lei, quella che meno di tutti pretendeva il suo affetto, quella che mai lo domandava, che raramente lo dimostrava, eppure lo riceveva sempre in cambio. Alcuni cani sono così, si legano a chi meno li accarezza, come certe persone. Cercano in quell'assenza uno scopo, una motivazione; votano la loro esistenza al convincimento, percorrendo continuamente una distanza. Murphy aspettava che mia madre tornasse dal lavoro con pazienza, seduto sempre allo stesso posto, e il suo rientro era la ricompensa. Ci vedevo qualcosa di mio padre. O così era come lo dipingevano gli altri, quelli non della famiglia – gli amici di entrambi, per scherzare. Mio padre appariva come un essere docile e pacato in balia della durezza di mia madre, che gli rivolgeva attenzioni e gentilezze solo se nessuno guardava. In realtà, nemmeno in quei momenti. Ma io sapevo che avevano un linguaggio segreto, una maniera discreta e costante di rinnovare i reciproci voti. Cose impercettibili: un accenno a esperienze che avevano condiviso, e delle quali noi conoscevamo solo i contorni; uno sguardo veloce a seguito di una battuta, a ironizzare su un difetto o una svista; un aspetto fastidioso ma indolore che si tolleravano. Erano movimenti piccoli e fugaci, disseminati nel mare dei gesti quotidiani, che io e Elena avevamo imparato – di nascosto da loro, di nascosto l'una dall'altra – a riconoscere. E questo, ogni volta, ci tranquillizzava.

Murphy, allo stesso modo, coltivava assieme a mia madre una serie di gesti che praticavano giornalmente e che riflettevano, in maniera lievissima e pudica, il loro affetto. Di notte, quando lei si svegliava per andare in bagno, non mancava mai di raggiungerlo in soggiorno – dove lui era confinato perché le camere da letto gli erano precluse – per dargli una carezza sulla testa, senza accendere la luce, nella semioscurità data dai lampioni della strada. Oltre a loro due lo conoscevo solo io, quel gesto, perché in una notte di insonnia non avevo sopportato più la mia camera ed ero andata in cucina, e poi sul divano, e lì mi stavo assopendo quando, con gli occhi più abituati al buio dei suoi, l'avevo vista accarezzare il muso di Murphy sussurrandogli come un salmo *bravo cane, bravo cane*, e li avevo osservati trattenendo il fiato e pregando di non essere vista, facendo il fioretto di non andare più in quella stanza di notte, di lasciarli soli.

Marzo

Io e Silvia eravamo uscite ancora insieme, un paio di volte. Non era stato per nulla facile. Veniva meglio se c'era baccano sotto, ma l'alcol rendeva tutto più faticoso. In mezzo ad altra gente dovevo frenare continuamente quella parte del cervello che controlla la lingua perché a volte sembrava non mi appartenesse. Bevevo ancora per non pensarci e come risultato non riuscivo a pensare più a nulla, né a ciò che stavo facendo né al perché, e tutto il mio tentativo mi sembrava stupido e infantile e insensato, un bambino capriccioso che si rifiuta di mangiare le verdure. Allora, una sera, decisi di smetterla. Eravamo nello stesso locale dove avevamo trascorso il Capodanno. Mi sembrava fosse passata una vita da quella sera. Eravamo seduti sui divanetti, io di fianco a Silvia che raccontava una cosa che ci era successa anni prima, un giorno che, rispondendo a un annuncio di lavoro, c'eravamo trovate a una riunione di Herbalife. Ma Silvia, che aveva una pessima memoria, modificava un sacco di dettagli e ne ometteva altri che io sapevo essere importanti. Tipo il modo in cui la signora che aveva messo l'annuncio si rivolgeva a noi, come se fossimo già di sua proprietà, e cercava di convincerci a entrare nel sistema di vendite piramidali con gli occhi spiritati di chi ha assunto troppa droga. Silvia raccontò che ci avevano convinto ad assaggiare i beveroni che pubblicizzavano e io, all'uscita, avevo vomitato in un cestino dell'immondizia. Invece era stata lei a farlo, non io. Ero seduta lì accanto e non potevo correggerla, non potevo dire la mia versione, e mi sentivo stupida. Davo sicuramente quella immagine, da fuori: un bel faccino senza nulla da dire, un cervello vuoto. Silvia aveva spiegato la mia scelta la settimana prima, e i suoi amici mi avevano ricoperto di domande.

"Questa cosa è pazzesca," dicevano. "Sei sicura non si tratti di un voto?"

"Sei finita in una setta? Batti due volte le palpebre se vuoi dirci di sì."

Silvia rideva, e mi sforzai di farlo a mia volta. Fabio fu l'unico a non domandarmi nulla. "Io l'ammiro," disse. Aveva un tono di voce piuttosto alto, non doveva sforzarsi per farsi sentire al di sopra della musica. "Odio le parole. La storia più bella che ho avuto è stata con un croato. Non parlava una parola né di italiano né di inglese. Quattro mesi di solo sesso, nessun litigio, nessuna lamentela, il paradiso. Non ho mai sentito così tanta affinità con una persona."

"Perché è finita?" chiese un'amica di Silvia.

"Aveva iniziato a imparare l'italiano."

Silvia si vergognava, invece. Sentivo il suo risentimento dal modo in cui evitava di guardarmi, a differenza degli altri che mi osservavano come se fossi una bestia ferita sul ciglio della strada. Lei emanava risentimento e imbarazzo in un'aura così spessa che mi faceva paura. Immaginavo si fosse pentita di avermi invitato. Non potevo darle torto.

Dopo la storia di Herbalife riprese a parlare di sé. "Gli integratori che mi mandano a casa da sponsorizzare non sono tanto diversi," disse. "Ma almeno fanno il loro dovere. Mai più sofferto di stitichezza. Tutto quello che entra, esce."

L'attenzione si era spostata di nuovo su di lei, e mi sentivo alleggerita dal peso dei loro sguardi. Adesso che avevano ricominciato a ridere alle sue battute e smesso di ridere di me sentivo il mio corpo scongelarsi man mano. Mi alzai, andai in bagno e mi guardai allo specchio. Le luci al neon mi davano un'aria mistica, e mi vidi come una ragazza normale, che si dava tanta pena per qualcosa che non esisteva, che si stava infliggendo una tortura idiota, un cilicio che, anziché liberarla come pensava, le dava ancora più peso e dolore. Che cosa stupida evitare le imposizioni della società e delle istituzioni creandosene altre; tanto valeva che entrassi in una setta o diventassi no vax o mi addentrassi nei labirinti senza fine delle non monogamie etiche. Tanto valeva che mi fossi unita a Herbalife, all'epoca. Tutto ciò che avevo fatto era cambiare il prefisso alle mie azioni, ma l'effetto rimaneva lo stesso: nessuna redenzione, solo una serie di vincoli nuovi. Una nuova, pesantissima etichetta da spacciare come libera scelta. E questo, pensai a un palmo dallo specchio, i contorni del mio viso che perdevano definizione, questo, mia cara, è ciò che fanno tutti, perseguendo l'esplicita convinzione di essere diversi.

Uscii dal bagno sicura di farla finita. Mi sedetti in mezzo agli altri e pensai: adesso dico qualcosa. E poi successe. Non ci riuscii. La lingua, che per tutta la sera si era forzata di non rispondere ai miei comandi, adesso non rispondeva sul serio. Provai di nuovo, ma niente. Non riuscivo a parlare. Avevo superato la soglia del dolore. Ero riuscita nella mia impresa.

Silvia continuava a bere e a ciarlare coi suoi amici, il tono di voce altissimo per sovrastare la musica e stridulo per via dell'alcol. Meditai di andarmene più volte, ma la forza che mi tratteneva dal parlare era la stessa che mi impediva di alzarmi dal divanetto. Quando Silvia fu sufficientemente sbronza, però, mi trascinò al bancone, ordinò un Moscow mule per lei e un gin tonic per me, si ricordò di chiedere l'Hendrick's anziché il Gordon e disse: "Ti odio, Martinez. Perché deve essere tutto così complicato."

Poi mi diede un bacio umido sulla guancia e cominciò a ballare. Ballavo anch'io e avevo la strana sensazione che il silenzio mi permettesse di sentire meglio la musica. Come avere piccole vibrazioni sottopelle che chiedessero di uscire attraverso il movimento. O forse era solo la vodka unita alla canna che avevo fumato prima di uscire. Fu l'ultima sera che andai in quel posto con Silvia.

Daniele veniva a trovarmi ogni venerdì, come concordato. Gli avevo chiesto di vederci a cadenza settimanale l'ultimo giorno in cui avevo parlato. Una settimana tra un incontro e l'altro mi era sembrato un termine di tempo adeguato per entrambi. Lui aveva proposto il venerdì sera, pizza e film a casa come se fossimo ancora al liceo. Avevo accettato, convinta che si sarebbe stancato presto; invece sembrava possedere una dose inumana di pazienza. Mi domandavo se la pensasse come

Fabio, e se tra qualche anno avrebbe ricordato questa come la storia più felice della sua vita.

Il primo giorno dopo l'inizio del silenzio mi aveva portato un DVD da guardare insieme. Ogni settimana ne portava un paio, a noleggio dalla biblioteca se erano classici, oppure acquistati al supermercato in caso di uscite più recenti. Mi strabiliava la tenerezza del gesto, quel suo bisogno di assecondarmi che si fondeva a un gusto romantico, un po' passatista di non arrendersi al progresso. Giacomo si sarebbe presentato con una chiavetta USB, oppure direttamente con il suo hard disk esterno, un catalogo impressionante di torrent scaricati dai siti che teneva controllati giornalmente. Giacomo però avrebbe avuto gusti più ricercati di Daniele che, affidandosi solo al suo intuito, mi portava quasi sempre film che avevo visto e rivisto almeno tre volte, oppure novità chiacchierate e commerciali, il più delle volte banali e noiose, il genere di film da domenica pomeriggio o sabato sera in un multisala. Ogni tanto, invece, ci azzeccava. Io mi comportavo esattamente come facevo con Giacomo: quando un film superava la soglia della mediocrità e superava anche quella del *carino*, diventava qualcosa da non condividere, da maneggiare con cura, rielaborare in solitudine e silenzio. Con la differenza che adesso, ovviamente, il silenzio era un trattamento riservato a tutti i film, indipendentemente dal loro valore.

Daniele ne portava due, di DVD, perché dopo aver guardato il primo facevamo sesso – sul divano, in camera da letto oppure sul tavolo della cucina, con Harpo che ogni tanto catturava la mia attenzione e mi chiedevo se capisse cosa stava avvenendo – poi ci fumavamo una sigaretta e passavamo al secondo. A volte ci andava di farlo una seconda volta, e alla fine rimanevamo lì, con le sigarette in mano, e Daniele che non sapeva come riempire il silenzio. Era un momento bellissimo: l'assenza delle chiacchiere, sempre vuote anche dopo le prime volte, e l'imbarazzo sprigionato da quel corpo esile e nudo, emanato con gesti disarmonici e piccoli colpi di tosse, che quasi si poteva annusare, e mi inebriava senza che ne conoscessi la ragione. Notai che parlava sempre di più, e di volta in volta i suoi racconti si facevano più lunghi e sicuri, come se li avesse ripetuti a casa, davanti allo specchio, come se ci stesse provando veramente. Non ero sicura se lo stesse facendo per lui o per me, ma era bello vederlo affannarsi così tanto per riempire il vuoto, dare un ordine a quello spazio così sovradimensionato.

"Posso dare da mangiare ad Harpo?" diceva. "Immagino di sì... Oppure l'hai già fatto tu? Be', immagino che qualche krill in più non gli farà male, giusto?"

Il giorno che Daniele aveva visto l'acquario si era eccitato come un bambino – "Adoro gli acquari! Ma dove sono i pesci?" Harpo si era rintanato non appena lo aveva sentito entrare, ma dopo qualche minuto si era fatto vedere. "Ma che strano. Non ne ho mai visto uno così." Gli aveva scattato una foto e aveva controllato su Internet per capire a quale specie apparteneva. Poi aveva cercato informazioni sulla gestione, l'alimentazione, l'aspettativa di vita. "Dieci anni! Tanti per un pesce, no?"

"Ha la faccia da piranha, non trovi? Sembri un po' un pesce cannibale, bello. Invece ti mangi solo questi piccoli gamberetti."

Dentro di me pensavo che se avessi potuto parlare l'avrei corretto, spiegandogli che il termine che avrebbe voluto usare era antropofago e che sì, cannibale Harpo lo era davvero, perché se fosse stato in libertà avrebbe mangiato i suoi simili. *Precisina*, mi avrebbe detto mia madre. Sentivo ancora bruciare lo stomaco ogni volta che avrei voluto parlare, e mi ero convinta che fosse lo stesso acido che mettevo nelle risposte. Era davvero, più che a me stessa, un dono che stavo facendo agli altri.

"Ti capita mai di spiare i vicini di casa? Si vede tutto benissimo da qui. A me viene da farlo sempre."

Diventava sempre più bravo: poche domande, quasi tutte retoriche o alle quali rispondeva prontamente da solo.

"L'altra sera sono andato a mangiare in un giapponese molto buono, ha aperto da poco. Ricordo che mi avevi detto che ti piace la cucina orientale. Potremmo andarci, la prossima settimana. Non dobbiamo per forza trovarci sempre qui. Mica sei malata. Ordinerò io per te. Sarà divertente, no? Magari ti faccio mangiare solo cose che odi, magari invece ci prendo. Facciamo così: la settimana prossima è Pasqua, e sarò via coi miei. Quindi il prossimo venerdì non ci vedremo. Ma quello ancora dopo, se ti va l'idea, ti passo a prendere alle otto e ti fai trovare vestita per uscire. Non che mi dispiaccia vederti in tuta, era per dire... un segnale, insomma. Il primo che mi è venuto in mente."

Quando era nervoso aveva meno controllo.

"Sai chi ho incontrato venendo qui? Silvia. Stava andando dai suoi, abitano qui vicino, non lo sapevo. Mi ha chiesto cosa ci facessi da queste parti e, be'... le ho detto che ci vediamo.

Non dovevo? Ti dispiace? Ah no, scusa. Be', spero di non aver fatto un errore. Mi ha chiesto come stai, dice che passerà a trovarti nei prossimi giorni."

Ero abbastanza sicura che non l'avrebbe fatto. Non mi aveva cercato per tutta la settimana e il giorno dopo sarebbe partita per un servizio fotografico in Toscana. Un marchio di costumi da bagno veramente terribile, aveva detto, di quelli che ti arrivano a casa e non assomigliano nemmeno lontanamente alle immagini sul sito, ma stava dilapidando il conto in banca e aveva bisogno di soldi. Di colpo mi mancò il suo odore, e cercai di scacciare la sensazione concentrandomi su altro. Presi a fissare la nuca di Daniele che si era messo ad armeggiare con il lettore DVD per far partire *Limitless*. Mi venne da pensare che una nuca così l'avrei voluta vicino tutta la vita, perché se di Silvia mi mancava il profumo, era quella la parte di Daniele a cui pensavo di più durante il resto della settimana. Mi resi conto che lo pensavo talmente forte che avrebbe potuto accorgersene, e io avrei violato il mio patto e rotto il mio voto e qualsiasi altra imposizione morale che avesse avuto a che fare con l'orgoglio che avevo stabilito da quando ero in grado di ragionare. Di colpo tornai a sentirmi in gabbia. Guardai Harpo e mi concentrai sul film, che avevo già visto anni prima ma Daniele non avrebbe mai saputo.

Finito il film scopammo sul divano. Il sesso era l'unico momento in cui potevo essere davvero me stessa, ci pensai mentre stavo sopra di lui che assecondava il mio movimento. Per tutto il resto del tempo ero accondiscendente. Accettavo passivamente qualsiasi decisione altrui, non potevo ribattere alle esternazioni con le quali non ero d'accordo, non correggerevo nessuno. Nel sesso potevo tornare a dire la mia, con il mio corpo, non comunicando altro che il desiderio. In questo mi sentivo in pace. Non stavo tradendo nessuno. Ero una monaca atea che non praticava altro che il silenzio. Nessuna devozione, nessuna astinenza dai piaceri carnali. Non ero diversa da qualsiasi animale.

Dopo fumavamo sempre, e lui non era più spavaldo come prima e rispettava il silenzio. Guardavamo i fantasmi di fumo allontanarsi da noi, a volte mi appoggiavo al suo petto. Sentivo il cuore battere e cercavo di capire se la frequenza aumentasse o meno, per capire se gli faceva qualche tipo di effetto avermi lì. Silvia una volta mi aveva detto che a Davide batteva sempre forte il cuore quando lo abbracciava, e questo le sembrava più sincero di tante parole o gesti materiali. A un certo punto sentii il respiro di Daniele più pesante, e quando mi girai vidi che si era addormentato. Era la prima volta che succedeva e non seppi come interpretarlo. Mi tolsi dal suo petto e mi mossi un po', sperando che si svegliasse, invece era proprio andato. Allora mi misi sul cuscino, in attesa. Cercavo di non osservarlo troppo. Mi sembrava una scena da film, una cosa stupida e un po' melensa, osservare qualcuno mentre dorme. E avevo paura di innamorarmi. In *Dawson's Creek*, Pacey scopre di essere innamorato di Joey quando resta sveglio la notte per guardarla dormire. Detta così suona davvero inquietante, ma da ragazzini era qualcosa che tutti avremmo voluto. Ecco un altro problema delle parole, pensai. Tutte le occasioni in cui una cosa perde il proprio valore, una volta enunciata. Mentre nell'oscurità, scriveva qualcuno che non ricordo, il tesoro continua a brillare. L'oscurità mi avrebbe protetta dalla violenza inconsapevole del linguaggio. I sentimenti sono nervi scoperti, carne viva, pensavo.

Provai a prendere sonno ma non era facile. Sentivo il respiro di Daniele e mi sembrava un elemento alieno, arrivato a rovinare la pace che mi ero creata con fatica. Se mi giravo, non potevo vederlo e mi sembrava di avere Giacomo dietro di me. Cosa facevo prima, quando ero nel letto con qualcuno e non riuscivo ad addormentarmi? Mi venne voglia di andare sui social, controllare come il mondo andava avanti senza di me. Mi mancavano le ragazze che seguivo su Instagram, le stories, le foto davanti allo specchio, le ADV non segnalate. Mi mancavano i commenti sotto i post dei quotidiani di informazione, sfoghi sgrammaticati di gente frustrata e sola, spaventata da ogni minima possibilità di progresso, dalla diversità, arrabbiata con i poteri forti e insieme con quelli deboli, con la ricchezza e la miseria, incapace di leggere articoli al completo e a volte pure di decifrare i titoli, privi di abilità logica e di comprensione del testo; mi mancava tutto ciò che mi aveva spinto a essere com'ero. Era una spinta egoistica, presuntuosa, ma era ciò che mi definiva e mi convinceva di essere meglio di loro. Un impeto che ogni tanto andava ravvivato. Mi mancava la motivazione, adesso. Mi mancava in quel momento più che ogni altro, ora che la tentazione si manifestava in un corpo caldo e pulsante, un respiro estraneo a rompere il silenzio, che mi penetrava nei timpani, nei polmoni, intossicandomi e convincendomi che tutto andasse bene. È la tortura più crudele, la tenerezza. Non esiste allenamento adeguato. Così presi il telefono di Daniele, lo sbloccai con il codice numerico che avevo spiato tempo prima, aprii Instagram e mi immersi in quello che non facevo da mesi. Cercai subito le influencer che seguivo di più, come fossero vecchie amiche che non sentivo da mesi. Mi misi le cuffie e guardai le loro storie, poi quelle in evidenza, i reel, i post. Cercai di notare ogni cambiamento avvenuto dall'ultima volta che le avevo viste – taglio e colore di capelli, scelte di abbigliamento, rubriche, viaggi, prodotti sponsorizzati. Alcune avevano nuovi animali, nuovi figli, nuove abitazioni. Si indignavano per cose diverse. Proponevano nuove normalizzazioni. La tristezza, l'apatia, la depressione stagionale, il mestiere che facevano, la stanchezza per il troppo lavoro, la soddisfazione per il troppo lavoro, il mancato desiderio di maternità, l'eccessivo desiderio di maternità. Tutto era da normalizzare. Pubblicavano foto all'aeroporto e il quiz "Dove sto andando?", oppure lasciavano il box delle domande con "Chiedimi tutto <3". Rispondevano contrariate mentre camminavano per strada o stavano sdraiate a letto. Le storie successive erano screenshot di messaggi di follower che le assecondavano oppure le insultavano. Navigai su YouTube, sugli account di informazione, di intrattenimento, di cultura. *Una coppia statunitense ha deciso di chiamare il figlio They e non attribuire un sesso finché non sia lui o lei a farlo. Che cosa ne pensate?* Visualizza tutti e 1.359 commenti. Andai avanti così per più di un'ora, pronta ad abbandonare il telefono ogni volta che Daniele faceva un movimento o il suo respiro cambiava di frequenza o tono. Continuai finché non tornò una sensazione che conoscevo bene, una rabbia sottile ma diffusa, un disgusto viscerale a lavare ogni traccia di malinconia. Come ultima cosa visualizzai il profilo di Silvia per contare quanti follower si erano aggiunti e quanti post da quando non ci sentivamo, dove era stata e con quali persone. Le storie attive erano solo due, una foto in ascensore a mostrare il look total black e cappuccio e la caption *Vado a rapinare una banca e torno* e piazza San Carlo con il sole a picco, il testo che diceva *Livello sbronza raggiunto: piazza San Carlo attraversata mani e piedi, facendo il ponte.* Ero presente quella sera. Ero ancora convinta che Silvia fosse una persona migliore nella vita reale. Posai il telefono e riassaporai il nulla, poi mi addormentai anch'io. Dormii profondamente fino al mattino, come se non lo facessi da mesi. Forse non lo facevo da mesi. Senza nemmeno accorgermene, il fatto di avere qualcuno accanto, qualcuno con cui spartire l'aria che esce dai polmoni, l'anidride carbonica che si mischia all'ossigeno, aveva quietato una parte di me che rimaneva sempre vigile, ferma ma desta, come un animale in cattività. Mi svegliai verso mezzogiorno, da sola, perché lui sapeva sempre qual era la cosa giusta da fare e se n'era andato. Mi aveva lasciato un biglietto sul tavolo della cucina. *Scusa, mi sono addormentato*, diceva. *Ci vediamo tra due venerdì. Ricorda: se vuoi venire a cena con me, fatti trovare vestita per uscire e con le scarpe ai piedi. Quelle che preferisci, a me non interessa. A me piaci sempre.*

Rimasi per qualche secondo a chiedermi se l'anafora fosse intenzionale, perché suonava proprio bene. Mi resi conto anche che era da un po' che non leggevo e avevo smesso di essere abituata alla voce nella testa che pronuncia le parole al posto tuo, che assomigliava molto alla mia, almeno a quella che potevano sentire gli altri. Realizzai il contenuto delle parole che avevo letto solo in un secondo momento, ed ebbi uno sfarfallio nello stomaco, oppure nel cuore, da quelle parti comunque. Era bastata una notte insieme per cambiare tutto? Ci pensai tutta la settimana e fu la settimana più lunga dall'inizio del silenzio.

In biblioteca, con il brusio delle pagine e le voci appena sussurrate in sottofondo, mi chiesi se l'avesse fatto di impulso, magari ancora un po' sbronzo dalla sera precedente, oppure se fosse una mossa pianificata. Io nel frattempo dormivo, e l'idea che lui si fosse messo a guardarmi e scrivere il biglietto, tutto quel tempo davanti a me senza che io ne avessi il controllo, mi metteva paura e imbarazzo. Mi ero addormentata come fanno i cani sordi, eppure le mie orecchie sentivano benissimo. Non si è mai sentito di un muto che dorme più profondamente della media a causa della sua condizione, e invece eccomi qua. Avrei voluto avere il biglietto con me, per analizzarlo ancora e decifrare la calligrafia, indovinare se era stato scritto di fretta, se aveva avuto ripensamenti. Magari l'aveva fatto senza rifletterci troppo, incoraggiato dall'idea che tanto non avrei potuto rispondere. Eppure gli avrei risposto. Di questo non se ne rendeva conto. Prepararmi per uscire con lui, accettare il suo invito, sarebbe stata una risposta. Ma lo sarebbe stata anche non prepararsi, farmi trovare in tuta, in ciabatte. Sarebbe stato qualcosa, in ogni caso. E lui mi aveva messo con le spalle al muro. Senza nemmeno rendersene conto.

Oppure. Oppure ci avevo visto male, e per lui non significava granché. Era un altro di quelli a cui le parole non importavano nulla. Le usavano così, indiscriminatamente, negando ogni esclusività. Se così fosse stato, lo avrei interpretato come un tradimento? La risposta era sì. Il tradimento peggiore? Quanto era importante che gli altri fossero come me? Mi resi conto che non sapevo rispondere. Il mio parere cambiava a giorni alterni: a volte sarei riuscita a perdonare un omicida se solo mi avesse dato ragione, altre non mi sopportavo al punto da detestare ogni persona nella quale trovavo un riflesso delle mie tendenze.

Mi mancava la statura di Giacomo, la sua imperturbabilità, la capacità divina di rimanere sempre uguale a se stesso, l'onestà nel non nasconderlo. Daniele a volte risultava imperscrutabile, come se fosse in perenne lotta tra quello che avrebbe voluto fare e quello che non avrebbe potuto. O forse stava solo approfittando della situazione e utilizzava me come cavia, un allenamento in vista della partita decisiva, di una relazione importante che sarebbe arrivata più tardi. Me lo vedevo, a desiderare una ragazza stabile, rassicurante, pulita, da mostrare a sua madre e agli amici, una che di sicuro non avrei potuto essere io. A giorni alterni davo la colpa all'educazione cattolica o all'assenza di rimorso. La settimana passò così, senza che riuscissi a decidermi. Quando ero a casa non riuscivo a calmarmi, allora praticavo quello che era diventato il mio sport preferito, da quando Elena mi aveva introdotto in quel mondo e io poi ne avevo fatto un'arte: cercare senza sosta, sui siti immobiliari, case che non avrei mai abitato. Potevo andare avanti ore senza accorgermi del passare del tempo, a volte me ne rendevo conto solo quando gli occhi cominciavano a bruciare. Iniziavo dalle proposte ad alto budget, il genere di casa che mai avrei potuto permettermi. Ville con piscina, vista panoramica, sala palestra o sala cinema. Scorrevo le foto e controllavo l'arredamento. Andavo pazza per le cucine: più grandi erano, più raccoglievano il mio consenso. Poi mi concentravo sui dettagli: prediligevo i pavimenti in parquet e le porte. Conoscevo tutti i tipi di legno: Teak, Acero, Frassino, Wengè, Iroko, Doussié. Afrormosia, Sapelli, Okoumè. Dalle offerte più costose passavo alle più economiche. Criticavo i proprietari per le scelte banali, mentre ero alla costante ricerca dell'inaspettato: quegli arredi così pacchiani e inopportuni, quelle soluzioni talmente scomode e malpensate da risultare geniali. Una volta trovai un appartamento con un WC in soggiorno, un'altra ancora una cucina completamente rivestita di pannelli a specchio come una scuola di ballo. L'ultimo livello, dopo il quale di solito ero stanca abbastanza per andare a letto, era il filtro *prezzo: dal più basso al più alto.* Lì le prime pagine dell'elenco offrivano poco più che tuguri. I mobili erano di recupero, gli spazi claustrofobici. Le altezze a volte non rispettavano il minimo previsto per legge. Spesso venivano affittate in nero. Tutto sommato, ero fortunata ad aver trovato quell'appartamento. Dopo aver esaminato le proposte più terribili, oscillavo tra euforia e malessere. Mi sentivo migliore di chi offriva a un prezzo spropositato un alloggio arredato con mobili storti, che solo alla vista puzzavano di muffa; mi sentivo più fortunata di chi era costretto ad abitarci. Poi però non riuscivo a fare a meno di figurarmi dentro uno di quegli appartamenti, una mansarda soffocante con il sole a picco, il letto incastrato in un angolo, le trapunte a coprire il materasso macchiato, gialle del sudore dei precedenti inquilini, le pareti in perlinato. Mi vedevo sdraiata su quel letto, a cibarmi di caramelle e patatine e sigarette, tutte insieme, a elemosinare l'ossigeno che si affacciava con fatica dall'unica finestra della stanza, un vasistas proprio sopra il letto che risucchiava il monossido di carbonio e lo restituiva in un rapporto di 3:1, a centellinare il respiro esattamente come facevo con le parole.

Aprile

Due giorni dopo era Pasqua e fui costretta ad andare a pranzo dai miei. Era una bella giornata, l'aria cominciava a essere tiepida e decisi di camminare fino alla stazione per poi prendere l'autobus. Quando fui a Porta Nuova guardai l'orologio e vidi che era ancora presto, così proseguii a piedi. Fuori dal centro c'era poca gente, passeggiavano da soli o in gruppi di due coi cani al guinzaglio, gli occhiali da sole e il cappotto sbottonato. Le macchine procedevano a distanza adeguata. I pruni selvatici del lungo Dora avevano perso i fiori qualche giorno prima, me n'ero accorta mentre andavo al lavoro e mi era sembrato di stare in una palla di vetro, petali rosa che cadevano al posto della neve. Gli alberi cominciavano a mettere le foglie, un rosso cupo tendente al marrone, o almeno così mi sembrava da sotto le lenti oscurate. C'era ancora qualche petalo rimasto indietro. Altrove, arbusti nel pieno della fioritura, gialli e bianchi. L'insolenza della natura a primavera mi aveva sempre spaventato, messo agitazione, ma quella volta era diverso. Il silenzio mi rendeva più attenta, ricettiva ai sensi e agli stimoli, ma meno vulnerabile. Era una sensazione liscia e piacevole, come infilarsi sotto lenzuola fresche dopo essersi depilata le gambe. Il mondo mi dava meno fastidio. Sarebbe stato utile per sopportare il pranzo. Mia madre aveva invitato suo fratello Paolo, che né io né Elena avevamo mai chiamato zio perché, quando eravamo piccole, proprio lui ci aveva impedito di farlo. D'estate, quando trascorrevamo le vacanze tutti insieme in campeggio, oppure negli appartamenti che mio padre affittava, Paolo nascondeva i nostri giocattoli. Era convinto di fare una cosa divertente, anche se l'unico a ridere era lui. Mia madre abbozzava, mio padre scuoteva la testa e se ne andava in un'altra stanza. Un giorno io e Elena, per vendicarci, decidemmo di nascondere la sua scatola di sigari pregiatissimi e il suo accendino d'oro, e fummo così brave che né una né l'altra cosa vennero mai trovate. Quell'episodio ebbe delle conseguenze negative – mia madre ci mise in castigo impedendoci di andare al mare per due giorni – ma anche positive, perché in qualche modo c'eravamo conquistate il rispetto di mio zio, e da lì ci diede una tregua. Ci sopportammo a vicenda per anni senza considerarci granché, finché Paolo non cominciò a sostenere che la miglior cura per il cancro fosse l'estratto di aloe, che la mente fosse in grado di controllare il corpo e che i vaccini causassero autismo. La sua nuova compagna aveva una figlia da un precedente matrimonio. La figlia era nata in casa con il cosiddetto parto Lotus, una parola carina a profumare una pratica stomachevole. Per farla breve, il cordone ombelicale non viene reciso alla nascita; la placenta e gli annessi fetali rimangono quindi attaccati al neonato, che se li porta appresso per giorni finché non si staccano spontaneamente. Paolo e la sua compagna descrissero la pratica, un giorno che erano a pranzo da noi, mia madre, che aveva appena addentato un boccone di salsiccia al sugo, si lasciò sfuggire un "che schifo" molto sincero. Io e Elena scoppiammo a ridere, ma la compagna di mio zio non la prese altrettanto bene. Fu l'ultima volta che venne da noi. Nostro zio, invece, dato che non era ammesso a celebrare le festività con la famiglia del padre di questa bambina Lotus, veniva regolarmente invitato da mia madre. "È pur sempre mio fratello," diceva, alzando le spalle. E lui, regolarmente, accettava.

Suonai il campanello dei miei e mia madre aprì senza chiedere chi fosse. Un'abitudine nata molto prima del silenzio, che da sempre mi rassicurava.

"Eccoti qua," disse Elena, che stava apparecchiando. "Mi dai una mano?"

Elia giocava sul pavimento, seduto su una coperta. Cubi di legno a forma di macchinina. Non è un po' troppo grande per queste cose? avrei chiesto. Per il terzo compleanno, io e i miei gli avevamo regalato una mini Ferrari, ma ancora Elena si ostinava a dargli le copie in legno da poppanti.

Marco era già seduto e sgranocchiava del pane. "Chi manca?" chiese.

"Paolo," disse mia madre. "Sta arrivando."

Paolo era sempre in ritardo. Era una delle poche cose di lui che apprezzavo, perché mi faceva sembrare puntuale. Mia sorella fece sedere Elia a tavola e gli mise davanti un piatto fondo con una porzione piccola di agnolotti, gli stessi che avremmo mangiato noi poco più tardi. Elia non amava particolarmente la pasta ripiena, e dopo un po' cominciò a sputare i bocconi nel piatto. Mia sorella stava raccontando ai miei di una discussione che aveva avuto al lavoro, e se ne accorse troppo tardi. Io lo stavo a fissare e lui, con aria di sfida, mi mostrava la poltiglia che aveva in bocca. Sei disgustoso, gli avrei detto. Lui avrebbe riso. La parola *disgustoso* lo faceva impazzire, non riuscivo a capire se fosse per via del suono o per il significato. Avevo preso a dirglielo apposta per farlo divertire.

"Perché non parli più?" mi aveva chiesto una volta. Io gli avevo fatto una boccaccia.

"Non sai parlare?" mi aveva punzecchiato ancora. Io avevo finto di strangolarlo.

Ogni volta mi faceva domande ("Che cos'è questo?" "Perché non dormi più qua?" "Quanti anni hai?" "Che cosa vuol dire *frignare*?") solo per mettermi alla prova. Le faceva a me e a nessun altro, ed era una cosa iniziata proprio con il silenzio. Elena ogni tanto veniva in soccorso, lo distraeva oppure gli chiedeva di smetterla. "Tanto lo sai che zia non risponde," interveniva mia madre. Altre volte invece non gli si diceva nulla, e quelle domande venivano lasciate così, sospese, a riempire la stanza.

Paolo finalmente arrivò e ci sedemmo a tavola. "No, grazie," disse a mia madre, quando lei gli offrì gli agnolotti al sugo d'arrosto. "Ho smesso di mangiare carne. Solo per un po', non sono davvero vegetariano. Non credo riuscirei. Ma Benedetta dice che fa bene allo stomaco. E alla testa. Sai che ho sempre sofferto di emicrania."

Benedetta era la sua compagna, quella del parto con la placenta. Persino il nome era un affronto. I genitori dovevano essere molto cattolici o con aspettative altissime. Il che ovviamente spiegava, almeno in parte, la sua "ribellione tardiva", come l'avrebbe chiamata Silvia.

"Lo vuoi?" disse Elia, porgendomi una forchettata di purè. Scossi la testa. "Sì o no," disse lui. "Per educazione bisogna rispondere."

Presi una forchettata dal purè che avevo nel piatto, mi girai verso di lui e lo spinsi fuori dai denti, mandibole serrate e labbra sollevate. "Sei disgustosa," provò a dire. Non riusciva ancora a pronunciarlo bene.

"Lasciala stare, tesoro," intervenne Paolo. "Non dev'essere affatto facile per lei. Ogni tanto mi sogno ancora le sigarette, sapete? Ma da quando ho smesso, ho iniziato a vederci meglio. Quasi non ho più bisogno degli occhiali. Per non parlare del karma, ovviamente. Smettere di fumare e di bere latte di mucca sono state le cose che più mi hanno aiutato. Ah, e il burro chiarificato. Usi ancora il burro normale, Lea? Io no. È una porcheria. Non mi sorprende che in India non lo usino da secoli."

Si riempì la bocca di purè, poi mi guardò. "Benedetta dice che è un'ottima idea, questo tuo detox dalle parole. L'ha fatto anche lei in ritiro, anni fa. Ma solo per una settimana. Ti ammira molto. Stai alcalinizzando il corpo, sai? Le tue cellule ti ringraziano."

Beccai Elena che di nascosto mi lanciava un'occhiata. Anche mio padre si trattenne a stento dal ridere. Grazie tante, avrei detto loro.

"L'importante è non allontanarsi dalle emozioni. Non abbandonare l'empatia. I grandi psicopatici sono così. Ma loro discendono dai rettili."

"I grandi psicopatici?" chiese Marco, che amava punzecchiarlo.

"L'ordine mondiale. I criminali dell'establishment."

"E cosa c'entrano i rettili?"

"Non lo sai? Sono stati fatti studi a riguardo. Tutti i grandi psicopatici della Terra hanno geni diversi dai nostri. È probabile che il loro DNA sia stato mischiato con quello di rettili alieni. Alcuni pensano che addirittura possano essere loro stessi, degli alieni, capaci di prendere sembianze umane. Non lo so, a questo non so ancora se credere. Ma di sicuro non sono umani. I rettili, sapete, non provano emozioni come le nostre. Non sono geneticamente predisposti all'empatia. È per questo che sono capaci di mangiare i loro stessi figli, o cose del genere."

"Anche altri animali lo fanno, no?" disse Marco, dando un colpo di tosse per non ridere. "Perché ve la prendete proprio con i rettili?"

"Non sono io a dirlo," concluse Paolo, piccato. "Che i rettili non provino le stesse emozioni dei mammiferi è un fatto. Ci sono studi a riguardo. Cerca su Internet."

Mi tornò in mente il sogno di mesi prima, in cui ero una lucertola o un'iguana o forse un serpente. Ricordavo solo la pelle squamosa e la sensazione di una lingua più sottile, il contatto della terra sulla pancia. Mi chiesi cosa avrei fatto, se avessi ancora potuto parlare. Forse gliel'avrei raccontato, giusto per sfida, e l'avrei convinto di essere un mutaforma. Mia madre sarebbe dovuta intervenire. Ero così, a volte: mi infervoravo e cominciavo ad alzare la voce e parlare velocissimo, nella speranza di dimostrare teorie. La stessa speranza, che infiammava Paolo, e quelli che la pensavano come lui. A volte finivo per dire cose cattive, troppo personali o taglienti, che mi facevano perdere ogni credibilità e mi condannavano alla parte del torto. Invece quel giorno sentivo solo un certo calore al petto, controllato, del tutto piacevole, che mi faceva dimenticare che una volta, poco tempo prima, ero stata così dominata dalla rabbia, dall'esigenza di condividere il mio parere, all'unico scopo di mostrarmi o di convincere. Tutti quegli anni sprecati nel tentativo di spiegarmi, di non sentirmi sola, di trovare alleati. E adesso invece mi sentivo piena e calda, come un feto nel grembo materno, come se galleggiassi nel brodo. Forse erano le mie cellule che andavano alcalinizzandosi, o forse i geni di una nuova specie rettile che stavano fagocitando i cromosomi umani. Non era una cattiva sensazione l'assenza di empatia.

Tornai a casa a piedi, com'ero venuta. Sentivo le gambe stanche ma pensai fosse un bene. Incrociai gente a passeggio col cane, di nuovo. Era l'ora del giro serale. Ecco perché la gente si compra i cani, pensai. È per rimanere aggrappata alla terra. Avere orari, uscire di casa, avere di cui parlare con gli altri.

Il lunedì di Pasqua passò senza che Silvia mi chiamasse. Di solito eravamo abituate a fare qualcosa insieme: un picnic al parco, una gita in montagna, a rimpinzarci di cibo e alcol al rifugio o in osteria, mentre gli amici meno modaioli di Silvia – quelli che frequentava solo a Pasquetta o d'estate – facevano camminate. Quell'anno lo passai davanti alla televisione che trasmetteva i film della Bibbia, ringraziando Gesù Nostro Signore per averci lasciato in una maniera così scenografica. Ringraziai anche il silenzio, di nuovo, per servirmi da scusa.

Se non ci fosse stato, avrei implorato Silvia di portarmi con lei, qualsiasi piano avesse, come un cane con la padrona che si appresta a uscire di casa.

Passò la settimana e arrivò il venerdì. Daniele si presentava sempre tra le sette e un quarto e le sette e mezza; rimasi a letto fino alle sei e venticinque. Poi, pigramente, mi alzai, tolsi le lenzuola sporche da settimane, le misi nel cestello della lavatrice e le cambiai. Era troppo tardi per fare il bagno, così azionai il soffione della doccia. Avevo i capelli talmente unti che ci vollero due shampoo prima di iniziare a sentire le dita scricchiolare sulla cute. Mi sparai un getto di acqua fredda sulla faccia, sulla spalle e sulla nuca e uscii. Mi tagliai le unghie e mi spalmai la crema per il corpo. Non lo facevo mai e la mia pelle aveva iniziato a squamarsi, sulle braccia e sulle tibie. Anche in viso sentivo la pelle tirare. Era come se mi stessi prosciugando. Tornai in camera da letto e misi l'intimo migliore che avevo, impegnandomi per la prima volta da mesi – anni? – a coordinare slip e reggiseno. Daniele suonò in quel momento. Non ero ancora vestita, ero scalza. Gli aprii e poi corsi di nuovo in camera. Rimasi a fissare l'armadio, non riuscivo a scegliere niente. Quando sentii sbattere la porta d'ingresso richiusi l'anta. Daniele urlò un saluto, poi si mise a cercarmi. Sono qua, gli avrei detto, scusa.

"Sei in bagno?" chiese. La sua voce aveva perso la fiducia iniziale. "Ah no, sei qui. Eccoti."

Indossava un completo blu scuro. Niente cravatta, la camicia con i primi bottoni lasciati aperti. Era molto bello.

Avevo i capelli che gocciolavano, sentivo l'acqua gelida sulle spalle.

“Non importa,” disse. “Ti aspetto di là. Ho preso una cosa da bere.”

Lo disse veloce, per farmi credere che non gli importava davvero. Mi sembrava di infliggere una tortura a un cucciolo di gatto. Si mise ad armeggiare in cucina, lo sentivo aprire e chiudere le ante, cercare i bicchieri, aprire il cassetto dove tenevo il cavatappi. Mentre stappava la bottiglia, indossai un abito nero di Yves Saint Laurent Inverno 2008, uno degli ultimi acquisti che avevo portato a termine su Vestiaire. Un regalo per i primi tre mesi di silenzio.

Ecco, gli avrei detto andando di là. Sono pronta.

Erano mesi che non andavo al ristorante e vedere tutte quelle persone che parlavano chiuse nella stessa stanza mi aveva fatto passare la fame. Respiravo a bocca aperta, sentivo i polmoni comprimersi come se l’aria fuori casa fosse più rarefatta. Le scarpe mi stavano scomode, il vestito mi andava largo e continuavo a controllare che non cadesse. Dovevo essere dimagrita. Avevo le occhiaie e la pelle secca e per coprire tutto mi ero truccata in maniera vistosa e adesso sembravo una modella tossica di quelle con la faccia da alieno. Dovevamo sembrare entrambi strani, io silenziosa e minuscola nel mio abito gigante, la caricatura di una ragazza da copertina, Daniele che diceva qualsiasi cosa gli passasse per la testa senza aspettare una risposta, come se stesse parlando a un malato terminale e fosse lì per tenergli compagnia. Entrambi vestiti come se dovessimo andare a una serata di gala. Il ristorante era uno di quei giapponesi gestiti da cinesi che utilizzano solo il nero, il bianco e il rosso per dare un’impressione nipponica al tutto. Il cibo era buono però. Daniele ordinò per me futomaki, udon di pesce e tempura mista. Ci aveva quasi beccato. Bevemmo un Cartizze che scelse accuratamente dal menù anche se avrei preferito una Asahi. Ero a stomaco vuoto e l'alcol andò subito in circolo. Cercai di rimanere composta. Il brusio attorno a noi mi impediva di concentrarmi sui discorsi di Daniele.

Al momento del dolce ordinò due tiramisù al tè verde e una bottiglia di sakè. Poi disse: "Facciamo un gioco."

Mi ridestai dal torpore e lo guardai.

"Il fatto è che so ancora poco di te, mentre io ormai ti ho raccontato quasi tutto. Allora ho pensato, facciamo così. Prima elenco le cose di te che conosco. Poi tiro a indovinare."

Sbarrai gli occhi.

"Facciamo finta che questo sia il nostro primo appuntamento. Ci stiamo ancora conoscendo. Stiamo cercando di capire se può esserci qualcosa, anche solo una notte di sesso."

Adoravo che non usasse mai la parola *scopare*, ma nemmeno l'ipocrita e démodé *fare l'amore*.

"Allora. Ti chiami Cristina Martino, hai ventotto anni, a maggio ne fai ventinove. Hai una sorella più grande e un nipote. Hai studiato archeologia e storia antica, perdendo man mano interesse sia per le – poche – possibilità di lavoro nel settore che per le altre opportunità di carriera, compresa quella accademica. Lavori a progetto nella biblioteca di facoltà. Lo stipendio ti permette di mantenere un piccolo ma grazioso bilocale sul lungo Dora, un pesce scorpione, qualche vizio materiale concesso rarissimamente al tuo stile di vita tutto sommato frugale e, soprattutto, tempo in abbondanza da destinare alla tua più grande passione: il silenzio. A partire dall'inizio dell'anno hai deciso di dedicarti a essa in maniera completa e devota, facendo molti sacrifici in termini di svaghi, rapporti interpersonali, equilibrio. Equilibrio che tutto sommato riesci a mantenere, nonostante qualche chilo e qualche ora di sonno in meno. Hai una voglia a forma di Corsica sull'avambraccio destro, dei deliziosi nei sparsi un po' su tutto il corpo e uno particolarmente memorabile sull'interno coscia sinistro. Ti capita di parlare nel sonno. Non so se è un'abitudine che hai da tempo oppure se è iniziata da quando ti sei votata al silenzio, ma lo fai. Frasi incomprensibili, non ti allarmare. A un certo punto credo tu abbia detto *salva*. *Sono salva*, mi sembra. Forse stavi sognando qualcosa di brutto. Ma ecco, hai detto questo e poi ti sei girata. E poi più nulla. Sei molto tenera quando dormi.

Buttai giù quello che avevo in bocca con l'ultimo sorso di vino rimasto. Mi sembrava di non aver masticato affatto, e il cibo sarebbe tornato su se non mi fossi calmata.

"Questo è tutto ciò che so. Sarebbe bello se potessi cederti il turno, ma non ha importanza. Andrò avanti io. Non conosco altre cose di te, non c'è stato il tempo. Ma posso immaginarle. Oppure inventarle." Prese una sorsata di sakè e lo mandò giù piano. "È buono," disse, come se importasse qualcosa. Attorno a noi la gente rideva e faceva un brusio continuo, uno sciame di mosche. Cercai di concentrarmi su di loro, ma non si riusciva a estrapolare nulla che fosse di senso compiuto.

"Quando eri piccola parlavi moltissimo. Avevi un amico immaginario ed era l'unico che ti ascoltava. Hai sempre sentito il peso del paragone con tua sorella, non sai nemmeno quando è cominciato, inizia quando iniziano i tuoi ricordi. Hai sempre avuto la percezione che ascoltassero lei più di te, quando eri piccola urlavi e piangevi per farti notare. Sei sempre stata molto intelligente e a un certo punto hai capito che era una mossa infantile e hai smesso. Da allora hai sempre parlato poco per non dargliela vinta. Preferisci tenerti le parole in gola piuttosto che non avere la giusta attenzione. Non te n'eri mai resa conto prima, ma è tutta la vita che ti alleni al silenzio. Non è mai stato un problema per te trattenere giudizi e opinioni, quelli si danno solo per ricevere gratificazioni in cambio, per sentirsi rispondere prima o poi 'avevi ragione', oppure per tenere in piedi una conversazione. Non hai mai avuto paura della noia. Ti spaventa di più passare per maleducata, l'arroganza è tra le attitudini umane che tolleri meno. Ma c'è sempre un prezzo da pagare, no? Hai pensato che questo fosse adeguato. Delle persone ti importa molto più di quanto credi. Ma farai appello al loro buon cuore. Ne hai persa qualcuna e qualche altra ancora ne perderai. Non ti importa. Non è un effetto collaterale, lo vedi più come un valore aggiunto. Un setaccio. Il buon cuore delle persone è tutto ciò che ti interessa. Non te ne rendi conto, ma è ancora la bambina incompresa a parlare. A ventotto anni non si urla più, di questi tempi per farsi notare bisogna stare in silenzio. Non è per questo che lo fai ma non ti dispiace nemmeno. A nessuno fa schifo la vendetta, quando è compresa nel pacchetto."

Mi versai del sakè. Lo tenni in bocca e mi sciacquai il palato finché non sentii i denti ricoprirsi di quella patina alcolica e dolce.

"Perché lo fai, è un'altra storia. Sono tante ragioni, non solo una, la vendetta non è predominante. Non l'hai mai dette a nessuno tutte quante le ragioni, ne utilizzi una a persona, al massimo due o tre. Utilizzavi, intendo. Purificazione, è quella che sceglievi per le persone con cui hai meno confidenza. Hai adoperato la stessa parola con chi temevi di ferire. Insofferenza, disgusto, queste le tenevi per quelli con spirito più rivoltoso. Ma la ragione principale è il senso di inadeguatezza. A ventotto anni te ne senti altri settantacinque addosso, il mondo gradualmente ti è sfuggito di mano. Il contemporaneo non è a te che parla. E se lo fa, tu non capisci. Allora rispondi col silenzio. Il silenzio è la tua arma. Nel silenzio non sei giudicata. Non è insofferenza e non è disillusione. Pensi di non offrire abbastanza. A un certo punto, da qualche parte, ti sei convinta che quello che avevi da dire *davvero* non valeva la pena di essere ascoltato. E questo," disse, buttando giù un sorso di vino per recuperare il tono della voce, "è un peccato."

Aveva finito. Si era lasciato trasportare dal flusso e non aveva respirato. In quel momento lo fece e cambiò espressione.

"Ecco," disse, toccandomi la mano. "Ho esagerato, vero? Scusami. Non sono abituato a parlare con te, non riuscivo più a fermarmi. È come in quei film in cui vedi che conversano con le lapidi, vomitano fuori tutte quelle parole mai dette e tu sai che è solo un film perché ci hai provato una volta sulla tomba di tua nonna e non sei riuscito ad andare oltre il ciao. Invece ora non la smettevo più. Scusami, non volevo ferirti."

Abbassai lo sguardo. Aveva di nuovo l'espressione che conoscevo e mi faceva più male di quella che gli avevo visto prima addosso. Mi alzai con calma, poggiando il tovagliolo dalle gambe al tavolo e controllando ogni movimento in modo da non suscitare attenzione. "Vuoi andare?" disse lui. Si alzò a sua volta, facendo più rumore, i suoi movimenti erano tornati goffi e timorosi. Pensai che mi avrebbe ricordato che non avevamo ancora finito il sakè, ma non lo fece. Insistette per pagare per entrambi. "Ti ho invitata io," disse. Mi spostai e uscii fuori prima che finisse.

"Mi dispiace," mi disse una volta uscito. Avevo acceso una sigaretta e gli davo le spalle. La pelliccia mi dava in qualche modo conforto così ci tenevo le guance affondate e tiravo su il collo solo per prendere un'altra boccata di fumo e risputarla fuori. "Hai ragione tu," continuò. "Ti ho causato del male facendo la cosa dalla quale cerchi di liberarti. Hai ragione tu. Bisogna liberarsene. Starò in silenzio. Farò quello che vuoi. Fammi dire solo quest'ultima cosa, ok? Poi la smetto. Staremo in silenzio. Non servono nemmeno a me le parole, non mi sono mai servite. Ma fammi dire questo, Cristina. Mi piaci. Mi piaci sempre di più e sono disposto a stare ai tuoi piani, anche a chiudere la bocca, se vuoi. Starò accanto a te il tempo che ti servirà. Però poi, per favore, dimmi qualcosa. Qualsiasi cosa. Mi manca la tua voce."

Aveva le mani in tasca e provavo la sensazione di essere più grande di lui di almeno venti centimetri. Distoglieva lo sguardo e quando tornava su di me gli occhi erano l'unica cosa voluminosa rimasta nel suo corpo. Per il resto, sembrava ristretto a causa di un lavaggio sbagliato.

Uscirono altri ragazzi dal ristorante, un gruppo di quattro o cinque. Ridevano e facevano baccano. Accesero le sigarette, una ragazza bionda e molto truccata, con le labbra piene e le unghie lunghissime, continuava a ripetere la stessa frase. *Shame on you*, diceva, e gli altri ridevano. Indicava un ragazzo e ripeteva, la pronuncia approssimativa che rendeva *shame* uno *sceim* e il digrafo iniziale, sibilato in maniera sempre più marcata, un fischio.

Guardai Daniele. Le nostre sigarette non erano ancora finite. Spinsi fuori tutto il fumo che avevo nei polmoni, presi un'altra boccata e fuori di nuovo, fino a lasciarli a secco di ossigeno. Poi parlai.

"Non voglio più vederti," dissi con un filo di voce.

Maggio

Senza più nemmeno l'appuntamento fisso del venerdì, le settimane erano diventate unità di tempo infinite. Dormivo meno che mai e gli occhi mi facevano male per tutte le ore passate davanti allo schermo, al lavoro e poi di nuovo a casa, la schiena e le chiappe doloranti per le navigazioni senza sosta sui siti di immobiliare, di moda e di arte antica, semi sdraiata nel letto. Le lenzuola erano da cambiare da settimane. Il sabato e la domenica, quando i miei genitori o Elena venivano per assicurarsi che fossi viva, tenevo la porta della camera chiusa, sperando che non si prendessero la briga di andare a controllare. Dal momento in cui suonavano avevo un minuto scarso per correre in bagno a lavarmi la faccia e i denti e legarmi i capelli. Avevo trovato una crema per il viso miracolosa; conteneva una piccola parte di siero autoabbronzante che mi dava un colorito sano senza sembrare truccata, perfetta per coprire il grigio verde che avrei avuto altrimenti. Mio padre veniva con meno frequenza, e qualche settimana la saltava. Mia madre si affrettava a giustificarlo – un impegno con amici, un'indisposizione – ma sapevo che erano scuse. Quando c'era rimaneva zitto anche lui e capivo che non avrebbe mai avuto il coraggio di venire da solo perché non avrebbe saputo come coprire il silenzio, e alla fine il silenzio l'avrebbe svuotato. Né mia madre né Elena avevano di questi problemi, ed è l'unico vero motivo per cui le persone silenziose e tendenzialmente asociali amano circondarsi di logorroici: riempiono alla perfezione i vuoti, rendendo molto facile per i primi passare inosservati. Mi parlavano della loro settimana, Elena divisa fra il lavoro, Elia e un corso di lindy hop, al quale si era iscritta, senza troppe aspettative, spinta da qualche altra giovane mamma conosciuta all'asilo; mia madre sempre più in aria di pensione, fedele alle sue lezioni di pilates del martedì e del giovedì. Ogni domenica mi portava contenitori Tupperware colmi di pietanze – ossibuchi, torte salate, pasta al forno – e si riprendeva quelli della settimana precedente. "Hai mangiato tutto?" chiedeva. "Sei troppo magra. Non ci provare, sai. Un conto è il silenzio, ma il digiuno no." Mia madre era abituata a non ricevere risposte da quando aveva sposato mio padre, e ancora prima, grazie a mia nonna, che aveva ottantatré anni e una predisposizione d'animo verso la vita che si era aggricciata come la pelle alle mani. Ogni tanto lo ammetteva, mia madre, che la laconicità era una valigia capitatale in sorte, della quale portare il peso senza mai conoscere il contenuto; un proiettile che la sfiorava per colpire le persone accanto a lei. Era partito da sua madre per centrare prima suo marito e poi me. Da che ne ho memoria io e nonna c'eravamo dette sì e no tre parole, ma ricordo dei pomeriggi meravigliosi, da bambina, passati davanti alla tv, solo io e lei, cullate dalle parole che uscivano dallo schermo a un volume troppo basso per seguire un discorso, senza alcun senso se non quello di rendere caldo e accogliente il nulla con il quale avevamo arredato la stanza. Voci distanti e senza peso, come nel ventre materno.

Mia madre diceva quello che le passava per la testa propendendo per la sintesi, facendo domande per assicurarsi che fossimo ancora lì, e noi, colpiti dal proiettile della quiete, rispondevamo a vocali e sillabe, oppure precisi ma cauti, sempre un po' infastiditi, come se le parole fossero tuoni a turbare un equilibrio. Le sue parole invece erano peli sul cappotto, le levava con un gesto secco della mano e le toglieva anche a noi, assicurandosi che non ne rimanesse traccia. Ora che non poteva più farlo si sentiva persa. Ogni volta che mi veniva a trovare mascherava la sconfitta con la durezza del volto e dei toni con cui si rivolgeva a me; ma io sapevo, e ciò mi consolava, che il silenzio era qualcosa che lei conosceva bene e che, nonostante tutto, la legava all'infanzia.

Elena, che non era stata sfiorata dal proiettile, era più pragmatica di mia madre, anche se all'apparenza non si sarebbe detto. Ma io sapevo anche questo, e potevo contare sull'ironia con la quale, dal primo giorno, aveva smontato la mia operazione silenzio. Il che non era solo fastidioso, ma difficilissimo da sopportare. Lei era quella che mi dava più filo da torcere. Più degli occhi tristi di mio padre e del tentativo (fallito) di fare finta di niente di mia madre. Ogni tanto mi scappava da ridere, e mi rifugiavo dietro la mano come una damina vittoriana. Elena parlava senza sosta, ma non alla maniera un po' rigida e timorosa di Daniele, sempre a controllare il mio stato come un filetto sulla griglia. Parlava e basta, libera, svincolata dal peso del dover attendere una reazione o un giudizio. Senza domande ad arginarli, i suoi pensieri correvano per la stanza come un palloncino a cui è stato sciolto il nodo; i discorsi passavano senza soluzione di continuità dal lavoro alla palestra a Elia che aveva smesso di dormire la notte a Marco che la preoccupava perché voleva lasciare il lavoro. Ogni frase ne innescava un'altra e via così, in un circolo senza sosta. Non mi sembrava di averla mai sentita parlare tanto. Aveva anche smesso di chiedermi scusa. "Spero di non annoiarti," diceva le prime volte. Non mi annoiava, in effetti. Non ascoltavo davvero i suoi discorsi, non sempre, almeno, ma prestavo attenzione al tono, alle pause, alla maniera frenetica con cui prendeva aria, a volte un goccio d'acqua o vino, e ricominciava. Nonostante tutte le parole, le informazioni, i dettagli, a volte mi fissavo a osservare la bocca che si muoveva, il modo in cui i suoi denti piccoli spuntavano dal labbro superiore, e pensavo che di lei conoscevo poco o nulla. Legavo la sua immagine alle vacanze passate insieme da bambine, i miei primi ricordi collegati agli anni in cui ancora abitavamo insieme e condividevamo la stessa stanza, lei nel letto a castello sopra io in quello sotto, le storie paurosissime che iniziava a raccontare non appena mia madre spegneva la luce, i pranzi di mia nonna in cui facevamo a gara ad assaggiare la pasta e decretarne il grado di cottura, i bagni d'estate, i trucchi e i vestiti che le rubavo di nascosto e poi riponevo al loro posto sperando che non se ne accorgesse. Ora era una donna, una persona diversa, nel modo in cui si muoveva e nelle parole che sceglieva, e chissà da quanto tempo. Lei parlava e io la stavo a guardare e mi sembrava che a poco a poco si liberasse di qualche peso per tornare la Elena che conoscevo, l'Elena alla quale cercavo di assomigliare e a cui, in pubertà, invidiavo le tette, annotando mentalmente quale t-shirt e quale reggiseno dava loro più risalto perché mi sarebbe tornato utile saperlo, una volta che mi fossero cresciute, se mai fosse arrivato quel giorno. Era lei, solo più sicura di sé. Parlava e sembrava alleggerirsi e io ero felice di farle questo favore, e la sua voce mi riportava a uno stato di serenità che un tempo avevo conosciuto e quando se ne andava era già buio e filavo a letto e riuscivo a dormire tutta la notte. Il giorno dopo, però, mi svegliavo nella luce ripulita e vergine della domenica e mi sentivo sola, e mi chiedevo perché ancora lo stavo facendo. Se mi ero ricordata di comprare gli ingredienti mi facevo un toast e rimanevo a crogiolarmi e languire nel mio malumore finché non mi tornava in mente mia sorella, il sollievo nel poter parlare così liberamente, senza essere interrotta o giudicata, e allora mi convincevo fosse quello il motivo del silenzio, aiutare gli altri a liberarsi, e rimanevo a fissare la finestra e gli appartamenti oltre il vetro cercando di dimenticare quanto gli altri mi dessero fastidio, quando ero obbligata a parlare con loro.

Quando esaurivano gli argomenti, Elena e mia madre iniziavano a preoccuparsi. Mi osservavano con attenzione come per notare segni di squilibrio più evidenti e poi partivano con la supplica di fare qualcosa, di vedere qualcuno, di farmi aiutare. "Stai deperendo," diceva mia madre. "Tuo padre è molto preoccupato per te." A volte si arrabbiava, poi si calmava e si sedeva sul divano. Io mi mettevo accanto a lei e lei mi sistemava i capelli dietro l'orecchio, e quello diventava il momento più bello della settimana.

"Anche tuo padre ha passato un brutto periodo, quando gli hanno diagnosticato il tumore. Ha iniziato a vedere uno psicologo, che gli ha dato una grossa mano a rimettersi in sesto dopo l'operazione e lo spavento. Si era convinto che fosse maligno e una parte della sua testa non voleva rassegnarsi. Questa persona l'ha aiutato tanto. Poi ci avete regalato Murphy, e quello stupidotto ha fatto il resto. Ti ho scritto il nome e il numero su questo biglietto, prendilo. Puoi andare da lui anche se non dici niente, ma già il fatto di avere qualcuno competente a occuparsi di te può essere che ti faccia stare meglio," disse.

Anche Elena mi ripeteva le stesse cose. "Perché non chiedi aiuto?" Mi sembrava uno degli eufemismi più deprimenti per consigliare la terapia. Un giorno si presentò da me con un volantino. L'immagine raffigurava un ponte di legno sull'acqua – un lago, forse – e il testo, in caratteri indaco che riprendevano lo stesso colore blando dell'immagine, diceva *Gruppo di Autoaiuto*. E poi, più sotto, *Mutismo selettivo*. Guardai mia sorella e mi sembrò di avvampare. Mi sentivo tradita. Il fatto che ci fosse un nome per quello che stavo facendo mi sembrava un oltraggio: se esisteva un nome non ero sola, e se non ero sola, qual era lo scopo? Elena mi girò il volantino tra le mani, per farmi leggere il retro. *Il mutismo selettivo è un disturbo dell'infanzia caratterizzato dalla costante incapacità di parlare nei contesti sociali come la scuola o di fronte a persone. Spesso, però, ci si dimentica di aggiungere che il MS può persistere anche in età adulta. La mancata regressione della condizione porta a difficoltà di tipo scolastico e lavorativo, isolamento sociale e difficoltà relazionali. Gli adulti con MS, così come i bambini, sono dominati da un'estrema ansia e paura che li raggela. Il mutismo, inol-*

tre, può essere la manifestazione di un disturbo da stress post traumatico, che si sviluppa in seguito all'esposizione a un evento traumatico.

Se avessi avuto la voce le avrei fatto notare che niente di tutto ciò mi riguardava. Probabilmente avrei aggiunto "Non sai niente di me" e saremmo finite a litigare. Mi sentivo molto meno infastidita senza niente da ribattere. Mi dispiaceva che lei e mia madre si crucciassero così. Avrei risposto loro che il silenzio era la soluzione. Che anche loro avrebbero dovuto provare. Io, ad esempio, avevo scoperto che era la cosa che mi veniva meglio al mondo.

Il giorno del mio compleanno lo passai a letto. Era un mercoledì e mi ero presa il giorno libero. Al lavoro avevano cominciato a sospettare che la malattia alla gola fosse una balla e cercavano sempre di mettermi all'angolo con monologhi improvvisati e compassionevoli nei quali tentavano di accertarsi della mia sanità mentale. Da quando avevo smesso di parlare Patrizia mi trattava in maniera materna, e ripeteva frasi tipo "Non preoccuparti, so che non puoi rispondermi" oppure "Se non hai capito, basta che me lo scrivi su un biglietto". Ma da qualche giorno aveva iniziato a rivolgersi a me con fare più sbrigativo, se non addirittura perentorio, a essere meno indulgente se sbagliavo, a spazientirsi. Io mi sentivo lusingata. Lei era la persona davanti alla quale mi sentivo più fiera e capace: quando mi parlava, non producevo nulla di rimando. Assenza totale di mimica, sguardo introflesso, la cinesica non avrebbe avuto alcun materiale di studio. Aponia e atarassia. Ero una pianta, un sasso, un utensile. Ero Harpo. Potevo essere Harpo. Con lei mi era tutto più facile. Più restavo impassibile, più lei si innervosiva. E più si innervosiva, più diventavo invisibile. Era, insieme a quattro soldi che mi venivano accreditati mensilmente sul conto corrente, l'unico motivo che mi spingeva ad alzarmi la mattina, uscire dal letto, spalmarmi la mia crema miracolosa in faccia e uscire nel mondo.

Ma era il mio compleanno, e l'avrei onorato. Avevo ventinove anni e non conducevo una conversazione da quasi quattro mesi. Era primavera inoltrata e là fuori tutto si era svegliato, il mio appartamento era infestato dalla luce e dal canto di stupidi uccelli che si scambiavano messaggi misteriosi di morte o di vita. Il loro cinguettio lezioso era interrotto dal richiamo dei corvi, primitivo e sgraziato come il loro passo sulla terra. Presi il cellulare dal primo cassetto dell'armadio e lo accesi. Era spento da giorni. A marzo i miei mi avevano regalato un telefono fisso e la linea telefonica: il numero l'avevano solo loro ed Elena e ogni tanto mi chiamavano sul fisso, solo per sentire che c'ero o per parlare di sé. Per il resto, il cellulare lo usavo solamente per mandare SMS a Patrizia, per comunicare un'assenza o un ritardo. Mia madre mi mandava messaggi su WhatsApp ai quali sapeva già che non avrei risposto. Mi raccontava come era andata la giornata e concludeva con "Lì tutto ok?" Quel giorno, sia lei che Elena mi avevano mandato un messaggio vocale. I miei alle 07.25 – mia madre che mi ricordava che era l'ora esatta della mia nascita, mio padre che interveniva con "Mamma ti ha fatto la torta al cioccolato". Il messaggio di Elena risaliva a mezz'ora più tardi, era in macchina mentre, immaginavo, stava accompagnando Elia all'asilo. "Fai gli auguri a zia," diceva, perentoria. Poi l'audio si interrompeva e ne partiva un altro subito dopo.

"Scusa," diceva "un cretino ha attraversato col rosso. Ci vediamo domani sera?" Mi ricordai che avevano tentato di invitarmi a cena per la sera stessa ma avevo finto di avere un impegno. Con il telefono davanti e WhatsApp aperto controllai i messaggi più vecchi. Tra quelli non letti, nessuno da parte di Silvia e uno, solo uno ma lunghissimo, di Daniele, datato ventuno aprile. Risposi alla mia famiglia con un emoji a caso, spensi il telefono e abbassai le tapparelle. Ordinai noodles come quando stavo con Giacomo e ci bevvi sopra una bottiglia di traminer. Guardai per la centesima volta *Indiana Jones e il tempio maledetto*, il mio preferito. Poi guardai anche *I predatori dell'arca perduta* e *L'ultima crociata*, poi ordinai una pizza e guardai *Jurassic Park*. Sapevo le battute a memoria ed era una sensazione rilassante lasciarsi cullare da parole che conoscevo, nulla che potesse sorprendermi o agitarmi. Avevo il letto pieno di briciole e la testa intontita dall'alcol. Buttai giù il primo bicchiere d'acqua della giornata, diedi da mangiare ad Harpo e riaccesi il telefono, tenendolo in modalità aerea. Tentai di riascoltare i messaggi vocali che mi aveva mandato Giacomo, ma senza backup il tempo li aveva cancellati. In tv scorrevano televendite di oggetti improbabili, ripensai al periodo in cui andavano forte i pantaloncini snellenti e gli elettrodi che avrebbero dovuto sostituire la palestra. Ripensai a Giacomo e cercai di farmi tornare in mente la sua voce, ma non ci riuscivo. Provavo a ripescare tracce di conversazioni passate, ma era come se fossero sommerse da strati di terra e sabbia. Forse nel tempo passato insieme avevamo anche noi sviluppato un linguaggio silenzioso, come succede alle coppie anziane. Forse era successo e me ne rendevo conto solo ora. Presi di nuovo il telefono. I vocali di Giacomo erano stati cancellati, ma quelli di Silvia no. Riascoltai la voce di Silvia dalle chat dell'anno precedente. La ascoltai prendere accordi sul fine settimana, imprecare contro qualche impiegato di un ufficio pubblico o perché aveva perso le chiavi di casa, insultare qualche conoscente comune che aveva postato l'ennesima stronzata sui social, gioire per il suo ultimo acquisto, supplicarmi di chiuderle le tube e farla interdire dopo un appuntamento disastroso con un tipo che dormiva con una foto della madre incorniciata sul comodino e che, all'apice dell'amplesso, le aveva chiesto di succhiarsi il pollice. Ascoltai tutto questo fino a che non ebbi l'impressione di poterle rispondere, di dirle qualcosa di utile: una battuta per farla ridere, una frase che avrebbe riavvolto il tempo.

Di Daniele non avevo nessun vocale con cui torturarmi. Solo una serie di messaggi cortesi e una lettera che mi aveva mandato la settimana prima, che non volevo rileggere perché mi metteva paura. Ma non avevo la sua voce. Mi manchi, gli avrei detto, se avessi avuto un messaggio vocale a cui appellarmi. Rimpiangevo le sue parole pronunciate all'apparenza senza sforzo, che ne conoscevano uno immane taciuto. Effuse nell'aria come incenso a profumare un cadavere. Mi mancavano i suoi discorsi vuoti, i convenevoli e le conversazioni spicciole a senso unico. Gli avrei detto questo, lo avrei ringraziato per non aver mai preteso nulla in cambio. Gli avrei detto anche una frase di Novalis, che mi ero appuntata mesi prima e che continuava a girarmi in testa. Gli avrei detto che quando qualcuno parla soltanto per parlare dice la cosa più originale e veritiera che possa dire.

Il giorno seguente, quindi, fui obbligata ad andare a cena dai miei. La torta al cioccolato fatta da mia madre era stata decorata con una scritta bianca che sembrava di plastica e diceva *Buon compleanno Cristina*, come se avessi compiuto sei anni. C'erano anche Elena, Marco ed Elia, e i miei genitori sembravano talmente felici di avermi lì che gli concessi pure di soffiare la candelina. L'aria che usciva dalla mia bocca era silenziosa e gliela regalai in cambio del loro affetto. Poi tagliammo la torta e vidi il mio nome scritto in caratteri di cioccolato spezzarsi, ingurgitato e fatto poltiglia dai loro denti e pensai che era la fine giusta. Era un bel regalo, e ne fui grata.

Per avere altro a cui pensare rispetto a me stessa, iniziai a frequentare il gruppo di autoaiuto del volantino di Elena. Il gruppo si riuniva tutti i giovedì sera, in un centro di terapia della Gestalt. Oltre a me c'erano altre quattro persone e io ero la più vecchia. Lo sapevo dal modulo che ci era stato fornito al primo incontro e che, assieme ad alcune pagine dal titolo *Cos'è il mutismo selettivo* e *Cos'è il mutismo acquisito*, riportava i dati dei partecipanti: nome, cognome, data di nascita e indirizzo mail, nella vana speranza, immaginavo, che qualcuno sentisse il bisogno di mettersi in contatto con gli altri. Due partecipanti erano adolescenti, uno aveva ventuno anni e la più piccola era una bambina di dieci, accompagnata dalla madre che si sedeva nell'anticamera della sala riunioni e attendeva che l'ora passasse, guardando contenuti al telefono con l'audio a volume altissimo. Insieme a noi c'era una tutor. Aveva una trentina d'anni e anche lei, in passato, aveva attraversato una fase di mutismo. Si chiamava Sara, due sillabe piuttosto simili fra loro, facili da pronunciare. Il compito di Sara era sostanzialmente parlare al posto nostro, per evitare che le riunioni si risolvessero in un cerchio del silenzio. Secondo la teoria per cui, per mettere a proprio agio le persone e convincerle a spifferare, bisogna prima dare in pasto qualcosa di sé, Sara ci parlò di come per tre anni si era rifiutata non solo di aprire bocca, ma anche di uscire dalla propria stanza. Era stata aiutata da un'associazione di *hikikomori*, che con lei condividevano atteggiamenti simili – anche se loro, specificò, erano quasi tutti uomini. Lo disse con una sorta di fierezza nella voce, come se essere l'unica donna della comunità fosse un piccolo primato. Ci raccontò che era iniziato tutto quando, a sedici anni, si era rifiutata di andare a scuola, perché era stanca di passare il suo tempo rannicchiata in un angolo mentre le sue coetanee *sbocciavano*. Si sentiva così diversa da loro, e allora aveva pensato che fosse meglio starsene chiusa in camera. Alle scuole elementari, aggiunse, aveva già sofferto di mutismo selettivo. Era guarita lentamente, riuscendo dapprima a comunicare con piccoli gruppi di persone, poi via via a estendere il raggio fino a farsi nuovi amici. Alle medie riusciva quasi a condurre una vita normale, ma poi, al liceo, era "sprofondata di nuovo nel mutismo e nell'isolamento. Proprio quando tutti si aspettano che una ragazza abbia voglia di uscire, andare in discoteca, avere i primi contatti con l'altro sesso e le prime esperienze amorose". Parlava un po' come un libro stampato e pensai che fosse dovuto all'astinenza. Mi chiesi se sarebbe successo anche a me, se mai mi fossi decisa a ricominciare. Se avessi avuto la voce, le avrei detto che era controproducente e che mi stava spaventando.

Ci spiegò che il mutismo selettivo in età adulta è piuttosto raro. "Talvolta, come nel mio caso, è la recidiva di un mutismo avvenuto in età dello sviluppo. In certi casi può derivare da una particolare ansia sociale, altre volte ancora è la conseguenza di un trauma. Sono tutte cause piuttosto diverse, non equiparabili," continuò. "Ma noi non siamo qui per occuparci delle cause. Per questo c'è il supporto psicologico, e sono sicura che molti di voi ne stanno già usufruendo. Agli altri, ricordo che il centro che ci ospita è pieno di persone disponibili a incontravi. Però, dicevo, noi stasera siamo qui per un altro motivo. Siamo qui per condividere uno stato d'animo. Nonostante provenga da direzioni lontane, il risultato è lo stesso: noi non riusciamo a comunicare. E allora questo è uno spazio libero, in cui nessuno vi farà delle domande ma in cui, anche in silenzio, potrete stare accanto a persone che capiscono come vi sentite, che sanno quello che provate, che condividono gli stessi pensieri e le stesse preoccupazioni."

Poi si alzò, prese dal tavolo accanto alla parete dei block notes dimensione A4 e dei pennarelli, li distribuì a ciascuno di noi e ci chiese di usarli per rispondere alle domande. "Ma anche per comunicare qualsiasi cosa avete desiderio di comunicare." "Solitamente, nei gruppi," continuò, "si inizia con un giro di presentazioni. Ma il nostro gruppo è un po' diverso dagli altri, no? Allora, direi di saltare queste formalità. Vorrei invece che faceste un disegno. Non importa se non siete bravi, non è una lezione d'arte. Siamo qui per non essere giudicati e non giudicare per primi, e questo è importante che sia chiaro fin dall'inizio. Tutti noi abbiamo problemi col giudizio, no? Siamo fra pari."

Si fermò e prese un sorso dalla bottiglietta che teneva in mano. Ne doveva aver bevuta già mezza da quando avevamo iniziato. Mi chiesi come avrebbe fatto a tenere duro un'ora senza correre al bagno, e mi accorsi che sul pavimento, sotto la sua sedia, ne teneva un'altra ancora intonsa.

"Su quel foglio," riprese, "vorrei che disegnaste un'immagine. Vorrei che sceglieste un'immagine per descrivere come vi sentite in questo momento. Può essere qualsiasi cosa, lasciate andare libera la fantasia. E non dev'essere per forza un oggetto, una forma concreta. Di nuovo, se non sapete disegnare, non fatene un problema. Quando tutti avranno finito, e lo farò anch'io, mostreremo quello che abbiamo prodotto. Non mi metterò a commentare il vostro lavoro, né a tentare di decifrare la sensazione che lo ha generato. Mostreremo i nostri disegni a vicenda, e basta, e saranno il nostro bigliettino da visita. Come il nome su quei cartellini adesivi che si vedono negli incontri degli Alcolisti Anonimi, sapete?" ridacchiò, in maniera piuttosto nervosa. Aprì di nuovo la bottiglietta e prese un sorso. "Può essere semplicemente un sole, o una nuvola, va benissimo. Qualcosa di voi. Non importa cosa, non importa quanto."

Fece un gesto con la mano come a dire "Iniziate" e tornò a bere. Poi, come se si fosse dimenticata, guardò l'orologio e disse: "Vi chiamo io fra dieci minuti. Ci prendiamo dieci minuti," e, fedele alla sua promessa, posò la bottiglietta sotto la sedia, accanto all'altra, aprì il taccuino che teneva sulle ginocchia, estrasse il piccolo pennarello nero infilato nella spirale e iniziò a tratteggiare qualcosa.

Mi guardai intorno. Un ragazzo aveva chinato la testa sul foglio, ma non accennava a utilizzare il pennarello. Immaginai dovesse essere il ventenne: aveva i capelli lunghi legati e una barba ispida e rada come un prato bruciato dal sole. Dava l'impressione di uno che non fa la doccia da tempo. La bambina continuò a fare quello che faceva da quando era arrivata: scarabocchiare sul foglio. A un certo punto, però, voltò pagina e si mise a calcare il pennarello sul foglio con più attenzione. Gli altri due, un ragazzo e una ragazza – lui alto e grosso, i capelli tagliati cortissimi e gli occhiali, lei molto magra, gli occhi scuri e sporgenti che sembravano essersi allargati fino alle guance – guardavano altrove. Il nostro sguardo non si incrociò mai. Li osservai di soppiatto fissare il vuoto fino ad arrendersi e mettersi sul foglio a disegnare. Ero rimasta l'ultima. Presi il pennarello e lo aprii, ne annusai l'odore. Alle medie io e la mia migliore amica di allora, che si chiamava Laura – si chiama ancora così, è solo che non siamo più amiche – avevamo scoperto che sniffare il feltro dei pennarelli da lavagna dava alla testa, e allora li rubavamo e li tenevamo senza cappuccio nel portapenne e mentre la maestra spiegava ci chinavamo a inalare. Di fatto, non riuscivo a pensare ad altro: i pennarelli, che rendevano tutte le lezioni più divertenti, e Sara, la nostra tutor, che beveva in maniera compulsiva tra una parola e l'altra, e aveva il tono meccanico di un'intelligenza artificiale. Ora che disegnava mi sembrava di nuovo tutta intera. Ma mentre parlava, tra una pausa e l'altra, temevo si sarebbe spezzata, disintegrata in mille minuscoli quadratini come in *The Cube*. La stessa ansia che provo ogni volta che sono a teatro, motivo per cui detesto andare a teatro. Che succede se un attore si dimentica una battuta? Che succede se le dimentica *tutte quante*? È una sensazione che non riesco a tollerare. Mi sembra di assistere alla pubblica esecuzione di un condannato che per qualche motivo viene continuamente ritardata. Peggio che stare davanti a un burrone. Non capisco come faccia la gente.

Disegnare: mi ricordavo ancora come si fa? Erano anni che non ci provavo. Mi tornò alla mente il piccolo banco giallo e azzurro che anni prima era stato di Elena, dove rimanevo ore a colorare, prima solo coi pennarelli poi con gli acquerelli. Era una scusa come un'altra per scomparire dalla realtà, per sentirmi dire che ero brava e non essere disturbata. Cosa stai facendo? Sto disegnando. Non mi distraete. Se mi chiedevano cosa avrei voluto fare da grande, rispondevo la postina. Ero affascinata da questi uomini in divisa che percorrono chilometri per recapitare messaggi non propri. Li immaginavo privi di vite, devoti e asserviti, a fare voti di celibato come preti e suore. Disegnai un crocifisso e ci misi tutto l'impegno possibile nella manciata di minuti che era rimasta.

Quando Sara disse che il tempo a nostra disposizione era finito, tutti staccarono i pennarelli dal foglio e rimasero a fissare quello che avevano prodotto. Erano molto ubbidienti. Pensai che da bambini dovevano essere stati la gioia e l'orgoglio dei loro genitori finché non erano diventati una preoccupazione. Anni a chiedersi dove avessero sbagliato con loro. Se avessero potuto rispondere, gli avrebbero detto che l'unico errore era stato forzarli a uscire nel mondo.

Sara ci chiese di mostrare i disegni, a turno. "Comincio io," disse. "Per rompere il ghiaccio." Alzò il foglio. "Come vedete, non me la cavo bene. Spero si capisca."

C'era uno specchio che occupava metà del foglio, ondeggiature a simulare una superficie riflettente. Davanti allo specchio, un omino stilizzato. I tratti erano piuttosto precisi, sicuri.

La nostra Sara tentava forse di nasconderci doti artistiche? In ogni caso, apprezzai lo sforzo. Mi pareva necessario.

"Ecco. Sono sempre stata molto timida. La cosa che più mi spaventava era il giudizio, così pensavo: se non parlo, nessuno potrà prendermi in giro per quello che dico, no? Sono andata avanti anni prima di capire – intendo capire davvero – che ero solamente io a giudicarmi. Il parere degli altri non si forma sulla base di una singola azione, è più la somma finale. Ma per questo ci sarà tempo," ridacchiò. Era imbarazzata e provai imbarazzo per lei.

"Ecco," ripeté ancora. "Adesso parlo fin troppo. Ora è il vostro turno. Chi ha voglia di mostrare il proprio disegno? Lasciate che sia lui a parlare per voi. Non dovrete fare altro che mostrarlo."

Ci fu il vuoto, come era lecito aspettarsi. Non ero sicura che Sara sapesse quello che stava facendo, mentre ero certa che tutti, in quel momento, la stessero odiando. La rabbia era palpabile. Come faceva a non accorgersene? Come riusciva a non soccombere? Avevo sempre più il sospetto che si trattasse di un bluff. La situazione era paradossale: un gruppo di sostegno nel quale non si condivide la propria storia, senza la parte del "Ciao, mi chiamo X e sono un alcolista". In questo modo, pensai, tutti possono essere uguali agli altri. Sarebbe stato più facile se non ci avessero consegnato i fogli all'inizio, se non ci avessero attribuito un nome. Messi lì dentro, senza un'identità, senza un passato, eravamo la cosa più vicina alla dottrina di Cristo dai tempi di Cristo. Avremmo dovuto iniziare a vestirci tutti alla stessa maniera, colori neutri e noiosi, tessuti naturali, tagli anonimi. Un culto con un solo e unico precetto, per dare ragione a tutti quelli che analizzavano la mia scelta come fosse la loro.

A un tratto, però, la bambina, la più piccola fra noi, sollevò il foglio e lo mostrò. Era finito tutto. Stavamo per darci dei nomi. Con i tratti ancora incerti della sua età, ma con un certo talento, bisognava ammetterlo, aveva disegnato un cuore di ghiaccio. Il cuore non era tratteggiato in maniera stilizzata, aveva più uno stile fumettistico: vene e arterie entravano negli atri e nei ventricoli, l'aorta impugnava l'arteria polmonare. Dalle cavità delle vene pendevano stalattiti di ghiaccio. Ci mostrò il foglio per qualche secondo e poi lo riappoggiò sulle gambe, il dorso bianco verso l'alto. Chinò la testa come se si aspettasse un discorso di Sara, un giudizio. Ce lo aspettavamo tutti. Invece Sara disse solo "Grazie," e chiese se c'era qualcun altro che voleva mostrare il proprio lavoro. Disse *lavoro* come se fossimo professionisti pagati. Nessuno aveva il coraggio di proseguire, così chiamò lei: "Andiamo in senso orario allora. Giovanni, ti va di mostrarci il tuo *lavoro*?"

Secondo la data di nascita segnata sul foglio che ci era stato fornito, Giovanni doveva avere diciassette anni, ma ne dimostrava dieci di più. Era inabissato sulla sedia. Le sue mani, piccole e paffute come quelle dei neonati, si aggrappavano al foglio di carta che frusciava nel silenzio tombale. I gomiti infilati nelle cosce, il busto piegato, sembrava l'opera di uno scultore alle prime armi sul tema *L'inadeguatezza*. La sua posizione era un tentativo di assicurarsi un posto nello spazio, in uno spazio che a tutti gli effetti lo costringeva ad apparire, a mostrarsi; e allora, senza nemmeno rendersene conto, come un cane, si accucciava, sperando di incutere tenerezza e non essere redarguito. Il linguaggio non verbale è ingannevole soltanto per chi non lo ascolta, pensai. Per chi lo ritiene inferiore alle parole, per chi non ne ha riguardo. Cominci a capirlo solo quando non hai alternativa.

Giovanni si fece forza e mostrò il foglio. Nessun disegno, solo un paio di frasi scritte con una calligrafia estremamente curata – femminea, si sarebbe detto. Dicevano: *Non riesco a disegnare niente. Scusate. Sono felice di conoscervi.* Ecco la prima vittima, pensai.

Sara disse: "Non c'è problema, Giovanni. Come vi dicevo non è importante disegnare bene, uno scarabocchio come ho fatto io va benissimo," ridacchiò ancora. "Ma va bene anche non disegnare nulla. È importante che tutto quello che succede qua dentro non lo vediate mai come un obbligo. Piuttosto come una possibilità. Da cogliere, se ve la sentite, altrimenti sarà per la prossima volta, magari. È un rapporto di fiducia quello che stiamo cercando di costruire, non ci saranno mai imposizioni né ultimatum. Il piccolo pensiero che hai scritto è già moltissimo. Grazie per averlo condiviso. E anche noi siamo felici di conoscerti. Sono sicura di parlare a nome di tutti."

Fece una pausa e disse: "Elena, tocca a te."

La ragazza aveva sedici anni e lo stesso nome di mia sorella. Voltò il foglio in fretta come per togliersi quell'incombenza di dosso e tornare nel suo comodo oblio. Aveva gli occhi così spalancati che sembrava potessero uscirle dalle orbite. Il disegno raffigurava un lupo davanti a una gigantesca luna piena. Il muso era serrato e la testa non era rivolta verso il cielo come nell'iconografia più classica, ma era abbassata. L'immagine era tratteggiata in maniera essenziale, nervosa, ma rimanemmo tutti a fissarla finché lei ce ne diede la possibilità. Aveva qualcosa di curioso. Il lupo sembrava triste, ma me lo figurai guaire di nascosto, per non attirare l'attenzione del branco, un guaito profondo fermo in un punto dello stomaco o della testa. Il soggetto era banale, ma se ci fosse stato un premio di qualche tipo per questo concorso idiota, Elena l'avrebbe vinto.

"Abbiamo sentito tutti questo disegno parlare, vero?" disse Sara, spezzando ogni incantesimo. "Grazie, Elena. Cristina, ora tocca a te."

Toccava a me. Girai il foglio e mostrai la mia stupida croce disegnata a tutti. Avevo condiviso qualcosa di non necessario. Ancora meno necessario che le parole ringhiate a Daniele. Con una croce, abdicavo ancora alla mia divinità senza nome e senza scopo e rinunciavo al silenzio.

"Grazie," disse soltanto Sara. "Tommaso, rimani tu. Vuoi mostrarci il tuo disegno?"

Tommaso rimase immobile. Fissò dritto negli occhi Sara, la bocca contratta in un mezzo ghigno, appena accennato, troppo sbilenco per essere un sorriso. Fece no con la testa. Una pausa e poi ancora.

"No?" disse Sara. Attese un attimo, ma Tommaso rimaneva fermo nel suo ghigno.

"Va bene," disse Sara. Aveva il tono oltraggiato, ma tentò di nasconderlo. "Nessun problema. Lo farai quando ti sentirai pronto," e prese un sorso d'acqua. Poi guardò l'orologio: "Abbiamo finito la nostra prima ora insieme. È stato un piacere conoscervi e scoprire qualcosa di voi. Il vostro silenzio è qualcosa di voi. È un punto di partenza ed è qualcosa che condividiamo. Che amiamo e che ci fa soffrire, allo stesso modo.

Lavoreremo per riconoscergli il giusto spazio, non per cacciarlo ma per evitare che prenda il possesso di noi, delle nostre vite. Per fare in modo che siamo noi a controllare lui e non il contrario. Ci arriveremo con calma. Il tempo è nostro amico. Non abbiamo nessuna fretta."

Si alzò di colpo e concluse: "Ci vediamo la settimana prossima. Grazie di cuore."

Uscì in fretta portandosi dietro la sua bottiglietta vuota e lasciandoci soli. Qualcuno si era già alzato e la seguì. Io raccolsi le mie cose con calma e aspettai di essere l'ultima a uscire.

Fuori era buio e avrei dovuto prendere l'autobus per tornare a casa. Rimasi ad aspettarlo alla fermata, sola, la luce bluastra delle giornate già lunghissime e l'odore fresco e dolciastro di primavera ancora nell'aria, spietato come ogni anno.

Ancora maggio

Dormii poco. Non riuscivo a smettere di pensare a quel ragazzo. La maniera in cui aveva rifiutato l'esercizio, spontanea e decisa, mi dimostrava che avevo ancora lavoro da fare. Quanto ci vuole per liberarsi del tutto? Forse non mi stavo depurando abbastanza. Sarebbe stato bello avere una leva e buttare fuori i residui della vita precedente tutti insieme, come gli escrementi degli astronauti nello spazio. Giacomo una volta mi aveva detto che gli sembravo troppo preoccupata di fare la cosa giusta. Ma dai. "Non mi importa proprio niente di quello che pensano gli altri," gli avevo risposto. "A me sembra di sì. Hai la sindrome della cattiva bambina." Avevo cercato su Internet ma non esisteva nessuna condizione che portasse quel nome.

Mi alzai, feci colazione e accesi la tv. Erano le nove e non avrei dovuto andare in biblioteca prima delle quattordici. Le reti generaliste trasmettevano talk show del mattino e cartoni animati per i bambini a casa con la febbre. Davano ancora quelli di Hanna-Barbera. Diedi da mangiare ad Harpo mentre le voci dei Flinstones scorrevano in sottofondo. Era il mio cartone preferito. Rimasi a osservare Harpo che pizzicava il suo mangime dal pelo dell'acqua, piccoli colpetti a bocca aperta, veloci e fulminei per non respirare troppa aria. Come se noi dovessimo pescare la pastina direttamente dal brodo, immergendo bocca e naso col rischio di soffocare. Quando Harpo ebbe finito il mangime presi un gamberetto scongelato e glielo porsi tenendolo fra le dita. Lo immersi velocemente nell'acqua e lo tirai fuori di nuovo, per chiamarlo come si fa coi cani. Lui si avvicinò e io rimasi così, col gamberetto appena fuori dall'acqua, e lui fece la cosa che avevo sperato di vedere dal momento che l'avevo comprato: fece un piccolo salto – i muscoli microscopici, sotto gli aculei, che guizzavano, o almeno così mi sembrava – e, piccolo piranha travestito da porcospino, afferrò il gamberetto strappandomelo dal dito, per poi ripiombare nell'acqua. Si era fidato di me. Bravo pesce, gli dissi. La mia voce era rauca e secca, se mi fossi registrata ne avrei avuto paura. Cominciai a tossire. Mi feci una tisana con il miele e mi misi a berla di fianco alla finestra, spiando quelli che avevano qualcosa da fare.

L'unica cosa che mi mancava, in alcuni momenti, era un abbraccio. Sentivo di aver bisogno di un contatto fisico che mi esentasse, almeno per un attimo, dall'aver a che fare solo con me, dal sopportare da sola il mio corpo. Qualche notte sognavo che Harpo fosse più grande e morbido per portarlo a letto con me. A volte sognavo che fosse un orso. Che la natura è una stronza lo capisci dagli orsi: creature letali con pancioni soffici e muso e orecchie da strapazzare. Chissà se la tenerezza funziona solo sugli esseri umani. La natura con gli animali è più diretta: se un fiore o un rettile hanno colori sgargianti, c'è dietro il trucco. Gli animali lo sanno e ne sono intimoriti, gli umani ne sono attratti. Harpo era stato creato dalla natura non come gli orsi ma come le Amanite muscarie. Pois bianchi su fondo rosso sono talmente improbabili che chiaramente stanno a segnalare un pericolo. Ogni scaglia del corpo di Harpo invocava la distanza, eppure io avrei voluto stringerlo. "Mi vuoi bene?" gli chiedevo col pensiero mentre gli davo da mangiare, mentre lo osservavo affannarsi per divorare i suoi gamberetti. Era l'unica frase che sentivo il bisogno costante di pronunciare e per la quale ancora dovevo trattenermi.

Il fatto è che, nonostante gli sforzi, non sarei mai stata come quel ragazzo. Avrei sempre avuto paura di essere irrispettosa, maleducata, deludente. Avrei sempre provato invidia per le persone diverse da me e avrei sempre dovuto trattenermi dalla tentazione di correre verso quelli che non c'erano più. Ogni volta che avrei ascoltato una canzone che mi faceva pensare a Silvia avrei sentito bruciare la gola; ogni volta che avrei fatto una scoperta su una persona che conoscevamo entrambe, magari un'ex compagna di classe che detestavamo – un fatto che una volta avrei appreso da Facebook e che adesso mi veniva riportato da mia madre o mia sorella, nei loro infiniti monologhi del fine settimana – ogni volta avrei provato la tentazione di rompere il silenzio e chiamarla. Avrei pensato a Giacomo davanti a un film che avevamo visto insieme e le parole che avrei voluto dirgli sarebbero state pesci morti in gola. Avrei ripensato a Daniele, le sue domande che non chiedevano risposta e la misericordia di cui era capace; tutto quello che avrei voluto restituirgli ma non avrei fatto, e non perché ero spregiudicata o incapace ma perché ero cattiva, semplicemente cattiva, e come tutte le persone cattive me la prendevo coi più deboli. Odiavo la gente perché non mi capiva e quando lo faceva la odiavo ancora di più. Le rinunce non sarebbero servite a niente. Non avrebbero forgiato la mia anima.

Quel ragazzo, Tommaso, invece, sembrava inciso nella pietra. La maniera in cui aveva scosso la testa, senza provare paura né vergogna, lo rendeva un adepto più fedele – perché *doveva* essersi votato al silenzio anche lui, ne ero sicura. Provai l'istinto di chiamare il centro che ci ospitava il giovedì sera e chiedere il suo numero di telefono, oppure l'indirizzo, precipitarmi da lui e pregarlo di farmi da guida, fammi da guida gli avrei detto, ma senza mai rompere il silenzio. Me lo immaginavo come una specie di santone moderno, uno di quelli che fanno sermoni sui social, e che di punto in bianco aveva smesso. Me lo immaginavo carismatico, uno dei pochi carismatici che scelgono di non approfittare di questa misteriosa quanto ingiustamente attribuita capacità e di votarsi alla sconfitta, scegliendo la via della miseria e dell'emarginazione, nessuna setta e niente seguaci, solo lo stesso rumore che fanno i pensieri nella testa ogni giorno.

Scrissi a Patrizia una mail dicendo che stavo poco bene e non sarei potuta andare in ufficio. *Mi serve il certificato*, rispose. Cercai su Internet "certificato di malattia lavoro come fare": a quanto pareva, dovevo chiedere al mio medico curante. Il mio medico di famiglia era lo stesso da quando avevo quattordici anni e conosceva bene i miei genitori. Gli stavo simpatica. Mi aveva visitato poco dopo iniziato il silenzio: "Ti vedo un po' debilitata," mi aveva detto. "Tua madre mi ha spiegato. Guarda che non c'è niente di male ad ammettere che qualcosa non va." Avevo fatto una smorfia e gli avevo rubato una gelatina alla frutta dalla ciotola che teneva sulla scrivania, come quando ero adolescente e andavo da lui per farmi auscultare i polmoni dopo una bronchite. Mi aveva prescritto degli integratori e consigliato il nominativo di uno psicologo. Gli scrissi una mail. *Ho la febbre, mi serve il certificato per il lavoro. Dovrei visitarti*, mi aveva risposto. *Riesci a passare?* Questa cosa non ha senso, pensai. *Sono solo due linee, ma se esco magari peggiora. Non puoi mandarmelo via mail e basta?* Aspettai la risposta per qualche minuto, ricaricando la pagina in continuazione. Scrissi di nuovo: *Sto prendendo gli integratori. Mi sto facendo aiutare.* Era una mezza verità. Dopo un po' rispose: *Brava. Riguardati.* In allegato c'era il certificato.

Daniele abitava in provincia: il modo più veloce di arrivare, diceva Google, era prendere un treno e un autobus. Decisi di prendere il treno e poi farmela a piedi. Era ora di pranzo e la carrozza era piena di ragazzini che uscivano da scuola. Ricordavo ancora con orrore quel periodo, le levatacce alle sei di mattina con il buio fuori. Quando avevo iniziato le scuole superiori abitavamo ancora fuori Torino, in un paese di cinquemila abitanti e un liceo a sei chilometri che non potevo frequentare perché ci insegnava mia madre. Avrei potuto iscrivermi in una classe tenuta da un altro insegnante, ma poi sarei stata comunque "la figlia della Malagoli" e non sarebbe stato certo il massimo. Già mia sorella aveva retto a malapena. Io scelsi di frequentare un liceo in città, dove potevo confondermi tra gli altri studenti ed essere una delle tante. A fine lezioni riprendevo l'autobus nel senso opposto e tornavo a casa, arrivavo attorno alle due e mezza, pranzavo con quello che mia madre e mia sorella mi avevano lasciato e mi chiudevo nella mia camera a guardare MTV o i telefilm del pomeriggio fino alle quattro. Facevo qualche compito, giusto per mettermi in pace la coscienza, e uscivo con quelle due o tre amiche che mi rimanevano dalle medie ed elementari, che frequentavano il liceo di mia madre e che avevano iniziato a sembrarmi noiose, con le loro fisse per le sneakers di tendenza, le piastre dei capelli e gli amori platonici per i rappresentanti di istituto di quinta con tanto di cuoricini sul diario. Tutto questo finché, l'anno dopo, non avevamo traslocato a Santa Rita. Un quartiere che mi sembrava esteticamente orribile – edifici anni sessanta e settanta della Torino operaia, uno accanto all'altro senza respiro, una chiesa neoromanica senza alcuna connessione con il contesto se non per il campanile, alto quasi come i palazzi – ma almeno era città. Le amiche delle elementari e delle medie vennero progressivamente sostituite, e io per loro. In terza superiore arrivò nella mia classe Silvia, che era stata bocciata dall'anno precedente. Dopo la scuola capitava spesso che andassimo da lei: abitava in una casa più grande, in una zona più bella e, soprattutto, col fatto che i suoi lavoravano fino a tardi, era sempre vuota. Dopo pranzo accendevamo la tv e fumavamo erba o hashish, a seconda di cosa eravamo riuscite a recuperare. Una volta a settimana, ci rifornivamo da un suo ex compagno di classe che abitava dietro piazza Vittorio. Abitava da solo in una casa immensa, vecchissima e spoglia, lasciata a lui e al fratello maggiore dai genitori, che non avevo mai capito se fossero morti o rientrati al loro paese natale. Rimanevamo lì a fumare insieme coprendoci con dei plaid puzzolenti perché la caldaia era regolarmente fuori uso. Il giradischi andava senza sosta e si interrompeva solo quando il disco finiva, e allora chi aveva voglia poteva alzarsi dal divano e scegliere l'album seguente da una raccolta abbastanza vasta. È lì che Silvia iniziò a chiamarmi Martinez, una volta che vide *Whiteout* dei Boss Hog e disse a voce alta che Cristina Martinez era la mia alter ego punk blues. Come aspetto assomigliava più a Silvia che a me, anche se all'epoca portavamo entrambe i capelli lunghissimi ed entrambe li avevamo lisci e scuri. Ma mentre Silvia aveva il fisico da modella e il viso cazzuto e la bocca perfetta che le avrebbero permesso, da lì a poco, di guadagnarsi i soldi per l'università e tutto il resto, io avevo ancora i tratti arrotondati dell'adolescenza, che non ne volevano sapere di lasciarmi in pace. Le guance immense e gli zigomi alti facevano a pugni col naso che all'improvviso, a differenza delle tette, aveva iniziato a crescere, finendo per diventare identico a quello di mio padre, le narici larghe e la punta tonda. Le labbra di Silvia erano piene e rossissime, anche senza trucco: le mie erano sottili, la bocca così larga che faceva felice solo il mio dentista, i denti piccoli e irregolari che cercavo di mostrare il meno possibile, evitando di sorridere nelle foto. L'assonanza con il nome, però, era divertente. Da quel giorno, o poco dopo, Silvia prese a chiamarmi così, e io cominciai a truccarmi di nero le palpebre e a mettermi il rossetto rosso il venerdì e il sabato sera, quando ci piazzavamo dall'aperitivo nei locali di piazza Vittorio oppure ai Murazzi. In quel modo, l'anno di differenza fra me e Silvia mi pareva meno evidente. Scherzavo spesso sul fatto che fossimo un cliché, la tipa prorompente e popolare che si accompagna a quella più schiva, la *cool girl* insieme alla ragazzetta triste e un po' insignificante, che si lascia trascinare nel peccato. Silvia mi intimava di non dire cazzate.

"Sei tu quella che attira gli uomini," diceva. "Con me vogliono solo farsi un giro in giostra. Sono troppo smaccata, troppo scoperta. Dopo un po' li stufo. Ma tu, con questo fare misterioso, da *ehi guardami, ho un mondo da scoprire*, li fai impazzire."

"Mi stai dicendo che sono una gattamorta? Tu odi le gattemorte."

"Perché, tu no?" sbuffò. "Sto dicendo il contrario, cretina."

Avevo smesso da anni di truccarmi vistosamente, perché mi toccavo sempre il viso e finivo per spalmarmi il mascara nell'incavo dell'occhio e la matita nera fin sulle guance, e più che una *bad girl* sembravo un pugile. E poi mi sentivo vecchia. Avevo ventinove anni da dieci giorni e mi sentivo come se quei quattro mesi scarsi di silenzio fossero l'unica cosa buona che avevo combinato nella vita. Il silenzio si candidava a diventare la relazione più duratura che avessi mai avuto, forse anche la più fedele.

"E poi parli poco," diceva Silvia. "I ragazzi *amano* le tipe silenziose."

"Non quelli che piacciono a me."

I ragazzini sul treno si facevano quella tratta tutti i giorni e avevano dieci anni, quindici anni in meno di me. Mi ricordai che alla loro età la mia ti sembra lontanissima. Di certo non mi mancava alzarmi all'alba, stare seduta a un banco per cinque ore, ascoltare degli estranei parlare. Oddio, quello lo facevo ancora. Avevo preso talmente sul serio l'ordine dei professori di stare zitta e ascoltare in silenzio da averne fatto quasi una religione. Mi venne da sorridere e lo feci, mentre guardavo fuori dal finestrino i campi con il granoturco che iniziava a crescere. Mi sentivo la faccia da ebete. Erano mesi che non sorridevo, o almeno così mi sembrava. Forse l'avevo fatto qualche volta con Daniele. Mi immaginai un piccolo Daniele che prendeva il treno tutte le mattine e si sedeva ad ascoltare le lezioni, tenendosi le cose da raccontare ai compagni fino all'intervallo. I suoi genitori dovevano essere molto fieri di lui.

Il treno si fermò, due stazioni prima della mia. Una trentina di ragazzini scese in mandria, la carrozza si svuotò. Alzai l'audio nelle cuffie per non sentire le voci di quelli rimasti, non volevo che le loro conversazioni mi distraessero dai miei pensieri. Cercai di visualizzare il momento in cui sarei stata sotto casa di Daniele come fosse un ricordo già vissuto. Il condominio basso, due piani soltanto, il giardino condominiale e il vialetto d'accesso chiuso al fondo, come avevo studiato su Maps. Avevo trovato il suo indirizzo sulle pagine bianche online; sapevo il nome del paese dove abitava e c'era solo una famiglia che portava il suo cognome. Suo padre, quello che doveva essere suo padre, faceva il medico. Me lo immaginavo, dai racconti di Daniele: un uomo pratico, non particolarmente affettuoso, dedito alla famiglia ma mai quanto al lavoro. Esigente coi figli ma gentile con la moglie, la quale, seguendo uno schema piuttosto tradizionale, si prendeva cura di Daniele e sua sorella rifilando loro abbracci e parole di incoraggiamento anche al posto del padre. Doveva essere una donna quieta e affabile, spiritosa ma controllata, disposta, nelle occasioni conviviali, a sacrificare il proprio pensiero e la propria opinione per non interrompere i monologhi appassionati del marito. Una famiglia uscita da un disegno appeso alle pareti di un asilo, il prodotto dell'immaginazione di un qualsiasi bambino in età prescolare. I miei disegni erano simili, solo che mio padre era sempre in un angolo o comunque più piccolo rispetto a me, mia madre ed Elena. Perdonami papà. Non avevo ancora compreso il valore del silenzio che tentavi di insegnarmi. Non sapevo apprezzarlo. Avevo trovato una foto della famiglia di Daniele nella sua galleria, la notte che gli avevo usato il telefono. Sua madre sembrava lui con il caschetto, la piega fatta dalla parrucchiera di famiglia. Una borsa di Tod's stretta a sé, regalo costoso del Natale di un anno particolarmente fruttuoso. Il padre le teneva una mano sulla spalla. Daniele aveva una sorella più grande, gli assomigliava anche lei, alta e sicura, i capelli folti di un castano ramato naturale tenuti sciolti e selvaggi, quella che i suoi amici avrebbero definito una gran figa. Daniele non se ne vantava, non ne parlava, era un argomento che cercava di scacciare con il suo solito sorriso educato. La sorella aveva un nome tradizionale ma importante, Isabella magari, o Ludovica, mentre Daniele si era dovuto beccare il nome del nonno paterno. Il padre di Daniele era pugliese, la madre siciliana. Palermo, però, non Messina come mio padre. Mettevo insieme i pezzi delle conversazioni passate, quelle in cui ancora rispondevo, e i monologhi appassionati di cui mi rendevo testimone il venerdì sera. Ogni pezzo andava al suo posto, cercavo di ricreare l'immagine di Daniele come se si trattasse del profilo psicologico di un serial killer, la mia presunzione di sapere tutto a fare da filo. Giacomo mi avrebbe detto che ero brava a decifrare le persone, ma non quanto lui. Nel frattempo, la campagna continuava a scorrere davanti i miei occhi ciechi e mi suggeriva che era ora di prepararsi.

Insieme a me scesero tre ragazzi e un signore di mezz'età. Li seguii verso l'uscita e presi il cellulare per visualizzare le mappe. Avrei dovuto proseguire dritto per trecento metri, poi destra, sinistra e ancora destra. Due chilometri abbondanti nella provincia piemontese, i campi ancora grondanti delle piogge di maggio ma che si sarebbero asciugati in fretta. L'aria cominciava a farsi bollente e l'odore d'estate era impossibile da ignorare. Cercai di evitare le strade più grandi perché non conoscevo gli orari di Daniele e non volevo che passasse proprio a quell'ora in macchina, sul ciglio della strada avrebbe facilmente potuto vedermi. Si sarebbe chiesto chi fosse quella matta che procedeva a piedi al lato di una strada provinciale a scorrimento veloce, perché a piedi e non in macchina o in autobus o in motorino, come fanno tutte le persone normali. Avrebbe rallentato per non investire quella matta, e anche perché gli ricordava qualcuno, a lui quella matta sembrava di averla già vista, e quando si sarebbe avvicinato avrebbe notato che effettivamente quella matta la conosceva, ed effettivamente *era* davvero matta, così matta da prendere parola dopo mesi di silenzio solo per mandare affanculo l'unica persona rimasta a tollerarla.

Si sarebbe chiesto cosa ci faceva proprio lì, forse ne avrebbe anche avuto paura. Avrebbe tirato dritto e non sarebbe rientrato a casa, non prima di qualche ora. No, se fossi passata da quella strada avrei rovinato tutto. Meglio le vie residenziali, quelle piccole, dove tenere d'occhio le auto che arrivano, e all'occorrenza nascondersi. Mentre procedevo, sbirciavo le finestre. Si vedeva poco, le tende lasciavano troppo all'immaginazione e io non ne potevo più di immaginare. Un tempo avrei tentato di ricostruire le vite degli altri a partire dagli indizi seminati – giocattoli nei cortili o sui terrazzi, panni stesi ad asciugare, biciclette. Adesso lo trovavo una perdita di tempo. Gli oggetti erano oggetti, punto. Più mi attenevo alla realtà dei fatti, meno la vita mi avrebbe colto alla sprovvista.

La casa di Daniele era una villetta a schiera su tre piani in un complesso residenziale di villette a schiera. La intravidi da lontano e la riconobbi, uguale a come l'avevo vista su Maps. Era quasi mezzogiorno e il sole cominciava a bruciare, le colline attorno avevano un colore giallastro nonostante le piogge, ricordavano grandi cimici accovacciate in attesa, si sarebbero prese tutto il paese non appena si fossero risvegliate. Per un attimo ebbi l'impulso di dirlo a Daniele, di implorarlo di andare via di lì e salvarsi, poi mi ricordai che non ero lì per salvare lui. Non siamo responsabili delle vite degli altri, mi aveva detto una volta Giacomo.

Raggiunsi una zona d'ombra e presi fiato. Mi ricordai che mi ero portata una bottiglietta d'acqua nella borsa e pensai che era il momento giusto per tirarla fuori. Adesso che ero arrivata e potevo vedere la casa di Daniele dal vivo, la mansarda con il lucernario rotondo di cui mi aveva parlato, il giardino curatissimo, lo steccato verde, mi domandai cosa avrei fatto. Ero partita senza nessun piano, e adesso che ero lì mi sembrava di essere stata sonnambula. Istintivamente mi venne da cercare un posto in cui nascondermi, come se avessi qualcuno a inseguirmi. La terra sudava calore emettendo un odore fortissimo, apocrino. Se fossi stata un cane sarei impazzita, avrei cominciato ad annusare ovunque e ad abbaiare al cielo. Ma io non ero un cane. E non potevo permettermi di farmi scoprire.

Trovai l'accesso alle cantine o al locale contatori e mi infilai. Una rampa di scale in cemento grezzo conduceva a una porta, grigia e pesante. Rimasi lì immagazzinando aria fresca, dovevano esserci dieci gradi in meno. E adesso? Avrei suonato al citofono? Sarei rimasta fuori dal suo portone, sperando di vederlo uscire? E se non fosse stato da solo in casa, se ci fossero stati i suoi o sua sorella? "Mamma, papà, Rebecca, vi presento Cristina, la mia amica muta." E poi mi avrebbe gentilmente cacciato fuori di casa, perché andare da lui sperando che la mia sola presenza potesse ricucire quel poco che avevamo era stata l'idea più presuntuosa che avessi mai avuto.

Mi resi conto in quel momento che era un'altra delle tante cose che avevo fatto per me, e che di nuovo, pure inconsapevolmente, Daniele aveva abdicato alle mie volontà. Stare in quel posto, respirare la sua stessa aria, uscire dalla visualizzazione satellitare di Maps per osservare con i miei occhi lo spazio in cui si muoveva: tutto questo mi evitava di pensare a lui in termini di assenza, di farmi inghiottire dal nulla. I polmoni si aprivano e non c'erano più trenta gradi all'ombra, ma venti, una brezza primaverile che era promessa di possibilità, perché l'anno solare non inizia a gennaio né a settembre bensì a marzo, aprile esplode di occasioni e maggio se è benevolo le fa avverare, ma maggio qui è un mese bagnato che fa marcire i raccolti, e allora bisogna aspettare l'estate, anche se dall'estate non si impara mai niente. Non avrei imparato niente da quell'estate, ma almeno riuscivo a respirare manciate di ossigeno e cambiare aria al cervello.

A Daniele avrei detto che mi mancava, come mi mancavano tante cose della vita com'era e che sarebbero state perse per sempre. Che se mai fosse stato inventato un aggeggio per registrare i momenti e poi riguardarseli, così che non ci fosse più bisogno della maniera soggettiva che ha la mente di rievocare, se i ricordi fossero file di video su supporti riproducibili, allora li riguarderei ancora e ancora, e ne farei il mio solo passatempo.

Gli avrei detto che non era lui ma ero io, e non ero neppure io, era il silenzio. Gli avrei detto che fra lui e il silenzio avrei sempre scelto il secondo, che avrei preferito il silenzio a tutto, perché era lo zucchero di una medicina altrimenti imbevibile, una medicina salvavita, e più mi allontanavo da ogni cosa più riuscivo ad apprezzarla. E gli avrei detto continuiamo in questa maniera, ti prego, ad amarci da lontano senza mai dircelo, come Margot e Richie Tenenbaum ma senza il tentato suicidio, perché in altro modo non so fare. Gli avrei detto che amavo alla stessa maniera tutte le persone che erano passate dalla mia vita e poi se n'erano andate a causa mia, che quella era la maniera più sincera di amare, la più sincera che conoscevo, e in fondo non chiedevo nient'altro, solo continuare ad amare da lontano, e sarei stata fedelissima e lo avrei amato tutta la vita, senza nulla in cambio, perché la mia vita era piena di amore e stavo bene. Gli avrei detto di non preoccuparsi, che stavo bene. Mi mancavano solo un po' i nostri venerdì, solo quello, i film a letto e le parole che ci dicevamo, ma in fondo andava bene così, perché quelle che pronunciavamo nella mia testa erano ancora più belle.

Giugno

Il giovedì sera successivo tornai al centro di terapia. Si era aggiunta una ragazzina sui dodici, tredici anni, ma non le fu chiesto di fare l'esercizio del disegno. Sara la salutò e le diede il benvenuto, ci disse come si chiamava, si schiarì la voce, prese un sorso dalla bottiglietta, si schiarì la voce di nuovo e iniziò a leggere un brano da un libro che non avevo mai sentito nominare. Sbriciai la copertina e mi sembrò uno di quei volumetti di pseudopsicologia, dove le considerazioni dell'autore sono corroborate da una serie di testimonianze affidate a nomi fittizi. Il brano in questione parlava di un bambino che a undici anni aveva perso entrambi i genitori per un incidente stradale. Sull'auto, insieme ai genitori, c'era anche lui; ma lui si era salvato, ne era uscito giusto con qualche graffio. Ma quando l'avevano portato a casa dall'ospedale, e affidato alle cure degli zii, si erano resi conto che aveva smesso di parlare. Avevano creduto che il mutismo fosse stato causato da un trauma, una micro lesione così piccola che gli esami non riuscivano a rintracciare, e così lo avevano sottoposto a controlli più specifici, ma non era emerso nulla. Dopo aver escluso ogni motivazione organica, si erano dovuti rassegnare al fatto che il trauma fosse di tipo emotivo. Il bambino non comunicava in alcuna maniera: non emetteva suoni, non scriveva, non disegnava, non faceva gesti. Quando non dormiva, si limitava a tenere gli occhi sbarrati e persi nel vuoto. Se qualcuno lo forzava a parlare, se gli faceva domande insistenti, se un estraneo si avvicinava troppo, lo osservava troppo, se addirittura lo toccava, il bambino si immobilizzava come una preda che finge di essere morta. A casa riusciva a svolgere la sua vita quasi normalmente, facendo tutto quello che faceva prima: giocava, guardava la tv, mangiava merendine e, controvoglia, le verdure, come ogni ragazzino della sua età. Ma a scuola si bloccava. Restava tutta la mattinata immobile, a fissare gli insegnanti o il foglio bianco, giocherellando con la matita anziché usarla per barrare le caselle dei test a risposta multipla che la professoressa di italiano si sforzava di creare apposta per lui – prima a quattro opzioni, poi a due, ma non c'era verso nemmeno così. Gli unici compiti che consegnava erano quelli di matematica: le espressioni di algebra erano la sua forma di apertura verso il mondo, l'unica comunicazione, la sola risposta che dava.

L'algebra delle scuole medie. La geometria. Mi tornò in mente la sensazione di purezza e grandiosità che mi inebriava quando risolvevo i problemi in maniera corretta, la rassicurazione nel sapere che c'era una risposta incontrovertibilmente giusta e una serie infinita di possibilità di sbagliare, ma se seguivi con attenzione ogni procedimento, se ti sforzavi di fare tutto bene, allora avresti trovato la verità. Una verità che nessuno avrebbe potuto smentire, perché i numeri sono tangibili e sono reali, niente a che vedere con le parole. Avrei voluto che esistesse più matematica, più matematica al liceo classico, che avevo scelto perché le cose antiche hanno sempre avuto la precedenza, anche sui numeri, e questa mia fissazione, tra le tante cose, è stata la mia disgrazia. Avrei voluto saper rassicurare quel bambino, dirgli che avrebbe potuto aggrapparsi a quel piccolo brandello di verità per sempre, e invece di matematica nel mondo non ce n'è abbastanza.

Mi girai verso Tommaso, che era entrato poco dopo di me e mi si era seduto accanto. Non ricordavo che vestiti indossasse la settimana prima ma ero pronta a giurare che fossero gli stessi. Ascoltava le parole di Sara senza espressione: non sembrava né annoiato, né smarrito, né turbato; non sembrava mosso da alcuna emozione, come l'acqua densa di un lago artificiale. La storia del bambino non andava da nessuna parte, comunque. Solo una scusa come un'altra per farci credere che non eravamo soli.

Sara ci lesse altre storie, ma nessuna che avesse un finale. Una platea di bambini senza nome e senza voce, che non avremmo mai conosciuto e dei quali neppure avremmo saputo il presente – se ne erano usciti, se avevano imparato a superare il trauma, se avevano ricominciato a parlare. Avremmo voluto fare tutti la stessa domanda, ci avrei giurato, ma l'aspetto negativo del mutismo è che anche le domande giuste devono essere taciute, e allora bisogna aspettare che la vita dia la risposta, ma la vita, a differenza delle persone, non ha fretta, e un po' come le persone tende a dimenticarsi e lasciar correre.

Sara ci disse che la settimana successiva avremmo avuto un ospite, che ci avrebbe raccontato di lui. Una persona che come noi aveva vissuto anni nel silenzio e poi ne era uscito. Chissà se esiste qualcosa di più difficile che gestire un gruppo di incontro fra persone che non si esprimono: bisogna avere la logorrea oppure la fantasia dei bambini che preparano il tè per le bambole. L'incontro finì cinque minuti prima del previsto e ci alzammo tutti di fretta per raggiungere l'uscita.

Tommaso era uscito prima di me e si era acceso una sigaretta. Mi misi accanto e lui e me ne porse una, insieme a quello che mi sembrò un mezzo sorriso. Fumammo insieme mentre gli altri uscivano e si dirigevano verso le loro auto o biciclette facendoci cenni di saluto che non ricambiammo. Quanti minuti dura una sigaretta accesa? Una volta io e Silvia l'avevamo calcolato: dai due e mezzo ai sei, a seconda delle condizioni atmosferiche, della frequenza e della potenza dei tiri. Nelle giornate particolarmente ventose si arrivava a malapena a un minuto, ma a Torino non c'erano quasi mai giornate così. La sigaretta di Tommaso sembrava non finire mai. Spensi la mia nella grande colonna portacenere in un angolo del portico, poi Tommaso si avviò verso la sua macchina e io lo seguii. Si voltò a metà strada, si fermò e mi fissò. Lui non poteva chiedermi nulla e io non potevo dargli spiegazioni. Mi limitai ad avvicinarmi e gli presi una mano. Era rigida ma calda. Rimisi la mano in tasca e lui riprese a camminare verso la macchina. Mi fece posto sul sedile del passeggero, che era coperto di buste di plastica e fogli di carta, alcuni sparsi e altri raggruppati in cartelline colorate. Forse avevano a che fare con il suo lavoro, che non avrei mai scoperto. Le buttò sul sedile posteriore prima che facessi in tempo a sbirciare qualche parola. Pensai che stare con altre persone che praticavano il silenzio mi annoiava perché non potevo giocare a Cluedo con le loro vite. Era divertente scoprire la storia di una persona attraverso gli indizi che disseminava nei propri discorsi. Fare domande personali era una cosa che detestavo perché detestavo quando le facevano a me, così mi limitavo a ricostruire le loro vite pezzo dopo pezzo, utilizzando la mia immaginazione come collante e assegnandomi dei punti fantasma che non portavano a niente quando ci beccavo. Era molto più appassionante che ascoltare risposte chilometriche a domande fatte per pura cortesia. Un po' mi mancava. Non avevo avuto grandi occasioni di conoscere gente nuova sulle cui vite fare supposizioni. Forse avrei dovuto mettermi su una panchina, al parco o alla fermata di un autobus, e sperare di essere avvicinata da sconosciuti loquaci. Purtroppo, quelli che sentono più il bisogno di condividere sono spesso quelli che hanno le storie meno interessanti.

Tommaso uscì dal parcheggio del centro e imboccò la strada principale, poi si diresse in maniera sicura verso corso Unione Sovietica e lo percorse tutto fino ad arrivare a Lingotto. Abitava in un quartiere che conoscevo per via dell'Hiroshima Mon Amour e di una biblioteca intitolata a un teologo tedesco in cui ero finita una manciata di volte per reperire dei testi per la tesi. L'edificio aveva un'architettura di ispirazione brutalista che lo faceva assomigliare all'astronave di *Incontri ravvicinati del terzo tipo*. O alla bocca di una balena, per via dei frangisole in calcestruzzo come tanti fanoni. Il cemento insozzato dava un'aria fatiscente, creando un bel contrasto con la rigogliosità del parco attorno e le vetrate al piano terra. Obsolescenza e futurismo, come un film di fantascienza lo-fi. Tornavo a casa dai pomeriggi di studio passati in quelle aule, tagliate in orizzontale dalla luce calante, prendendo a prestito un DVD a tema, *Nineteen Eighty-Four* oppure *Soylent Green*. Era un peccato che non avessero accettato la mia candidatura di servizio civile e avessi dovuto rassegnarmi alla biblioteca della mia circoscrizione, una leziosa villa settecentesca che raccoglieva, in maniera piuttosto noiosa, gli elogi di tutti.

Tommaso fermò l'auto in un parcheggio condominiale di fronte a un palazzo grigio e azzurro, uno di quegli edifici sovradimensionati e anonimi della periferia che ti ricordano a ogni respiro di essere in una città operaia, come quello che si erano scelti i miei. Scese dalla macchina e lo seguii. L'atrio era in perlinato e l'ascensore in metallo, pareva uno di quei residence di montagna rimasti fermi agli anni settanta. C'erano otto piani, Tommaso premette il tasto sette. L'ascensore faceva un rumore di inferno ma non avevo paura. Ripensai alla camera anecoica e mi chiesi se esistesse il suo opposto, un luogo frastornante, permeato da rumori tali che inducono l'essere umano a emettere suoni per riaffermare la propria esistenza, per non essere annichilito. Tommaso mi fece strada fra i corridoi di perline e specchi e aprì la sua porta di casa. Era un loft spazioso, con le finestre ampie senza tende e ristrutturato di fresco, pavimenti e mobili bianco fumo. In una camera coltivava piantine di marijuana e se ne sentiva l'odore anche a porta chiusa. Le teneva sotto lampade HID che illuminavano la stanza come se fosse scesa la Madonna, un santuario a un dio vegetale. Iniziò a rollare una canna mentre premevo la fronte alle finestre, allontanandola e poi avvicinandola di nuovo, per capire quanto in basso riuscivo a vedere. Da quell'altezza la periferia sembrava un dipinto astratto, opera di qualche artista pazzo che aveva rovesciato una colata di colore scuro e poi si era messo a disseminare una serie di puntini gialli per sentirsi meno solo.

Fumammo senza guardarci e poi scopammo sul futon – o forse era un semplice materasso posato sul pavimento – rivestito da lenzuola di lino blu notte, sforzandoci di non emettere suoni nemmeno nei momenti più importanti. Pensavo a Silvia e mi ricordai di quello che mi aveva detto sul cuore di Davide, e immaginai che Tommaso non dovesse averne uno perché nemmeno se mi concentravo riuscivo a sentirlo. Forse solo dei polmoni, che ogni tanto gli chiedevano fiato e lui glielo concedeva, succhiando con discrezione un po' d'aria come quando porti una bibita a teatro. C'era solo il rumore dei nostri corpi nello spazio, la voce degli arredi o delle lenzuola. Non noi. Noi non eravamo niente.

Fumammo di nuovo, poi mi rivestii e mi piazzai davanti alla porta d'ingresso, come gli animali che hanno bisogno di uscire.

Il giorno seguente la sveglia mi strappò a un sonno profondissimo. Avevo mal di testa e per un attimo mi convinsi di essere morta durante la notte e poi risorta. Erano mesi che non dormivo così a lungo, forse anni. Provai ad alzarmi dal letto ma la fronte sembrava collassare sul cranio così scrissi di nuovo un messaggio per avvertire che non sarei andata al lavoro. Non me ne importava più niente. Provai a mangiare qualcosa per placare il dolore all'altezza del petto ma non andava giù. Riuscivo solo a bere dell'acqua, e lo stomaco pieno di liquidi e basta amplificava il disagio. Non era esattamente dolore, più un senso di vuoto e insieme di estrema consapevolezza, come se avvertissi tutti gli organi interni al loro posto, che eseguivano le loro funzioni, ma al rallentatore. Magari erano stanchi di farlo. Era una sensazione terribile e continua e per un attimo ebbi la tentazione di infilarmi una mano in gola per strapparmi l'esofago trascinando fuori tutto il resto dell'apparato digerente. Avevo la convinzione di poterlo fare, come se esofago e stomaco fossero la linguetta di una pellicola di protezione, un pelo superfluo così spesso da poterlo staccare con le unghie. Mi sentivo il petto andare a fuoco e volevo urlare per supplicare Dio o chi per lui di farlo smettere. Ma non potevo urlare, e anche se l'avessi fatto Dio o chi per lui non avrebbe ascoltato, così feci l'unica cosa che mi salvava in momenti come questo, cioè mettere un pezzo a caso in riproduzione continua e lasciarlo scorrere per una decina di volte almeno. Niente di allegro perché mai come quando sei triste fatichi a sopportare la felicità, niente di movimentato per non risvegliare altri sentimenti, perché quando il dolore viene a cercarti devi fermarti e ingoiarlo tutto intero, mi aveva detto una volta Giacomo, altrimenti tornerà a trovarti nel sonno. Aprii la lista di brani che avevo messo insieme per l'occasione e la riproduzione casuale scelse *Something in the Way* dei Nirvana. Quando diceva che era ok mangiare pesci perché non avevano sentimenti mi girai verso Harpo sperando che in qualche modo ricambiasse lo sguardo. Harpo oltre ai gamberetti di sicuro si cibava di sentimenti, e quell'appartamento per lui doveva essere il massimo. Il mio corpo trasudava emozioni e il silenzio era una sauna. Se fossi stata abbastanza coraggiosa, avrei ammesso che il motivo che mi muoveva era lo stesso di Kurt Cobain. Avrei voluto farla finire alla stessa maniera ma avevo troppo orgoglio e pudore per ammetterlo e non abbastanza forza da arrivare fino in fondo. Così mi accontentavo di una serie di piccole limitazioni che non facevano altro che attirare più interesse su di me, come quei bambini abituati a ricevere attenzioni che non si fanno problemi a urlare forte per una cosa da niente, come i neonati. Pensai alle storie che si raccontano sulla gente che si butta da un palazzo, un palazzo così alto che uno fa in tempo a pentirsi, la vita che scorre davanti agli occhi, i ricordi sommersi, la redenzione e la luce; l'ultimo respiro in cui i polmoni si aprono un po' più del dovuto, per riempirsi del mondo e poi lasciarlo andare. Mi sforzai di pensare alle cose che avrei ricordato con rimpianto, se fossi stata sul punto di morire. Pensai ai film. Non tutti, alcuni. Pensai alla Nike di Samotracia e alla stele di Rosetta. Alla Necropoli di Giza, che non avrei mai potuto vedere. L'autunno che sarebbe arrivato senza di me. Pensai alla neve. Al ghiaccio. Alle grandi distese d'acqua, chissà perché l'essere umano è così attratto dalle distese d'acqua. Pensai alla lettera che a otto anni avevo scritto alla casa in cui vivevamo per dirle che avrei voluto essere come lei, una creatura solida e stabile fatta solo delle emozioni di chi la abita, senza un'anima né un cuore, che sa esprimersi a gemiti e scricchiolii e null'altro. Pensai che avevo nascosto la lettera in una crepa del battiscopa e poi non ero più riuscita a estrarla, e adesso sarebbe rimasta lì, accanto ai nuovi proprietari, impossibile da ritrovare. Guardai Harpo e il riflesso dell'acqua sui muri e quello delle auto in strada, come forme aliene che avevano una vita parallela alla nostra. Mi concentrai sulle mie gambe e i piedi e le mie ossa sotto la pelle, mi concentrai sul posto che le mie vene e i miei muscoli tenevano nello spazio finché i polmoni mi permisero di respirare. Poi guardai per la trecentesima volta *The Social Network* dal DVD che Daniele non aveva mai reclamato e pensai che tutto ciò era il massimo che mi avrebbe concesso quella giornata, e che quella impressione di nulla era sempre meglio del nulla totale.

Cara Silvia,

scrivo questa lettera perché ho bisogno di parlarti.

Ogni tanto immagino di passare sotto casa tua e citofonarti, e poi non dire niente e sperare che da questo tu capisca chi sono, e aspettare che tu scenda e ammetta che se io non dico niente non è un problema, non più, perché sei come tutti quelli che lo accettano come un dono, una possibilità di parlare senza essere interrotti né giudicati e raccontarsi senza sosta, perché la gente sente in cuor suo di essere speciale e non aspetta altro che essere notata.

Ma tu non sei come tutta la gente.

Non verrò sotto casa tua. Ci ho già provato con Daniele e ha avuto esiti disastrosi. Sono rimasta nascosta nell'atrio delle cantine, ci crederesti?

In questi giorni mi tornano in mente tante cose. Cose che hanno la forma di vinili, pomeriggi uggiosi, risvegli con lo stomaco che richiede cibo salato per asciugare la sera prima, bot-

tiglie di plastica sul pavimento, infinite bottiglie di plastica sul pavimento, prima o poi qualcuno avrà la forza di buttarle, bicchieri di latte freddo e Nesquik, pizze surgelate e biscotti, chi l'ha detto che dobbiamo distinguere tra dolce e salato. Ogni tanto mi verso un bicchiere di latte e cerco di ritrovare lo stesso sapore, ma l'ho bevuto troppe volte e ha preso un altro gusto. Il fatto è che nel nostro cervello i momenti inutili abitano le stesse stanze di quelli importanti, e si contaminano a vicenda. E poi non sai mai quale sarà il ricordo che ti tormenterà la giornata, se uno insignificante, un momento felice a darti rimpianto oppure uno sgradevole ad angosciarti.

L'ho capito in questi mesi. I ricordi appaiono in riproduzione casuale, non c'è niente che tu possa fare per controllarli. È un aspetto del silenzio che non avevo considerato. Ripulirsi dalle parole pronunciate, dalla fatica di trovare quelle giuste, vuol dire avere un sacco di parole sbagliate a torturarti.

A volte mi sembra di non riuscire a far niente. Più divento brava a fermare le parole, più trattengo tutto il resto. È come in Donnie Darko*: riesco a visualizzare le proiezioni dei movimenti futuri. Solo che la proiezione è tutto ciò che esiste del movimento, è una profezia che non si avvera. Sono piccoli tracciati liquidi, come nel film, piccole onde che non mi lasciano in pace. Altre volte, invece, penso che sto facendo la cosa giusta. Se ho così tanti pensieri inquieti, così tante parole sporche dentro, significa che non sono ancora guarita. Ti ricordi Agnese, al liceo (che fine avrà fatto, adesso?), che non sapeva più cosa fare per l'acne e si era fatta convincere ad andare da quella specie di curandera? La curandera le aveva prescritto un decotto e i brufoli, anziché sparire, erano aumentati, ma lei sosteneva che fosse il percorso* *naturale della terapia, perché l'origine dell'acne risiedeva nel fegato e il fegato andava purificato – anzi, aveva detto "spurgato" – e le impurità passavano attraverso la pelle. Forse è così anche per me, e questo è il momento in cui la testa mi frigge per liberarsi e pulirsi, e i pensieri sono i fantasmi delle parole sbagliate che ho detto in passato e di quelle giuste che ho trattenuto e di quelle terribili che ho solo immaginato, pronunciate dagli altri, ogni volta che mi sentivo giudicata.*

La madre di Agnese l'aveva scoperta, poi, ti ricordi? Le aveva fatto buttare il decotto, e noi c'eravamo rimaste un po' male perché non avremmo mai saputo se la cura funzionava oppure no. E adesso che ho iniziato, allora, voglio capire se funziona. Scommetto che sei curiosa anche tu.

Volevo dirti che penso spesso a te, perché anche a pensare come vedi sono bravissima. La mia mente si arrenderà mai? Forse è come dici tu. Non siamo umani senza la comunicazione, e questa lettera ne è la prova. Alla fine, di una cosa davvero non riesco a fare a meno: lamentarmi. Mi sento sempre più come il gatto del meme, quello che sta alla finestra a chiedersi perché sia così solo e, quando una persona si avvicina per accarezzarlo, lui la allontana in malo modo. Ma tu me l'hai sempre detto che nella mia vita precedente ero un gatto.

Faccio molti sogni, e nei sogni ti vedo spesso. Posso ancora parlare e abbiamo ancora sedici anni. Mi chiami Martinez strascicando la z, che suona come una s. Mi trucchi gli occhi al sabato sera perché io non lo so fare. I ragazzi sono allo stesso tempo un argomento ricorrente e un divertimento passeggero, non ci affezioniamo più di tanto. Siamo stupide e felici anche se ignoriamo entrambe le cose. A volte mi viene in mente di

Strappai la lettera senza terminarla. Prima, però, mi fermai un attimo a osservarla. Non a rileggere quello che avevo scritto, ma a notare come la mia calligrafia fosse rimasta la stessa dal liceo. Senza l'esercizio, era rimasta ferma nel tempo. Poi feci la lettera in pezzetti piccolissimi come coriandoli o ancora più piccoli e li mischiai al mangime di Harpo e buttai tutto sul pelo dell'acqua. Passai i primi minuti a osservare religiosamente quella bocca dentata che faceva a pezzi le mie parole e i successivi a cercare su Google: "I pesci muoiono se mangiano la carta?"

A quanto pareva, nessuno se l'era mai chiesto.

Luglio

Accadde una cosa strana. Nei corridoi della biblioteca fui fermata da una ragazza, mi chiese se poteva farmi delle domande. Pensai a un sondaggio, una ricerca sulla qualità della vita, l'università, la politica, tutte cose che non mi riguardavano più. La guardai fissa negli occhi sperando le fosse chiaro che non potevo rispondere. Lei disse: "Lo so che non puoi parlare. Le ho stampate qua."

Mi porse un foglio piegato in quattro. "Se ti va, puoi rispondere scrivendo sotto. Ti chiedo scusa per l'imboscata, non volevo metterti all'angolo. È che ho chiesto la tua mail al dipartimento e non me l'hanno data, immagino per motivi di privacy, è giusto. Ti ho cercata sui social ma non ti ho trovata. Prenditi il tempo che vuoi, e puoi rispondere anche solo ad alcune. Ti ho segnato la mia mail, e se mi scrivi ti mando il file, se preferisci. Altrimenti, mi trovi in biblioteca ogni pomeriggio tranne il lunedì, fino alla sessione estiva. Preferisco studiare qua che a casa," sorrise. "I miei sono un po' invadenti."

Parlava velocemente e gesticolando con frenesia. Mi raccontò che aveva ventitré anni e studiava filosofia. Era piccolina, dovevo abbassare il mento per guardarla negli occhi. Aveva gli occhiali spessi bordati di nero e il naso un po' camuso, la punta larga, come quelle bambole di pezza a cui si mette un bottone al centro della faccia.

"Vengo qua spesso, non so se ti sei mai accorta di me. Forse no, ma non importa, ci sono abituata. Vedi, io credo che noi abbiamo molto in comune. So che non sei muta, so che a un certo punto hai smesso di parlare. Non voglio sembrare invadente, non è per farmi i fatti tuoi. Ma ecco, se il tuo silenzio è una scelta, ecco, a me interesserebbe saperne di più. Credo sia una scelta molto coraggiosa in un momento come questo. Mi piacerebbe parlarne con te, parlarne non è il termine giusto ecco," ridacchiò. "Per questo ti lascio questo foglio. Ti ho fatto tantissime domande, forse troppe, ma è perché non so niente di te né delle tue motivazioni. Se alcune le ritieni stupide o futili o fuorvianti non rispondere, cancellale pure se vuoi. Ma se te la senti, mi piacerebbe conoscere un po' la tua storia. Quello che vorrai raccontarmi. Credo che potrebbe essermi d'aiuto in questo momento."

Si interruppe di colpo, proprio quando iniziai a temere che non l'avrebbe mai fatto. Ridacchiò di nuovo, poi abbassò la testa. Pensai si sarebbe chiusa a palla e rotolata via così come era arrivata. Aveva un diastema appena accennato che la rendeva piuttosto sexy, chissà se se n'era mai resa conto. Si scusò per la decima volta, mi salutò indicando il foglio che mi aveva lasciato e se ne andò, percorrendo il linoleum color bile dei corridoi sui quali le scarpe, qualsiasi tipo di scarpa, scricchiolava.

A casa mi rigirai il foglio fra le dita senza avere il coraggio di aprirlo. Se l'avessi gettato senza leggere le domande avrei avuto meno difficoltà a dimenticare tutto, non mi sarei presentata al lavoro e quella ragazza non mi avrebbe più vista. Si sarebbe dimenticata di me e io di lei e tutto sarebbe tornato come prima. Una cosa che avevo imparato dal tempo relativamente breve eppure infinito passato su questa terra, è che la preoccupazione per le conseguenze di qualcosa è inversamente proporzionale al perdurare del suo ricordo nel tempo. Le cose che ti tormentano sono le più insospettabili. Posai il foglio sul tavolo come si fa nei film con le buste importanti, le lettere di ammissione ai college nelle commedie adolescenziali. In quei casi di solito le sistemano in piedi, appoggiate a un vaso di fiori o a una brocca d'acqua. Non possedevo nessuna delle due cose e il mio foglio non era una lettera che mi avrebbe cambiato la vita, ma un parassita fastidioso che si era insinuato nella vita devota al silenzio e all'anonimato che avevo apparecchiato con cura e fatica. Gettai la lettera sul tavolo senza nessuna scenografia, e sperai che sarebbe scomparsa. Avrei potuto fare a pezzi anche quel foglio e darlo in pasto a Harpo, ma poi finivo sempre per fare qualche gesto compensatorio – accendermi una sigaretta, mangiarmi le pellicine delle unghie, versarmi un bicchiere d'acqua dal rubinetto solo per sentire il suono del flusso, poi berne metà perché mi era venuta sete e versare il resto nello scarico – e il foglio delle domande rimaneva lì, a fissarmi. Erano quasi le otto di sera e il caldo non accennava a diminuire, il sole non si ritirava. Alzai la tapparella del tutto e mi misi a fissare il palazzo di fronte. Alcune finestre erano chiuse ma vedevo muoversi persone dietro le tende, li immaginavo al sicuro e al fresco con l'aria condizionata accesa, a scambiarsi parole distratte davanti alla tv che trasmetteva il telegiornale della sera. Aprii il congelatore e misi in forno una pizza surgelata. L'avrei mangiata con una birra e un bicchiere di whisky e gelato per dessert e mi sarei lasciata avvolgere dal calore finché non mi avrebbe condotto all'ennesima simulazione di morte.

Ma non successe questo. Successe invece che mi svegliai attorno alle tre, sul divano con la tv ancora accesa, un film vecchissimo e underground rovinato dalla conversione al digitale, le voci crepitanti e i colori bruciati. Finii il bicchiere di whisky, il gelato sciolto che si mescolava all'alcol e lo rendeva una specie di medicina da buttar giù, a forma di galassia se ti fermavi a osservarla, e mi sedetti al tavolo. Nella mezz'ora successiva, risposi al questionario. Cercai di restare sintetica nonostante le parole dentro di me si accavallassero e spingessero per uscire, come mosche impazzite rimaste troppo tempo al chiuso. Non più di due frasi per domanda, non più di una bugia per risposta. Impiegai le ultime briciole di attenzione semi-sobria che mi restavano, misi un enorme punto alla fine dell'ultima risposta, che era più lunga e sincera delle altre e mi faceva sentire scoperta, poi mi trascinai a letto come una bestia stanata in cerca di un riparo.

Consegnai il foglio tre giorni dopo, al turno del pomeriggio. Il punto che avevo messo alla fine era talmente calcato che aveva forato la carta. La mia calligrafia era pressoché illeggibile. Non mi ci soffermai. La ragazza era seduta al tavolo quando rientrai dal pranzo, feci scivolare il foglio davanti a lei e tornai dietro la mia scrivania prima che potesse dirmi qualsiasi cosa. Odiavo lei e odiavo me stessa per esserci cascata.

Il gruppo di autoaiuto era stato interrotto per la pausa estiva. L'ultimo incontro era stato quello promesso da Sara: un ragazzo che, come lei, era passato dal tunnel del mutismo selettivo e poi ne era uscito. Fu un'ora interminabile: il ragazzo metteva giù una parola ogni dieci secondi ed era impossibile da seguire. I periodi si collegavano l'uno all'altro con nessi logici sempre più sfuggenti, la sintassi era precaria. Mi chiesi se anch'io, quando e nel caso in cui mi fossi decisa a mettere fine al silenzio, avrei avuto difficoltà a parlare. Le lingue si disimparano, è quello che dicono tutti, non sono come la bicicletta. Avrebbe funzionato allo stesso modo con il linguaggio? Mi annoiavo talmente tanto che mi misi a pensare a Erica, la ragazza che mi aveva consegnato il foglietto delle domande, e immaginai che fosse una scienziata sotto mentite spoglie. Magari faceva parte di un gruppo di ricerca sugli effetti prolungati del mutismo autoindotto e voleva capire se fosse possibile disimparare a parlare. Le mie risposte insensate confermavano la sua tesi. In capo a qualche giorno mi sarei ritrovata sul tavolo di una sala operatoria, attorno a me giovani studenti di neuroscienze che mi avrebbero aperto il cervello in cerca della sinapsi a confermare il danno permanente. Loro sarebbero stati ricoperti di glorie, io sarei finita come cavia di laboratorio, senza bisogno di una lobotomia perché me l'ero procurata da sola. Mi rianimò Sara, che prendeva parola per ringraziare il ragazzo e annunciare la fine dell'ora. Mi alzai di scatto e filai fuori. Con la coda dell'occhio vidi Tommaso che mi osservava. Tornai a casa di corsa, a piedi, mentre pensavo che su certe cose dovevo essere peggiorata perché non sopportavo più le persone che parlavano lentamente. Provavo noia per tutto, quando ero fuori di casa. Forse, tenendo a riposo forzato la parte del cervello deputata al linguaggio, avevo dato più spazio alle altre. Magari le altre se la stavano fagocitando, e quella parte sarebbe rimasta atrofica in maniera permanente, come doveva essere successo al ragazzo che Sara aveva invitato. Arrivata a casa, diedi da mangiare a Harpo, mi sdraiai sul divano, accesi la tv e smisi di preoccuparmi per il mio cervello.

Il gruppo di autoaiuto era stato interrotto, e la settimana successiva mi sentii vuota come Marla Singer quando viene scoperta. Al lavoro avevo raggiunto una sorta di accordo con Patrizia. Era ormai certa che le avessi mentito, ma si era convinta che il mio mutismo fosse il prodotto di uno shock, come doveva averle suggerito qualcuno, perciò si era fatta di nuovo compassionevole. Non mi forzava più. Avevamo raggiunto il livello di meccanicità e assenza di desiderio partecipativo al quale aspiravo. L'università, terminati gli appelli estivi, si stava svuotando, ad agosto avrebbe chiuso. Forse avrei dovuto partire anch'io, come immaginavo sarebbero partiti i miei compagni. Sicuramente al seguito delle famiglie, che si sarebbero preoccupate per loro quando l'unica cosa che i loro figli avrebbero voluto era essere lasciati in pace. Ogni tanto mi immaginavo di prendere un biglietto a caso, tra le offerte del giorno, premere l'opzione "sono flessibile" su Airbnb, noleggiare una sistemazione insolita, una minicasa al Polo Nord, un alloggio storico in un borgo sperduto della Francia, un luogo qualsiasi in cui avrei potuto perdermi, nessuno a riconoscermi, la barriera linguistica come scusa per l'assenza di comunicazione. Avrei vissuto di prodotti locali comprati alle botteghe o ai mercati facendo cenni col capo, indicando. Ho sempre apprezzato chi davvero ha il coraggio di fare ciò che predica. Staccarsi dalla società senza fare del male a nessuno, senza formare gruppi neonazisti, come spesso accade a chi dice di odiare la società. E invece è solo perché la società non gli dà ragione su tutto, come capita alle persone stronze. Alle volte uno si crede incompleto ed è soltanto stronzo. Diceva così Calvino? Avrei voluto chiamare Silvia per chiederglielo.

E poi domandarle: sono diventata stronza anch'io?

Ciao, mi chiamo Erica e sono iscritta a Filosofia.

Qui troverai una serie di domande. Non preoccuparti, non sto progettando di scriverci sopra una tesi di laurea :) Sono mie curiosità personali, perché ho sentito parlare di te nei corridoi e mi sono interessata al tuo caso. Stimo moltissimo la scelta che hai fatto e mi piacerebbe saperne di più, ma ti assicuro che terrò queste risposte per me.

Ho buttato giù tutte le domande che mi venivano in mente, alcune magari si ripeteranno o saranno molto simili, se alcune ti sembrano inappropriate saltale pure, oppure cancellale.

Grazie per il tempo che deciderai di dedicarmi (se vorrai farlo).

1) Quanti anni hai?

Ventinove.

2) Che lavoro fai?

Archivista in biblioteca.

3) Che cosa hai studiato?

Cose futili.

4) Sei nata qui o ti sei trasferita?

Qui.

5) Da quanto tempo hai smesso di parlare?

Quasi sei mesi.

6) Quanto tempo fa hai preso questa decisione?

Sei mesi fa.

~~7) Che cos'è che ti ha spinto a farlo?~~

~~*È una domanda che mi faccio anch'io.*~~

8) C'è stata una goccia che ha fatto traboccare il vaso?

Non credo. È stato un bisogno maturato nel tempo, un po' come fare la cacca.

9) Hai smesso a poco a poco oppure di colpo?

Di colpo.

10) Hai avvertito qualcuno? Se sì, chi è stata la prima persona a cui l'hai detto?

–

11) Hai altri modi per comunicare con le persone? Scrivi?

Solo se strettamente necessario. Il 99,9% delle volte non lo è.

12) Abiti da sola o con altre persone?

Vivo con me stessa e già siamo in troppi.

13) Hai un* fidanzat*? Se sì, ha provato a farti cambiare idea?

Non ce l'ho.

14) Che rapporto hai con i tuoi genitori? Che cosa ne pensano di questa tua decisione?

Sono morti.

15) Come hai comunicato al* tu* cap* al lavoro questo cambiamento? Ti ha fatto storie?

No.

16) Che cosa ti manca di più della vita di prima?

Nulla.

17) In cosa invece pensi di averci guadagnato?

Sono meno impulsiva.

18) Pensi che ricomincerai a parlare? Se sì, hai un limite di tempo che ti sei data?
Non ci ho ancora pensato.

19) Da quando hai smesso di comunicare hai mai "sgarrato"?
Una volta. Due con questa.

20) C'è qualche circostanza speciale che ti farebbe "mettere in pausa" il tuo silenzio?
Non ci ho pensato.

21) Qual è la cosa più difficile del silenzio?
Non parlare.

22) Qual è la più bella?
L'indifferenza.

23) Ti definiresti più introversa o estroversa?
Estroversa.

24) Hai tanti amici?
No.

25) Credi in Dio? Sei religiosa?
Mi piacerebbe.

26) Quali sono le tue passioni?
La mia preferita è il silenzio.

27) Come trascorri le tue giornate, da quando hai iniziato?
In balia dei miei bisogni, come ogni essere vivente.

28) Hai figli? Ne vorresti?
Le persone fanno figli per noia o per esasperato amore verso sé stessi. Sono entrambi sentimenti che non conosco.

29) Ti piacciono gli animali?
Sì.

30) Ti piacciono le persone?
Troppo e troppo poco.

31) Che rapporto hai con i social?
Conflittuale.

32) Se potessi teletrasportarti in un'altra epoca storica, quale sceglieresti?
Il passato. Non importa quale.

7) Che cos'è che ti ha spinto a farlo?
Il momento più felice della mia vita è stato quando mi esprimevo a versi inarticolati. Sono abbastanza sicura che i problemi iniziano dove inizia il linguaggio.

Agosto

La città si svuotò e i miei andarono al mare insieme a Elena ed Elia. Mi chiamavano ogni due giorni, per assicurarsi che non mi fossi uccisa o soffocata nel sonno: io rispondevo al telefono e li ascoltavo parlare e respiravo rumorosamente per fargli capire che esistevo. Senza nessuno accanto potevo essere la versione peggiore di me stessa ventiquattr'ore al giorno, ininterrottamente. A volte mi domandavo se la versione peggiore che puoi raggiungere avesse un limite o fosse un pozzo senza fondo. Questa nuova versione includeva delle passeggiate nel tardo pomeriggio, schivando i temporali che avevano le mie stesse abitudini. Avevo smesso di usare gli orologi, mi regolavo coi ritmi della natura. Percorrevo le strade che avevo fatto mille altre volte e cercavo di ripulirle dei ricordi come la città aveva fatto con le persone.

La ragazza del questionario non aveva tenuto fede al suo patto. Ma non ce l'avevo con lei: nemmeno io avevo tenuto fede al mio. Cercavo di perdonarmi facendomi giornalmente del male. Piccoli atti di dolore, come i fachiri alle prime armi. Sceglievo solo film che avevo visto con Giacomo, li guardavo per cinque volte di fila finché non perdevano significato come le parole ripetute troppo a lungo. Masticavo cubetti di ghiaccio al posto delle caramelle gommose, poi anche al posto del cibo. Dopo le prime volte le gengive non protestavano più, ma andavo molto più spesso al bagno. Il ghiaccio mi leniva la gola e mi saziava, era freddo e puro. Guardavo film in DVD, la televisione la tenevo spenta così come il computer. Avevo smesso di consultare le notizie perché mi sembrava sempre che parlassero di me. Se un uomo aveva ucciso la moglie a coltellate, parlavano di me. Se un bambino era scomparso, parlavano di me. Se un uragano distruggeva una città dall'altra parte del mondo, parlavano di me. Camminavo e bevevo acqua ghiacciata e cercavo di ritrovare il vuoto che avevo perduto. Se non avevo bisogno di niente, potevo non essere niente. "Che succede?" mi chiedeva Elena, dall'altro capo del telefono. "È di te che si parla?" Io ascoltavo soffiando il fumo fuori dalla finestra, i tetti delle case che brillavano nella luce umida di un malessere necessario.

Cara Elena,

è iniziato tutto così, e così vorrei che continuasse. Stavo per dire finisse, perché da un lato è una fine, ma in realtà è semplicemente la fase più profonda, la più vera.

Questa sarà l'ultima lettera che scrivo, l'ultima cosa che scriverò. Ho iniziato questa roba *(non so come chiamarla: percorso? Suona così schematico e spirituale) in maniera abbastanza automatica. Sentivo di non avere niente di importante da dire e tutte le parole non importanti che pronunciavo mi tornavano indietro come un'onda anomala. Sentivo la fatica a fine giornata, non dell'ascoltare ma del pronunciare, sentivo tutte le cose intorno a me correre a una velocità supersonica e io, per starci dietro, rimanevo senza fiato. Così mi sono fermata. Volevo solo recuperare un po'. Ci stavo riuscendo, ma poi il mondo è imprevedibile e ti entra sempre dalla finestra, che tu lo voglia o no. E l'ultima cosa che voglio è che tutto si fermi e inizi a parlare di me. Non ho rallentato perché il mondo si sedesse ad aspettarmi.*

Non ho chiesto di essere capita, né consolata, tanto meno emulata. Provo ancora quel genere di gelosia verso le piccole scoperte che si sviluppava alle scuole medie, quando se la tua amica copiava il tuo modo di vestirti dapprima ti lusingava poi ti infastidiva. E io non ho mai provato gioia nel condividere le mie passioni. Be', lo sai.

Mi sento come Forrest Gump, quando i giornalisti gli domandano perché stia correndo così a lungo, che cosa voglia dimostrare, contro cosa stia protestando, e lui dice solo: avevo voglia di correre.

Ecco, io avevo voglia di stare in silenzio. Il punto è che ho fallito, non ci sono rimasta abbastanza. È la cosa più difficile che abbia fatto, sai? Tutto il tuo corpo ti rema contro, ti spinge a fare quello che non vuoi, un po' come quando sei a dieta e ti sogni i bomboloni alla crema. Ma quando ci riesci, allora la tua mente si apre. È davvero come dicono quegli sciroccati neo hippy, quelli che si rinchiudono negli agriturismi per fare yoga, lavarsi il colon e non parlare. Pensavo c'entrassero la fame e l'autosuggestione, invece hanno ragione loro. Riesci a riappropriarti dei tuoi pensieri e, in maniera piuttosto imprevista, dei tuoi ricordi. La tua mente diventa un flusso di immagini passate, e sì, se te lo stavi chiedendo all'inizio è un tormento, ma poi – è strano da spiegare – passato e presente non sono più due entità distinte, ed è rassicurante. Me li immagino così gli ultimi momenti prima della morte. C'è qualcosa di salvifico in tutto ciò, ma non ho ancora scoperto cosa. Però sento che ci sono vicina.

Adesso, oltre che stare in silenzio, mi toccherà scomparire. Starò via per un po'. Vi lascio Harpo, prendetevene cura voi, per favore. Non ha bisogno di molto, solo del suo mangime ogni due giorni (lo trovi sul mobile accanto all'acquario) e di essere lasciato in pace, nei suoi anfratti. Se picchietti sul vetro a lungo si spaventa, perciò per favore non fatelo. Se si abitua alla tua presenza e capisce che non sei un pericolo lo vedrai uscire più spesso dalla tana. Puoi insegnare a Elia a prendersi cura di lui, sono sicura che sarebbe bravissimo.

Vi darò segnali in maniera discreta per rassicurarvi che sto bene. Mi inventerò un modo.

Per favore, non mostrare a nessuno questa lettera. Falla a pezzi magari. Ma non darla da mangiare a Harpo perché ho scoperto che i pesci scorpione non possono mangiare la carta.

Tua, vostra,
C.

Caro Daniele,

mi hai scritto quattro lettere in questi mesi, un totale di dodici pagine che rileggo per sentirmi meno sola e meno distante ma alle quali non ho mai risposto, e lo faccio ora per dirti di nuovo che non ti parlerò più. Come fai a non odiarmi? Magari nel frattempo ci sei riuscito. Lo spero.

In maniera completamente egoista, ancora una volta, ti nego quello che meriteresti di avere. Mi prendo quello che non mi spetta, il piacere di stare con te, anche in questo modo incompleto e un po' infantile che mi sono inventata, e in cambio ti do qualcosa di inutile e non richiesto.

Mi hai conosciuto in un periodo molto strano della mia vita, e se tu avessi visto abbastanza volte Fight Club *sapresti a cosa mi riferisco. Ma il fatto che tu non l'abbia visto mai, o senza la dovuta attenzione, è qualcosa che non ho mai apprezzato come avrei dovuto. Sono stupida e ingrata e mi merito di scomparire insieme a questa finzione che mi sono creata. Tu non ne fai par-*

te. Volevo solo dirti questo. Sei stato l'unica cosa reale di questi mesi. Cercavo di recuperare qualche forma di verità e l'ho trovata in te, solo che non me ne sono accorta. L'ho sprecata e allora merito di finire nel girone degli egoisti, dove il contrappasso li lascerà soli per sempre, in balia dei ricordi che a poco a poco divorano loro il cervello. Harpo invece è ancora qua. Ogni tanto penso che anche lui non mi sopporti e mi viene da domandarmi se esista il suicidio nei pesci. Mettono la testa fuori finché non soffocano? Lottano contro l'istinto di tornare sott'acqua? Chissà se troverò mai la risposta. Nel frattempo, ho recuperato delle righe che avevo scritto su un quaderno a settembre dell'anno scorso, prima che ci conoscessimo. A rileggerle mi viene da ridere per quanto mi sembrano patetiche, ma ho deciso di fartele avere perché credo che, nonostante tutto, ci sia dentro qualcosa di me, e magari te lo meriti qualcosa che non sia completamente superficiale, dopo tutto questo tempo. Te le incollo qua sotto. Avrei voluto lasciarti anche qualcosa di divertente, ma sarà per una prossima vita.

Grazie per l'impegno che hai messo per dimostrarmi di non essere come tutte le persone a cui mi riferisco qua sotto. Me compresa. E scusa.

C.

Se avessi un desiderio lo sprecherei così: vorrei che fossero tutti come me. Poveri come me. Incapaci come me. Egoisti come me. Senza fibra come me. Senz'anima come me. Senza nulla da dire, come me.

Se ne avessi un altro, sarebbe: vorrei che le persone smettessero di parlare, che tutti facessero silenzio. Perché sono stanca di essere delusa. Ogni parola porta ad altre e altre e altre ancora, e ognuna di queste ti spezzerà il cuore, prima o poi.

Seconda parte
E.

In the future, everyone will be anonymous for fifteen minutes.
Anonimo (poi ripreso da Banksy)

Propagazione

Io in questo momento credo solo in C. Perché le parole le abbiamo uccise, le abbiamo tirate dalla nostra parte quando ci serviva e poi le abbiamo fatte a pezzi e buttate, le abbiamo usate per definire chi siamo e poi le abbiamo gettate in faccia a chi ritenevamo nemico, a chi non la pensava come noi. Lo scopo per cui abbiamo incominciato a servircene, la condivisione, è stata messa in discussione molto tempo fa. Ora non è più il fine. E così, in mezzo a un fiume incontrollato di neologismi, etichette, asterischi, declinazioni, che più che mezzi di inclusione mi sembrano pretesti per nuovi scisma (oppure armi del potere, di chi ce l'ha verso chi non lo avrà mai), lei decide di spogliarsi di tutto e privarsi delle parole, tutte, senza eccezione. La ammiro e mi sento ipocrita e debole per non riuscire a prendere la stessa decisione. La ammiro come un animalista carnivoro ammira un vegano. Come un peccatore seriale prega ogni giorno per la sua assoluzione. Mi mette ogni giorno davanti alla mia irrisolutezza.

Di questi tempi sembra che tutti non vedano l'ora di schierarsi per forza. Secondo me l'intelligenza e il buon senso si misurano anche nel modo in cui si sceglie di non dire.

Se ci si pensa, una persona mediamente intelligente le maschere le indossa eccome. Le riconosce come necessarie, cambia tono e lessico e si mostra secondo il contesto. A rimanere sempre uguali sono le persone agli estremi: molto stupide o molto intelligenti. C. appartiene sicuramente alla seconda categoria. Compie, però, un passo ulteriore: rimane identica a sé stessa, non offrendo, allo stesso modo, terreno fertile per le critiche, non scatenando nessuna discussione. Il suo silenzio non nega il dibattito, ma non lo nutre nemmeno. Non se ne nutre. Non dicendo niente, dice la cosa più vera. Non mente a nessuno. Non mente a sé stessa.

Il punto è che le nostre parole hanno il senso che gli altri decidono di attribuire, tutto può essere travisato e decontestualizzato e usato come arma. Senza le parole siamo nessuno: e io voglio abbracciare questo nessuno ed essere senza voce, senza pensiero, senza nome, come quando sei appena uscito dal ventre e hai ancora tutte le possibilità aperte, non sei ancora e quindi puoi essere tutto, sei luce e verità senza nome e coscienza.

Provate a guardare un film, andare a teatro, leggere un libro che vi appare particolarmente memorabile, in positivo o in negativo. Andate in un ristorante alla moda, compratevi un capo che desideravate da tanto tempo. Fate un viaggio in una meta esotica. Provate, ora, a non parlarne a nessuno. Tenete quell'esperienza per voi, non condividete alcun dettaglio, forzatevi di non affrontare l'argomento, nemmeno sotto esplicite richieste. Vi sembrerà innaturale, meschino. Mentre tutto il mondo avrà qualcosa da raccontare, voi sceglierete il silenzio.

È la vita che conduce C. da quasi un anno. L'identità non ci è nota: sappiamo che è una ragazza di quasi trent'anni, che vive a Torino, e che da mesi, ormai, ha deciso di votarsi al silenzio. Nessuna parola, né pronunciata né scritta, nemmeno con le persone a lei più strette. Ed è una scelta presa in completa consapevolezza.

Il suo caso è diventato di dominio pubblico dopo che alcuni giovani hanno iniziato a condividere su Reddit propositi di mutismo volontario, ispirati proprio da un'intervista a C., ora rimossa, nella quale la ragazza sosteneva di non parlare da mesi e di averne tratto grande beneficio. L'hashtag #silenzio è diventato virale: su TikTok, trend chiamati "minimalismo comunicativo" e "decluttering relazionale" spingono gli utenti ad abbracciare la quiete, la solitudine e a opporsi alla condivisione spregiudicata. Le immagini, senza suono, mostrano ragazzi immobili, intenti a meditare oppure semplicemente a guardare di fronte a sé, accompagnati da didascalie come "Questo è l'ultimo video che vedrai". Una corrente contraria condanna aspramente i seguaci di C., ricordando la pericolosità dell'assenza di comunicazione e la necessità di far sentire la propria voce, in particolare davanti a ingiustizie e soprusi. Dai propri account, psicologi e psicoterapeuti offrono sedute e percorsi di supporto gratuiti, al grido di "Parlarne è l'unica via". Eppure, il cerchio del silenzio sembra allargarsi, coinvolgendo sempre più i meno giovani, in una tendenza che non conosce confini generazionali. Un trend, quindi, che prende ormai i contorni di un movimento. Dopo Facebook, è questa la nuova rivoluzione?

La vera notizia è una donna che riesce a stare zitta per più di un minuto ahahaahahhaha

È un voto – se voto si può chiamare, dato che C. e i suoi seguaci si dichiarano atei – tra i più difficili da mantenere, persino più del digiuno. Perché l'uomo è animale sociale, e se sente di non apportare nulla alla società, nemmeno il suo racconto di essa, inizia a morire. C. invece resiste, tenacemente persegue il suo voto. Come un insolito crociato, combatte solitaria una battaglia della quale non pronuncia il nome. Sceglie il silenzio alla convivialità. Sceglie il segreto allo sfoggio, la riservatezza all'ostentazione. E ne fa qualcosa di talmente radicale da risultare artistico. È come se dicesse: Guardatemi. Esisto in virtù di me stessa.

Prima delle parole ci importava pochissimo, adesso abbiamo capito che sono fondamentali. Prima erano uno strumento necessario, adesso è come procedere su un terreno minato. Per anni abbiamo seminato ordigni su un terreno coltivato, necessario alla vita, ma ogni volta che lo utilizziamo rischiamo di perdere una mano, un braccio, un occhio. Viviamo nel terrore.

Leggete qua: "Il primo livello di sapienza è saper tacere, il secondo è saper esprimere molte idee con poche parole, il terzo è saper parlare senza dire troppo e male. Si deve parlare solo quando si ha qualcosa da dire, che valga veramente la pena, o, perlomeno, che valga più del silenzio." Hernàn Huarache Mamani

Per saper tacere, c'è bisogno di una fase di digiuno completa, in cui il corpo si liberi di tutte le scorie lasciate dalle parole e dalle emozioni negative che queste comportano.

se non si può più dire niente, allora è meglio tacere
ci avete voluto calmi, adesso saremo muti
non c'è offesa nella resa
il silenzio ci rende uguali

Non capite che le parole hanno smesso di esserci amiche molto tempo fa? Hanno smesso di esserci utili, e ora non fanno che dividerci e metterci uno contro l'altro. Ogni tentativo di conciliazione è una sconfitta. Continuiamo ad arrotolare la questione su sé stessa senza mai venirne a capo. Ma i problemi iniziano dove inizia il linguaggio. La censura totale è l'unica misura possibile.

Depurarsi dalle parole me lo immagino come nuotare, come uscire di nuovo dall'acqua del battesimo, senza peccato e con tutta la vita davanti.

Comincerò da stasera, fatemi gli auguri.

Evangelizzazione

Io non so dove sia. Non so nemmeno perché abbia deciso di fare quello che ha fatto. Mi ha scritto una lettera ed è la stessa che avete anche voi. Non so altro. Ha detto di essersi decisa dopo giorni di riflessione ma a noi non ha fatto sapere nulla. È sempre stata così. Questo lei non lo può sapere perché era troppo piccola per ricordarselo, ma a tre anni si è rotta un braccio e per due giorni non se n'è accorto nessuno. Era alla scuola materna ed è scivolata da un albero, così ci ha detto la maestra. Nessuno l'ha vista cadere, l'hanno trovata a terra che faticava ad alzarsi e lei non voleva spiegare cosa fosse successo. Mia sorella ha iniziato a nove mesi a parlare. A un anno e mezzo si esprimeva correttamente, ma lo faceva solo con noi oppure con le maestre. Sceglieva gli adulti, non si rivolgeva ai suoi coetanei. A tre anni non aveva alcuna difficoltà a comunicare eppure si ostinava a non parlare dell'incidente. Io ne avevo quasi nove e me lo ricordo, rispondeva scuotendo la testa oppure annuendo, c'era il rischio che l'avessero buttata giù di proposito ma ora non lo sapremo mai. In ogni caso, i miei non l'hanno portata al pronto soccorso perché camminava bene e non aveva altro al di là di una sbucciatura al ginocchio, un graffietto sul gomito e il vestito sporco di terra. La sera si è comportata normalmente, mangiava, ha parlato di tutto tranne che di quello che era successo, sembrava se ne vergognasse. Me ne sono accorta io due giorni dopo, era domenica e giocavamo in cortile, lei scappava e io la rincorrevo, l'ho presa per il braccio e ha lanciato un grido come se si fosse bruciata. Avevo fatto piano, ne ero sicura, e lei non era una di quelle bambine che gridano per qualsiasi cosa. Credo di averla sentita piangere tre volte in vita mia, anche da neonata i miei ricordano che quando aveva fame si lamentava appena. Allora mi sono spaventata e le ho guardato il braccio, il livido era piuttosto grande e mentre lo osservavo tenendola stretta lei faceva una smorfia e tratteneva le lacrime. L'ho detto ai miei e siamo andati al pronto soccorso, frattura in due punti, le hanno ingessato il braccio e lei sembrava ancora che si vergognasse. Mia madre le deve aver fatto un discorso che evidentemente non le è rimasto in mente. Non ho mai compreso la sua passione per il silenzio, io sono l'opposto e mia madre pure. Ogni volta che mi trovo in una stanza con persone che non conosco e senza nulla da fare, le sale d'attesa ad esempio, vado in agitazione. Il silenzio mi sembra l'anticamera della morte.

Se ha avuto episodi di mutismo da piccola? No, quello no. Non era veramente una bambina silenziosa. Riservata sì, quieta di sicuro, molto matura per la sua età, capitava di rado che interrompesse gli adulti tanto per capriccio, tanto per essere considerata. Ma non ha mai avuto problemi a parlare davanti a sconosciuti, oppure in classe, se sollecitata. C'è stata la fase delle balle, però. Era alle elementari, in quarta o in quinta. All'inizio le rifilava ai compagni di classe, poi aveva iniziato anche con noi. A scuola raccontava di essere stata a Disneyland o negli Stati Uniti per spiegare un'assenza di cinque giorni quando aveva avuto una semplice influenza. Oppure, al contrario, si inventava di essere stata ricoverata all'ospedale per un'appendicectomia o per intossicazione alimentare se i miei ci tenevano a casa da scuola un paio di giorni dopo il weekend, per aver modo di stare più tempo coi nonni quando li andavamo a trovare. Cose del genere. A noi iniziò a raccontare che la maestra aveva proposto una serie di uscite culturali, e faceva firmare il permesso ai miei. Cosa se ne facesse di quelle firme poi non si sa, non si assentava dalla classe. Dapprima si inventava mostre e musei, ma le sue balle erano come una valanga di neve, man mano che procedevano non solo acquistavano velocità e potenza ma aumentavano di dimensioni, inglobando tutto quello che capitava a tiro. Aveva iniziato a dire, allora, che la maestra li avrebbe portati a visitare i manicomi. Al che noi avevamo risposto che i manicomi non esistono più, e che in ogni caso era improbabile che una maestra elementare proponesse una gita di quel tipo. Lei aveva affermato: lo so, si chiamano ospedali psichiatrici. È un progetto dal ministero, aveva aggiunto, vi arriverà la comunicazione nei prossimi giorni. Ancora ricordo il tono e le parole che scelse. La comunicazione ovviamente non arrivò mai, e nessuno di noi – né mia madre e mio padre, né io – ebbe mai il coraggio di tirare fuori l'argomento, nemmeno per scherzo.

Ha deciso di non parlare più, ci ha scritto la lettera che avete anche voi. Era gennaio, fine gennaio mi sembra, non ricordo la data esatta. Adesso posso dire che era soltanto l'inizio, che ci sembrava la fine ma era soltanto l'inizio. Non so cosa ci trovi nel silenzio. Non dovete chiederlo a me; dovreste andare dalle persone che hanno iniziato a seguirla. Non pensate che non mi sia sforzata di capire le sue motivazioni. Non pensate che non ne abbiamo discusso. Io, mia madre e mio padre: all'inizio, il suo silenzio ci dava un bel po' da pensare. Rimanevamo ore a riflettere, secondo te perché lo sta facendo? Ma dai, non può essere questo, come fai a dirlo? Lei non è fatta così. Ognuno di noi tirava fuori aspetti di lei che l'altro non conosceva. Alla fine della giornata ognuno rimaneva per sé a esaminare quello che era emerso, e ci sembrava che il quadro tornasse. È buffo, no? Ne parlavamo insieme e non ci raccapezzavamo. Ma una volta soli, nel silenzio, i pezzi tornavano al proprio posto. Come quelle malattie che ti danno il tormento giorno e notte, ma quando sei dal medico, ecco che i sintomi scompaiono. Le giuro dottore, uno sfogo cutaneo proprio al centro della schiena, non mi fa dormire dal prurito. Come dice, non vede niente? In effetti adesso non prude più.

Insieme ci dicevamo che l'aveva fatto per sfida, per vedere quanto sarebbe durata, che effetti avrebbe avuto su di lei. Mio padre diceva che l'aveva fatto perché non sopportava più le persone, che quel tratto l'aveva preso da lui. Credo fosse il più preoccupato di tutti, il senso di colpa quasi non lo faceva dormire. Temeva la depressione. Ci sono casi in famiglia, diceva, vostro zio era depresso. Eppure non è mai andato a trovarla una volta. Si è chiuso anche lui in una specie di mutismo, la sua vita non è stata più la stessa. Ogni volta che erano insieme erano come due muri di ossidiana l'uno di fronte all'altro, ognuno chino sui propri piedi, non si guardavano mai negli occhi.

Mia mamma credeva più alla motivazione religiosa o filosofica: era sicura che fosse entrata in una specie di setta, un culto che predicava il silenzio perpetuo come essenza purificatrice. Con la scusa di riordinare la casa, i fine settimana in cui andavamo a trovarla, cercava prove alla sua tesi. In qualche modo, aveva previsto quello che sarebbe successo.

Cosa credevo io? Quando ero sola, di notte, mi veniva da pensare che fosse iniziato tutto con uno studio. Un esercizio. Si può esistere anche senza comunicare? Siamo esseri umani lo stesso? Pensavo che fosse partita da lì, e poi aveva seguito la strada fin dove la portava, e la strada l'ha portata sempre più in basso, un inghiottitoio che non l'ha più risputata; credo che alla fine il silenzio l'abbia presa al laccio, credo sia andata così.

Ci ha scritto delle lettere, sono le stesse che avete voi. Le scriveva a me, di modo che io riferissi ai nostri genitori. Non ha mai avuto il coraggio di manifestarglielo direttamente. Questa è l'unica colpa che le attribuisco. Quando prendi una decisione così radicale, devi per forza mettere in conto il riflesso che avrà sulle persone che ti stanno accanto. Sulle persone che ti hanno messo al mondo. Dal momento in cui nasci, hai degli obblighi verso gli altri. Verso la società. È triste ma è così. Credo anche che questa sua scelta sia stato un tentativo estremo di raggiungere una libertà, la stessa che cercano attraverso la costrizione i monaci in clausura. Ma la libertà per sé stessi si ottiene solo a scapito degli altri. È una scelta di egoismo, come quella del suicida. La vita non è solo tua, ma anche di chi si trova di fronte al dolore. È triste ma è così.

Comunicava attraverso la scrittura, una scrittura ridotta all'osso, come se ogni parola fosse razionata. I suoi, più che biglietti, erano timbri sulla tessera del pane. Poi non c'è stato nemmeno quello. Niente più lettere, messaggi, niente di tutto ciò. Un sabato siamo andati a casa sua, andavamo sempre il sabato, e lei non c'era più. L'ultima cosa che ha scritto è un biglietto in cui chiede di prendersi cura del suo pesce. Il biglietto era attaccato all'acquario con del nastro adesivo, ma il pesce non c'era. Abbiamo svuotato l'acqua, cercato negli anfratti, tra le rocce e gli oggetti che aveva comprato per lui, ma Harpo, come mia sorella, era sparito. Forse all'ultimo ha avuto un ripensamento e l'ha portato con sé, ovunque sia andata. È una scena buffa, mi piace fermarmi a immaginarla. Me la vedo con un sacchetto di plastica in mano, come i bambini alle fiere. Oppure una boccia di vetro, la tiene con entrambe le mani, sembra un'astronauta col casco. Che animale è? le chiedono. Lei non risponde, così si chinano a guardare. Non è un pesce rosso, esclamano, inorriditi, forse.

La carne di pesce scorpione è commestibile, ho letto. Così una notte ho sognato che l'abbia mangiato. Mi sono svegliata con l'immagine di mia sorella in una cucina buia, non era la sua né quella dei miei genitori. Buia e vuota, lei con un piatto davanti e il suo pesce che penzola dalle labbra. Ho letto anche che la specie sta proliferando nei nostri mari. Come ha fatto ad arrivare dai Caraibi, si chiedono?

L'ultima possibilità è che sia evaporato. Mi sono sempre chiesta che fine abbiano fatto le parole che in tutti questi mesi non ha detto. Credo che alcune rimangano sul fondo a macerare; ma altre, la maggior parte, svaniscono, si fanno aria, come l'acqua, come l'anima da un corpo.

Mia sorella è scomparsa e siamo rimasti noi, con le nostre parole a differenziarci da lei, a renderci umani. Noi, e questa schiera di sconosciuti senza criterio che vede in lei un nuovo redentore.

Ne hanno parlato al telegiornale. Mia madre mi ha chiamato, piangeva, era forse la terza volta in vita mia che la sentivo piangere. Stanno parlando di tua sorella, ha detto. L'hanno trovata? ho chiesto, mentre il mio cuore rimbalzava. No, diceva. Ma hanno nominato un articolo. Un articolo apparso su Internet, una ragazza che ha smesso di parlare. È lei, ne sono sicura.

Sono andata a cercare l'articolo. L'ho trovato. Il web e i social sembrava che non parlassero d'altro. Veniva riportata una sua intervista. Dubito fosse vera, mia sorella non avrebbe mai acconsentito. Non ha scritto altro oltre le lettere a noi, ne sono certa. Quelle lettere erano uno sforzo dovuto, un modo per mostrare a noi e a sé stessa che è ancora un essere umano.

Il suo nome non compare, non per intero almeno. Ha raggiunto la postura dei profeti, la forma di una leggenda. Ma è molto facile al giorno d'oggi, se ci pensate. Ogni giorno, grazie ai social, grazie ai giornali che vivono dei social, grazie a un racconto infinito e inarrestabile delle vite, ogni giorno si sceglie qualcuno da celebrare o infamare. E quel qualcuno diventa leggenda. Non c'è più bisogno di chiudere dieci sconosciuti in una casa, quella casa non ha confini, quella casa è la nostra casa. Lei non voleva tutto questo. Voleva il contrario, ma l'attenzione è quello che ha ottenuto. Senza nessuna salvezza.

La verità è che l'ho invidiata. Ho passato momenti in cui avrei voluto essere lei. Avevo cinque anni quando è nata, era cicciotta e adorabile, la pelle rosa e compatta come le pesche a giugno. Passava di braccia in braccia senza fiatare, improvvisamente ho dovuto imparare a farmi notare, mentre fino a quel momento era arrivato tutto senza sforzo, senza chiedere. Ero una bambina terribile e le toglievo il cibo di bocca quando i miei non guardavano, le dicevo "grassa, sei grassa" e nascondevo le cucchiaiate di pappetta nel tovagliolo anziché imboccarla. Le rubavo i giocattoli e li buttavo nella pattumiera, nascondendoli sotto i rifiuti, così che i miei genitori non se ne accorgessero. Le volte in cui piangeva era perché non trovava un giocattolo a causa mia. Diventava inconsolabile. Così ho smesso. Attirava ancora di più l'attenzione. Quando si disperava perché non trovava qualcosa, lo faceva più per senso dell'ordine che per possesso: ha sempre avuto una memoria fotografica incredibile, sempre stata molto abitudinaria. Si infastidiva se un ordine veniva alterato. Non ho mai avuto il coraggio di confessarle tutto ciò. Era molto piccola, non se lo ricorda. Ho sempre potuto contare su questo e negli anni ho cercato di farmi perdonare. Ero veramente una sorella orribile. Ero gelosa. Invidiavo la sua indipendenza, la sua sicurezza, quel suo modo di esistere senza l'approvazione degli altri, come se il consenso fosse un carico pesante anziché una motivazione. Ho scoperto che esistono nuove parole per definire questi sentimenti: FOMO, che sta per *Fear Of Missing Out*, la paura di rimanere tagliati fuori, che a volte arriva fino all'ansia sociale; e JOMO, *Joy Of Missing Out*, alla cui estremità credo che risieda la condizione di mia sorella. Io sono sempre vissuta all'ombra degli altri, anche se Cristina diceva il contrario. Io mi svegliavo di notte da sonni agitati, sognavo che i miei genitori non mi parlavano più, diventavo invisibile e gli unici momenti in cui si accorgevano della mia presenza erano quelli in cui mettevo disordine, spostavo oggetti, li nascondevo. Come un poltergeist. Come mia sorella da piccola, io detesto il disordine. Sono sempre stata lodata per essere una persona precisa, affidabile. Le persone credono sia una dote naturale: non sanno quanto lavoro c'è dietro. Non c'è niente di naturale nel mantenere un'abilità infantile. I bambini nascono con una serie di attitudini che si modificano nel corso del tempo; gli adulti questo non lo accettano. In negativo come in positivo. Se hai un'intelligenza precoce, sarai il genio di casa: e il momento in cui la tua intelligenza si manifesterà per quella che è – cioè, nella maggior parte dei casi, un'abilità ricevuta in dote non in misura maggiore, ma semplicemente in anticipo rispetto agli altri – e si adeguerà a quella dei tuoi coetanei, i tuoi genitori lo percepiranno come una sconfitta mortale. Viceversa, un aspetto caratteriale fastidioso – la capricciosità, la suscettibilità, la lamentosità – rimarrà tale nel corso del tempo, una volta creata un'identità personale, una volta ricostruita un'identità personale, nonostante gli sforzi compiuti per migliorarsi.

Io ero la figlia equilibrata e gentile, mi ci è voluta una vita per mantenere la qualifica. Ero anche quella meno osservata: l'essere affidabile implica libertà. Una volta sgarrai il coprifuoco di un'ora, giusto per vedere se se ne sarebbero accorti. Se ne accorsero, ma diedero la colpa a mia sorella. Era il periodo in cui mi chiedevano di portarla con me perché aveva pochi amici.

Sono stata dal dentista, la settimana scorsa. Lui e l'igienista dentale chiacchieravano mentre mi otturavano un molare. Dicevano una serie di fesserie sui tassi d'interesse dei mutui che sapevo essere false ma non potevo dimostrarlo. Volevo dire la mia, ma avevo la bocca spalancata dal divaricatore e occupata dai loro strumenti e avevo paura di fare anche solo un mugolio – paura che il movimento di un muscolo, per quanto microscopico, avrebbe deviato l'aggeggio che vibrava e sarebbe finito direttamente sul palato o sul labbro superiore, zone in cui l'anestesia non agiva, sfigurandomi oppure facendomi del male. Non potevo controbattere, così ho aspettato che finissero stringendo forte il bracciolo della poltrona. L'igienista a un certo punto se n'è accorta e ha chiesto: ti stiamo facendo male? Il dentista si è fermato e io ho mugolato, scosso la testa, no, no, e ho lasciato che continuasse il suo lavoro, anche se sentivo un formicolio al petto e agli arti per la necessità di parlare. L'otturazione è andata avanti ancora qualche minuto e alla fine, quando avrei potuto dire la mia, il formicolio era passato. L'igienista e il dottore avevano cambiato argomento, non era più il caso di fargli notare che avevano detto delle stupidaggini. Il momento era passato. Ho pensato che se l'avessi fatto prima, se avessi preso parola, avrei finito, anche con le migliori intenzioni, per risultare scortese. Cerco sempre di non esserlo, insegno a mio figlio a non prevaricare sulle persone, gli spiego che esistono tanti modi diversi di pensare e non è detto che il tuo sia quello giusto. Eppure, ultimamente girano così tante scempiaggini spacciate per verità che mi è sempre più difficile tacere. Ma in quella circostanza ho capito. È come se il tempo – quella breve frazione di tempo mentre il dentista rimuoveva la carie e la sostituiva con del materiale nuovo – mi avesse ripulita, e quel formicolio che avvertivo non fosse altro che una febbre repentina, un innalzamento della temperatura atto a bruciare i virus dell'intolleranza e della rabbia. Quello che era stato detto, così come quello che avevo da dire, non importava più. E allora ho pensato a Cristina. Ho capito cosa intendeva, quando parlava di purificazione.

Avevo bisogno di parlare con qualcuno che la conoscesse. In un'altra maniera, intendo. È per questo che ho cercato Silvia. Silvia frequenta casa nostra da quando faceva il liceo, mia sorella era un'adolescente piuttosto insicura e le adolescenti insicure si legano spesso a personalità istrioniche e accentratrici come quella di Silvia. Silvia aveva una situazione familiare problematica e passava volentieri del tempo fuori casa. Penso che il padre fosse violento, forse solo verbalmente, ma lei non ne parlava volentieri, com'è ovvio che sia, e mia sorella – be', lei è sempre stata la persona giusta alla quale confessare un segreto. A mia madre Silvia non è mai piaciuta, ma credo fosse semplicemente gelosa del rapporto tra lei e Cristina, e preoccupata del suo rendimento scolastico, che era calato da quando aveva iniziato a frequentarla. Di contro, mia sorella aveva iniziato a uscire di più. Per me era una liberazione, ed ero grata a Silvia per questo. Non è un bene che un'adolescente non abbia amici. Silvia era spesso inopportuna, ma ho sempre apprezzato la sua personalità un po' grezza, non maleducata, dico, ma nemmeno raffinata, una di quelle persone incapaci di differenziare modi e toni a seconda del contesto, priva di quel tipo di intelligenza o forse talmente audace da fregarsene – credo che questa sua peculiarità, in particolare, l'abbia elevata agli occhi di Cristina. Si erano allontanate durante l'università, quando Silvia si era messa in testa di diventare modella. Non ce l'ho mai vista una come lei in un ambiente costruito come quello, ma per qualche tempo sembrava funzionare e mi ero dispiaciuta, perché quel lato selvatico e impetuoso di Silvia è la cosa più distante da me ed è raro da trovare in una persona, e mi dispiace sempre quando il mondo lo fa a pezzi e lo trasforma in indifferenza e arroganza. Invece, quando Silvia era tornata a Torino e avevano ricominciato a frequentarsi, avevo potuto notare che non era cambiata molto. Forse solo più disillusa, un velo che le annebbiava gli occhi ogni tanto, una consapevolezza che chiudeva le frasi al posto suo; il che me la rendeva ancora più simpatica. Avevo il numero di cellulare di Silvia dai tempi del liceo, le ho scritto chiedendole se potevamo vederci. Mi ha risposto il giorno dopo, quando già la davo per persa – anche se immaginavo che una come lei fosse solita lasciare il telefono in giro, oppure dimenticarsi di avere ricevuto un messaggio al quale dover rispondere. Mi ha detto che sarebbe stata libera quel pomeriggio, ha proposto di vederci per un caffè mandandomi la posizione di un bar piuttosto lontano dal centro, dove sapevo che aveva preso casa. Le ho risposto che sarei uscita dal lavoro alle cinque e l'avrei raggiunta. Ho chiesto a mia madre di tenermi Elia, inventandomi una visita di controllo.

Sono arrivata in ritardo, ma Silvia lo era più di me. Quando è entrata ero già seduta al tavolo. Tutto il bar si è voltato per guardarla, l'ho visto bene. Indossava un paio di jeans larghi, stivaletti rossi e giacca di pelle: niente di particolarmente appariscente, ma i capelli lunghissimi e scompigliati la facevano sembrare Liv Tyler nel video di *Crazy*. Mi ha sorriso e mi ha chiesto scusa per il ritardo, giustificandosi. Mentre parlava, mi chiedevo se avesse capito il motivo del mio invito.

"Che prendi?" dice. "Fanno ottimi cocktail in questo bar. Hai già mangiato o devi mangiare?"

Mi restava la curiosità del perché mi avesse dato appuntamento in quel posto, lontano un po' da tutto, ma non riuscivo a trovare lo spazio per chiederglielo. Silvia parlava in continuazione e quando non parlava rivolgeva lo sguardo attorno, oppure lo teneva fisso su di me, a premurarsi che ordinassi qualcosa, come una madre con la figlia denutrita. Non la ricordavo così solerte. Anzi, la cosa più divertente di Silvia (ero pronta a scommettere che mia sorella la invidiasse per questo, più che ogni altra cosa) era la sua incapacità di preoccuparsi per gli altri più di quanto non si preoccupasse di sé stessa. Il che, per una persona ansiosa come me, o per una introversa come Cristina, era incredibilmente rilassante. Ma Silvia non lo faceva nella maniera irritante degli egocentrici: mi ricordava più quella pura e spensierata dei bambini. Eppure, quel giorno, per la prima volta, mi metteva agitazione. L'unica spiegazione che riuscivo a darmi era che si sentisse in colpa.

"Forse non ho voglia di un cocktail, prendo un bicchiere di rosso. Fatti consigliare da loro, sono bravi. Ci facciamo portare un tagliere?"

"Prendo del vino anch'io," le dico. Mi rendo conto che sono le prime parole che pronuncio da quando sono entrata lì dentro, saluti a parte. Mi sembra passata un'eternità. "Ok per il tagliere. Ho fame."

Silvia si volta verso il bancone e fa un cenno al barista che esce dal banco per servirci personalmente. C'è poca gente e immagino, da come si parlano, che Silvia sia una presenza abituale. Il barista ci porta due bicchieri di Nebbiolo e un vassoio di tartine e salumi e Silvia inizia a rilassarsi.

"Che mi racconti?" le chiedo. "Stai lavorando?"

"Un po' sì e un po' no," risponde con la bocca piena di tartine. "Ho ripreso a studiare. Sai, per quando diventerò vecchia e nessuno mi vorrà. Tipo ora. Mi trovo in quella fase in cui non ti si fila nessuno. Troppo presto per le pubblicità della Amplifon o degli assorbenti per l'incontinenza, troppo tardi per sventolare il culo davanti all'obiettivo, dato che non è più sodo come un tempo. Il culo, intendo. Non l'obiettivo."

"Non cercano qualcuno più rappresentativo, adesso?"

"Non se hai trent'anni. Adesso vanno più gli estremi. La parte per il tutto. Trent'anni sono quella via di mezzo insulsa in cui non ti si caga nessuno. Cosa rappresenti, se hai trent'anni? Non sei giovane, né vecchio, né di mezz'età."

"Cosa stai studiando?"

"Psicologia. Come tutte le ragazze con *daddy issues*."

Non è difficile stare in silenzio con Silvia. Le persone che ha davanti sono spettatori, ben contenenti di rimanere fedeli al proprio ruolo. Così come succede la sera davanti a un televisore. Il suo telefono è sul tavolino, lo vedo illuminarsi di continuo ma è in modalità silenziosa. Notifiche di Instagram, immagino. Io Instagram ce l'ho ma lo uso poco. Silvia avevo smesso di seguirla perché mi dava noia. Soprattutto da quando erano arrivate le storie e lei, per allinearsi alle sue colleghe, aveva iniziato a farle quasi giornalmente, dal letto o dalla strada, mentre camminava. Mi sembrava una cosa così stupida. Avevo difficoltà a riconoscerla, in quei momenti. Non era lei. Chissà se anche mia sorella aveva avuto la stessa impressione, prima di cancellarsi dai social.

"E tu che mi dici?"

Mi chiede di Cristina prima che possa parlarne io. "È lei, vero?" aggiunge, abbassando la voce. Le domando a cosa si riferisce. "La ragazza di cui si parla. Quella da cui è partito questo trend idiota." Le dico che non ho sue notizie da mesi e che speravo me ne avrebbe date lei.

"In che senso non hai sue notizie? Io non la vedo da marzo. O da aprile."

Le dico che non ne ero al corrente.

"No, certo. Come avresti potuto? Non abbiamo litigato, no. Sono stata io ad allontanarmi. Mi sento ancora in colpa. Le voglio bene, ma quello che sta facendo è micidiale. Come fate a resistere voi? Io ci ho provato. Sei sicura che non le sia successo niente?"

Le dico delle lettere che ci arrivano, puntuali, ogni settimana. La posta del lunedì mattina.

"E cosa scrive?"

"Nulla. Un foglio bianco, dentro una busta bianca. Sul foglio c'è scritto solo un numero, con un pennarello rosso. 1, 2, 3, 4, in sequenza progressiva. Ogni settimana un numero nuovo."

"Come fate a sapere che è lei?"

"E chi altro potrebbe essere? La calligrafia è la sua."

"Non potete risalire al mittente, immagino."

"No. Ci vorrebbe un'indagine."

"Avete fatto denuncia?"

"Ci abbiamo provato. Dicono che non ci sono i presupposti, perché si tratta di un'irreperibilità volontaria e giustificata. Se si può parlare di giustificazione. E il fatto che ci arrivino, in qualche maniera, notizie da lei, fa presupporre che stia bene."

"Perché i numeri?"

"Ha sempre amato i numeri, ricordi? Diceva che sono qualcosa di vivo e di morto allo stesso tempo. Concreti e astratti. Non comunicano un'emozione. O qualcosa del genere."

Silvia scuote la testa. "Lo vedi," dice. "È questo il punto. Gliel'ho detto mille volte. Non comunicare è impossibile. Non è animale, è sovrumano. E lei non è sovrumana. Nonostante tutti gli sforzi che faccia per convincersi. In questa maniera, sta comunicando."

Ci penso su. Ha ragione. Cristina si preoccupa per noi.

"Che dicono i tuoi?" chiede.

"Lascia perdere," dico. "Senti. Tu davvero non sai dov'è? Nessuna idea?"

Silvia beve un sorso di vino, poi dice: "Sono l'ultima persona a cui avrebbe potuto dirlo." Prende una busta di tabacco dalla borsa e comincia a farsi una sigaretta. "Ti va di accompagnarmi fuori?"

Ha iniziato a piovere, gocce leggere e fastidiose, da inizio autunno. Ci ripariamo sotto il balcone del piano superiore. "Posso chiedertene una?" dico. Sono anni che non fumo. Le mie unghie sono un disastro. Silvia ha le mani più belle che abbia mai visto. Smalto semipermanente rosa cipria, taglio a mandorla.

"Ho smesso di farmi sentire ad aprile. Gli ultimi tempi andavo a trovarla, poi tornavo a casa e non riuscivo a dormire. Dovevo restare con le luci accese, televisione accesa, il cellulare a portata di mano. Le tapparelle abbassate e le finestre chiuse, mi convincevo che qualcuno potesse passare davanti, nel cuore della notte, e svegliarmi appena riuscivo a prendere sonno. E abito all'ultimo piano, sai. Il punto è che tutto quel silenzio mi entrava da qualche parte e usciva proprio mentre ero sola, e si metteva accanto a me come un fantasma. Ho sempre pensato che la sua scelta fosse una cazzata, il gesto più egoista che una persona può fare. Però ero convinta di riuscire a sopportarlo. Mi innervosiva, mi faceva imbestialire, ma potevo sopportarlo. Da un lato è quello che le persone come me sognano, no? Le persone egocentriche come me. Qualcuno che stia zitto ad ascoltarle. Avevo un gatto, da piccola, un Ragdoll," si ferma un momento per tirare una boccata. Mi sorprende la sua capacità di parlare così velocemente e di fumarci sopra. Io inizierei a tossire come una pazza. "Sai, quelli costosissimi e pelosi, con gli occhi azzurri e vuoti. Un regalo dei miei per tenermi compagnia. Svolgeva il suo scopo alla perfezione: io gli parlavo per ore e lui se ne stava lì immobile, a fissarmi con quei suoi occhi di bambola. Il pomeriggio rientravo da scuola ed eravamo io e lui, e gli confessavo tutto quello che non avevo il coraggio di dire a nessun altro. Un giorno tornai a casa e lui non c'era più. Mio padre aveva dimenticato una finestra aperta, ed era scappato. Mio fratello mi prese in giro dicendo che era corso via dalle mie chiacchiere, che l'avevo intontito, ma non ci credetti davvero. Piansi per giorni, il gatto non tornò mai. Allora cominciai a pensare che tutte le mie parole, tutto quello che gli avevo confessato fosse rimasto lì, da qualche parte dentro di lui, e adesso era libero e in giro per il mondo, e io non me ne dovevo più preoccupare. Non mi avrebbero più torturato. È una storia idiota, lo so, ma ci ho pensato spesso ultimamente. Con Cristina non è andata così. Lei voleva essere come gli animali, come le pietre, ma è impossibile. Non è come parlare a un gatto che ti fissa immobile e non può risponderti, non è come urlare al cielo, a una montagna. Il silenzio di Cristina ha un motivo e un fine, ed è quello che le ho detto dall'inizio. Una cosa simile non può essere fatta solo per sé. Siamo umani, ed è uno dei tanti lussi che non ci possiamo concedere."

"Perché pensi che l'abbia fatto, quindi?" le chiedo.

"All'inizio l'ha presa come un esercizio, una prova. Poi è diventato un vizio. Se mi chiedi di fare psicologia spicciola – l'unica che posso fare, per il momento – ti direi che più di tutto c'è dietro la paura."

"Di cosa?"

"Del dolore, ovvio. Se non sei umano – se sei una sedia, un albero, un sasso – non puoi provarne, no? I pensieri degli altri, i loro giudizi, non esistono più, la gente non ti turba, non ti preoccupa, ci sei solo tu e quello che osservi."

"Non credi che sia stato per stanchezza, quindi. Perché odiava talmente tanto le persone da volersene liberare."

Silvia butta fuori il fumo con una risatina. "Io non sono una persona particolarmente intelligente. E al liceo ero una frana, lo sai. Ma mi ricordo, da una di quelle tre o quattro lezioni di filosofia in cui ero rimasta in classe e non fuori a fumare ed ero vagamente attenta, che c'era un filosofo che parlava del suicidio. Kant? Schopenhauer?"

"Entrambi, credo."

"Mi sembra fosse Schopenhauer. Cristina lo saprebbe."

"Non dovete dare esami di filosofia, al primo anno di psicologia?"

"Al secondo semestre. Comunque, più o meno diceva che quelli che compiono suicidio non odiano la vita, ma la amano a tal punto da esserne delusi. E che il suicidio non è che una dimostrazione di amore estremo. Una roba del genere."

"Sì, mi sembra di ricordare."

"Ecco, io penso – ho sempre pensato – che allontanarsi dalle persone sia la maniera più pura di dichiarare il proprio amore per loro. Stessa cosa per le parole. Non credo sia mai stata una richiesta di aiuto. Non era quello che le mancava. Ma come il suicidio riafferma la vita, il silenzio riafferma le parole. Bella questa, no? Me la tengo per l'esame."

Prende una boccata di fumo, la sigaretta quasi terminata che scompare tra le unghie affilate. Sembrano mani di una bambola, potrebbe tagliare gole con quelle unghie. Mi fanno paura e mi attirano insieme.

"All'inizio mi sono preoccupata anch'io. Poi ho pensato che fosse meglio lasciarla stare. Sembra una contraddizione – e forse suona anche un po' codardo – ma ho cominciato a crederci anch'io, che questa specie di purificazione le farà bene. Tipo quando piangi e poi stai meglio. Tipo i bambini, quando fanno i capricci. Tuo figlio li fa?"

"Hai voglia."

"Anche i miei nipoti. Mio fratello smette di considerarli e loro buttano fuori lacrime, muco e singhiozzi, sembrano dei gabinetti intoppati. Quando gli passa vengono a cercarti loro, e sono i bambini più docili del mondo. Anche la faccia sembra diversa. Come se la rabbia fosse un demone da buttare fuori, un brufolo da schiacciare. Scusa l'immagine. Torniamo dentro?"

"Sui social dicono che i bambini fanno i capricci perché non sanno comunicare il loro disagio. Che vogliono essere ascoltati, ma non conoscono un modo efficace per chiederlo."

"Cristina direbbe che sui social si dicono un sacco di cazzate. Le do ragione, a tratti."

Rientriamo nel locale, sul tagliere restano ancora degli affettati. Finisco il vino che ho nel bicchiere mentre Silvia ne ordina un altro. Le faccio compagnia e chiedo un calice anche per me, nonostante dopo debba guidare. Parliamo di cose futili. Nessuna delle due ha più fame.

"Dov'è andata, secondo te?" mi chiede Silvia a un tratto.

"Ogni giorno mi faccio un'idea diversa," rispondo. "Ultimamente mi sono convinta che sia in un luogo affollato. Un posto lontano da qua."

Non le dico del mio sogno. A volte mi capita di svegliarmi la notte con una sensazione di sollievo, convinta che sia tornata. Ma più il sonno si allontana e più la sensazione svanisce. Allora tutto ciò che posso fare è richiamare alla mente il sogno appena fatto, mi concentro sui dettagli, mi appiglio a quelli per percorrere il tunnel a ritroso. Sogno spesso che si trova in Asia, in una metropoli gigantesca, nascosta tra le migliaia di facce che ogni giorno si incontrano per strada, sulla metropolitana. Mi capita di pensare al Giappone. Non ci sono mai stata, ma ho visto un documentario alla tv, qualche mese fa. La gente rigorosamente in fila, la ritualità esasperata per comunicare il meno possibile di sé. Il silenzio nei mezzi pubblici. Prima di entrare in metro si spegne il cellulare o si toglie la suoneria, è vietato parlare al telefono. I templi e lo zen, quell'ordine devoto che rimanda a una realtà superiore, impalpabile, la pace freddissima che si ricava dall'osservare il legno, il basalto, la sabbia, senza nessuna interruzione, come in ipnosi. Le file ordinate, nessuno che spinge. Per rendere tutta quella assenza sopportabile ci sono luoghi deputati al rumore, allo svago, luoghi appartati per sfogarsi e lasciarsi andare. Altrove, il silenzio. *Ishin-denshin*, diceva il documentario: ciò che la mente pensa, il cuore trasmette. L'insegnamento senza parole, da discepolo ad allievo. Da cuore a cuore, da mente a mente. Cristina starebbe bene in un posto così.

A volte, prima di addormentarmi, me la vedo in aeroporto, in una di quelle cappelle senza aria, dove si va per pregare che il tuo volo atterri, o per meditare, o sedersi se non c'è altro posto. Altre volte la vedo su un treno velocissimo e senza suono, solo un fruscio impercettibile, un rapace, foglie nel vento; mia sorella con la testa rivolta al finestrino a osservare paesaggi che non conosco, a pensare cose che non so.

Silvia mi lascia il numero di un ragazzo. Si chiama Daniele, è uscito con mia sorella per qualche tempo. Mi suggerisce di contattarlo. Mi confessa di avere già indagato. Nemmeno lui sa dove sia Cristina, hanno smesso di vedersi mesi prima. Ma magari può essermi utile.

Gli mando un messaggio, risponde dopo qualche ora. Ci accordiamo per vederci la domenica seguente. Gli do appuntamento al Valentino, è una bella giornata d'autunno. L'autunno era – è – la stagione preferita di Cristina. Daniele è un ragazzo gentile, si rammarica quando dice di non potermi aiutare.

"Non so nulla di lei da sei mesi. Ha preferito non vedermi più. Come ha fatto a scoppiare questa cosa? Non sento che parlare di lei. L'altro giorno mia madre mi ha detto che il nostro vicino di casa ha smesso di parlare. Sembra di stare in un incubo."

"Ha cominciato anche mio zio," gli dico. "Cristina direbbe che è come uccidere nel nome di Dio. Incostituzionale."

"Sì, mi ricordo che parlava così," dice.

Quando si sente al sicuro, mi mostra una lettera. La firma è di mia sorella, la data è il tre settembre. Cinque giorni prima di scomparire.

Non mi è di grande aiuto. A parte una serie di confessioni private sui suoi sentimenti verso questo ragazzo, dice cose che già sapevo.

Prima di salutarmi, Daniele sussurra: "Harpo è con me. Me lo sono trovato sul pianerottolo, un giorno. Dentro un contenitore di plastica, di quelli per alimenti. Me ne sto prendendo cura io."

Gli dico che se vuole, può passare a prendere l'acquario. Ho le chiavi del suo appartamento.

Ricordo un pranzo in famiglia, mesi fa, lei non parlava già più. Mia madre aveva invitato nostro zio, che ci è sempre stato simpatico finché non ha iniziato a credere nelle teorie del complotto e a familiarizzare con ideologie di estrema destra. Ma è pur sempre suo fratello, ci ricorda mia madre a ogni festività, e per quanto sia la prima a non sopportarlo, prima di tutto prova pena per lui. È una persona molto sola, passa più tempo al computer che nel mondo. Conosce perfino dei terrapiattisti. Comunque, mia madre si sente in colpa a lasciarlo solo durante le feste, così capita di trovarcelo in casa, ogni tanto. Durante il pranzo di Pasqua se n'è uscito con l'ennesima teoria surreale, qualcosa che aveva a che fare con le teorie rettiliane, il fatto che il DNA dei potenti della Terra sia stato combinato con quello di lucertole extraterrestri. Io ho smesso tempo fa di ribattere a quello che dice, perché so che è inutile. Mi rendo conto che lui trova una ragione d'essere in queste opinioni, nell'appartenere a una categoria a parte, che si incoraggia e alimenta da sola, ripetendosi di essere diversa, più intelligente, più consapevole delle altre persone, che invece seguono la società come pecore al pascolo. Non ho problemi a lasciarglielo fare. Cristina invece ha sempre avuto difficoltà a trattenersi. Eppure a Pasqua stava nel suo angolo, la bocca occupata da qualche grissino, una mano che torturava il tovagliolo in grembo. O forse ero io a notare questi dettagli, perché ero io, da qualche parte, a sentirmi ribollire. No, lei sembrava piuttosto calma, a dire la verità. Forse la purificazione aveva già avuto i suoi effetti. Era come se la parte di lei impetuosa, quella che meno si adattava a certe occasioni, fosse stata nascosta in un armadio. Come un abito costoso che abbiamo sfruttato in passato, ma poi ogni volta che lo indossavamo qualcosa è andato storto e ci siamo convinti che la colpa fosse sua, e abbiamo lasciato che altri vestiti lo sotterrassero perché ci ricorda pensieri negativi.

La verità è che mia sorella odia l'ipocrisia. La menzogna pronunciata con forza, a definire anziché a difendere, quella in risposta a nessuna domanda. Le bugie, direbbe, sono occhiali da sole: lo scopo non è alterare la visione, è proteggere la vista dai raggi. È come se non avesse mai superato quella soglia di purezza concessa ai bambini, come se non avesse mai sviluppato anticorpi adeguati. Ricordo ancora il giorno in cui scoprì che Babbo Natale non esiste. Aveva otto o nove anni, tornò a casa piangendo. Mia madre le chiese cosa fosse successo. Ci raccontò che un suo compagno a scuola aveva chiesto alla maestra se fosse vero che Babbo Natale era un'invenzione degli adulti, come avevano deciso di rivelargli i suoi genitori. Lo aveva chiesto davanti a tutta la classe, alzando la mano tra una spiegazione e l'altra. La maestra avrebbe potuto cambiare discorso, tergiversare, rispondere qualsiasi cosa, invece quello che disse fu: è tutto vero. Babbo Natale sono i vostri genitori. Sono loro a comprare i regali, a mangiare i dolcetti, a bere il bicchiere di latte, a lasciarvi il pacchetto sotto l'albero. Non esiste nessuna slitta trainata da renne. Nessun signore panciuto con la barba bianca che passa a fare doni a tutti i bambini del mondo in una notte soltanto. Siete grandi ormai. È giusto che lo sappiate.

Almeno, questo è quello che ci riferì Cristina. Ci fu una movimentazione dei genitori, che inviperiti andarono a parlare in massa con la maestra. Lei si giustificò dicendo che era stata presa alla sprovvista, che non ne avrebbe mai fatto parola di sua spontanea volontà se l'argomento non fosse stato toccato da uno dei bambini. Ma che aveva sempre trovato questa usanza riprovevole, una menzogna socialmente sostenuta. Era ora che la smettessimo.

Mia sorella quel giorno scoprì, nella maniera più brusca, che i genitori mentono. Che gli adulti mentono. Adesso che ci penso, forse è così che è iniziata la fase delle balle. La ribellione di mia sorella iniziò nel momento in cui decise di praticare al mondo, di praticare agli adulti lo stesso trattamento. D'altronde, non funziona per tutti così? La perdita dell'innocenza, dico. Non inizia il giorno in cui scopriamo che Babbo Natale non esiste?

Mio padre adora gli indovinelli. Non è mai stato un padre particolarmente affettuoso, sapete. Ci ha sempre amate moltissimo, ma è una di quelle persone per cui l'affetto si concretizza in una serie di comportamenti volti a creare meno fastidio possibile. Meno disordine. Ci portava a scuola ogni giorno risparmiandoci l'autobus, oppure ci veniva a prendere quando era a casa dal lavoro. Ci rimproverava con cautela. È sempre stato una persona mite, mia nonna per definirlo diceva "dove lo metti, sta". Sosteneva la stessa cosa di me. Non ho mai capito se per lei, che invece era molto più simile a mia madre o a Cristina, fosse un complimento o un insulto. Comunque, mio padre ci ha sempre mostrato affetto, ma in quella maniera un po' assente e distaccata che solo i padri, nel migliore dei casi, hanno. Uno che non è mai riuscito a dirci di no, per intenderci. Uno di quelli che, se gli domandavi il permesso di uscire la sera, rispondeva "chiedi a tua madre". Non il massimo dell'impegno, ma c'è sempre stato. Comunque, dicevo, sotto la scorza della normalità ha anche lui dei lati curiosi, e uno di questi è la passione per gli indovinelli. Quando eravamo più piccole, uno dei suoi preferiti era: *Se fai il mio nome, scompaio.*

Chi sono? Mio padre adorava vederci arrovellare. Non ci dava la soluzione finché una di noi non indovinava, nemmeno se ci mettevamo a supplicare, ma ci lasciava il tempo che volevamo. Potevamo fare ipotesi, avevamo tentativi illimitati; potevamo fargli domande, a patto che prevedessero risposte positive o negative. L'unica cosa che non ci era concessa era l'aiuto esterno: non potevamo coinvolgere mamma, o i nonni, o altre persone. Dovevamo riuscire con la nostra testa. Io e mia sorella giravamo per casa come trottole, prendevamo carta e penna, facevamo disegni, scrivevamo proposte. Io ero avvantaggiata dall'età, e le prime volte Cristina si arrendeva subito. Poi, man mano che cresceva, si faceva sempre meno un gioco di squadra e sempre più un testa a testa. *Se fai il mio nome, scompaio.* Conoscete la soluzione? È facile, se ci pensi. Quella volta fui io a indovinare. Cristina aveva otto anni, diede una serie di risposte errate, troppo concrete. Era sempre più concreta del dovuto, nonostante la sua età. Il silenzio a quel tempo non rientrava ancora nel suo campo visivo. Fino a che non ha deciso di renderlo reale. Un'azione materiale in risposta a uno stato d'animo, incomprensibile, anche per noi.

Non mi sono mai fermata a pensare a come i social abbiano inciso sul nostro rapporto familiare. Lo farò adesso per la prima volta. Ricordo bene quando mio padre installò Internet. Già da qualche anno avevamo un computer fisso, nell'ufficio di mia madre: aveva iniziato a usarlo per la scuola, per scrivere compiti in classe o esercizi e poi stamparli. Quando non serviva a lei, mio padre lo usava per giocare. Alcuni suoi colleghi gli avevano duplicato dei videogiochi: *Tomb Raider*, *Monkey*

Island, *Super Mario*, *Prince of Persia*. Dopo cena mio padre si metteva nello studio e ricominciava da dove aveva lasciato. A volte anche prima di cena, con sommo disappunto di mia madre, che doveva chiamarlo almeno tre volte prima che ci raggiungesse a tavola. Io avevo undici, dodici anni, e ogni tanto acconsentivo a fare una partita al posto suo, con lui che mi dava dritte e mi insegnava i trucchi, ma non ero molto brava. Cristina era più piccola e, sebbene alcuni giochi per lei fossero ancora troppo difficili, adorava stare seduta sulle ginocchia di mio padre e osservarlo giocare. Diventavano più rumorosi del solito in quei momenti: si incitavano, urlavano di gioia a ogni traguardo, protestavano a ogni sconfitta. Io e mia madre la prendevamo come un'occasione per passare del tempo fra noi: se non avevo compiti da fare, le davo una mano in cucina o apparecchiavo la tavola, e nel frattempo chiacchieravamo. Adesso che ci rifletto, c'è sempre stata una piccola divisione familiare basata sulla parola: io e mia madre quelle loquaci, nessun segreto tra noi, mia sorella e mio padre accomunati da una condivisione differente, silenziosa, più pratica che linguistica.

Internet arrivò a casa nostra nel Duemila, e all'epoca non produsse un grande cambiamento: mio padre e Cristina continuavano a giocare, con qualche incursione online, saltuariamente e di breve durata, perché Internet si pagava a consumo. Io, quattordicenne, potevo cercare fotografie o informazioni sui miei cantanti e attori preferiti, sempre sotto la supervisione dei miei, le poche volte che il computer non era impegnato per i giochi. Qualche lite tra mio padre e mia madre perché lei, nel mezzo di una partita, tirava su la cornetta per chiamare nostra nonna o qualche sua amica, dimenticandosi ogni volta che il modem 56k era collegato alla linea telefonica. Si passò all'ADSL, avere un indirizzo email diventò prima utile, poi indispensabile, si cominciò a sentire parlare di social, prima da lontano, poi, senza sapere né il giorno né l'ora, c'eravamo tutti dentro, e i miei genitori più dentro di noi. Lì fu mia madre a superare tutti, inaspettatamente: finalmente, il suo bisogno di fare rete e comunicare aveva un supporto facile, a portata di mano. D'un tratto io e Cristina ci trovammo la bacheca invasa di gattini, ricette, notizie locali; e poi, quando ci riunivamo a cena o a pranzo, la domenica, subito dopo il dolce, mia madre prendeva il telefono, oppure si sedeva al computer, ormai spostato in salotto, e cominciava a scorrere la home di Facebook, senza controllo e senza fine. "Ho trovato la mia ex compagna di banco," diceva. "Erano anni che non la sentivo. Si è trasferita alle Canarie. Alle Canarie, ci pensi? Dovrei andare a trovarla." Queste erano le conseguenze positive, per una come lei che ha sempre considerato maleducazione chiudere i rapporti, in assenza di un torto vero e proprio. C'erano anche i lati negativi però. "Hai visto cosa dicono? I vaccini fanno male." "Sempre più violenza in giro, comincio ad avere paura." "Ma secondo te non hanno ancora trovato una cura contro il cancro? Impossibile. Ce l'hanno e la tengono per i ricchi." A questo c'era rimedio, però. Ci impegnavamo a smentire ogni notizia falsa portando tesi a supporto, facendole notare che anche i ricchi muoiono, mostrandole studi, dati. Cristina è sempre stata molto attiva in queste battaglie, una come lei adora avere l'ultima parola. Adorava, intendo. Comunque, funzionava. Mia madre è sempre stata ragionevole. Quello su cui non avevamo potere, però, era la condivisione continua. Ogni giorno sulla sua bacheca apparivano una decina di contenuti nuovi – video ricette, eventi, immagini di mio figlio. Invece che fare video di tuo nipote per postarli, puoi stare con lui *nella vita reale*? Ma per lei non c'era distinzione. "Tua sorella si è tolta da Facebook," mi disse a settembre dello scorso anno. Io non me n'ero nemmeno accorta. "Credi che abbia qualcosa che non va?" Le risposi che i social non erano una cartina di tornasole della felicità, e che se una persona ti appare felice su Facebook non vuol dire che lo sia davvero. "Lo so bene, che credi. Sono vecchia, mica stupida." Aveva ragione. Si era resa conto di qualcosa che a noi era sfuggito. Se le avessimo dato retta, forse avremmo potuto aiutarla. Se solo avessi letto quel gesto come un prodromo, un primo sintomo di una patologia degenerativa, forse mia sorella non sarebbe arrivata a questo punto. Ma ha sempre amato avere l'ultima parola, e l'ultima parola è il silenzio.

Cosa dicono i miei genitori adesso? Mio padre ha perso almeno cinque chili, forse dieci. L'entità esatta non possiamo saperla, perché se si pesa lo fa in segreto e si rifiuta di andare dal medico. Mangia poco, e quel poco lo ingurgita controvoglia. Quando andiamo a trovare i miei, portiamo calore e suoni, persino qualche risata se mio figlio, che non ha preso dalla zia ma che ancora sta imparando a gestire il bisogno impellente di comunicare, si impiccia con le parole. Mio padre sorride, si sforza, ma la fatica si percepisce tutta. Si nota nel modo in cui si assenta dalla conversazione, nel modo in cui si perde nel vuoto, oppure si fissa su un dettaglio – le sue mani, ad esempio, o una mosca sulla tovaglia – dimenticandosi del resto. Su mia madre il dolore – la preoccupazione, che non mi piace chiamarla dolore, come se già tutto fosse concluso, come se non ci fosse speranza – è meno evidente. Ma è semplicemente più brava a nascondere. Mia madre non è mai stata particolarmente credente, ma ha quella positività che di solito si trova solo nelle persone di fede. È talmente ottimista che a volte sembra distaccata, priva di sentimenti, egoista. È capace di fare scenate epiche quando non ottiene ciò che desidera – un oggetto o alimento che si era prefissa di comprare e invece non è reperibile, un appuntamento dall'estetista nel giorno sperato, una ricetta non perfettamente riuscita – ma di rimanere impassibile di fronte al dolore degli altri. "Non sono impassibile, sono pragmatica. Ottimista," direbbe lei, che cerca sempre di proporre soluzioni davanti a sconfitte e delusioni per non lasciare nulla di intentato. Se c'è qualcuno da cui Cristina potrebbe aver preso, nella mancanza di empatia di fronte a una decisione tale, è di sicuro mia madre. Mia madre in effetti non si limita a reagire a muso duro davanti alla sofferenza altrui: applica lo stesso trattamento a se stessa. Se ne si ricercano le motivazioni profonde, cosa che ho tentato di fare mille volte, per non rassegnarmi ad ammettere di avere una madre egoista, si può interpretare il suo atteggiamento come un moto di protezione, di istinto materno nella sua forma più pura. La mamma coniglia che passa molto tempo lontano dai cuccioli per non attirare l'attenzione dei predatori verso il nido. Il problema di questo atteggiamento è che talvolta risulta snervante, in particolare quando avresti solo bisogno di una spalla su cui piangere, una spalla silente, che ti stia ad ascoltare e che ti compatisca. Forse, uno dei tanti effetti collaterali non previsti del silenzio di mia sorella è trasformarsi in qualcosa che non è mai stata: comprensiva, delicata, arrendevole.

Il fatto è che lei non voleva tutto questo. Il suo silenzio era personale, non una battaglia universale. Hanno deciso di emularla e così lei è sparita. Ma si sa che il problema dell'umanità è che gli stupidi sono pieni di parole mentre gli intelligenti sono pieni di dubbi. Così tutto questo non serve a niente, perché chi ha qualcosa da dire penserà che non sia importante e rimarrà in silenzio. Vinceranno quelli che parleranno di sé, considerandosi migliori. Questa ondata di silenzio è un vaccino di scarsa efficacia. Lei non voleva tutto questo. Lei voleva farlo per sé. Perché non ci è più concesso questo lusso? Se ci tolgono la possibilità di rivendicare momenti di egoismo, che cosa ci rimane?

Mi ha scritto molte lettere, ma io non ho capito. Solo ora comincio a comprendere. Le vorrei dire: hai ragione. La condizione di essere umano è soggetta prima di tutto a dei doveri. Comunicare è uno di questi. Non c'è scampo e non c'è tregua, a meno di non isolarsi dagli altri. E anche quello è un messaggio.

Ci avete fatto caso che tutto arriva, prima o poi, a essere una moda? Mia nonna me lo diceva ogni volta che mi regalava qualche abito dei suoi. A me non piacevano: erano troppo larghi, avevano le spalline, gonne troppo lunghe, colori opachi. Mi prendono in giro se mi vedono così, nonna. Non ci si veste così adesso, le spiegavo. Lei mi diceva: vedrai che tra qualche anno tornano di moda. Io li prendevo comunque, per farla felice, perché lei odiava che si gettassero le cose, che venissero abbandonate. Considerava gli oggetti come persone. Poi, in segreto, col consenso di mia madre, li donavamo in beneficienza. Però forse aveva ragione: tutto arriva, oppure torna, a essere esposto nelle vetrine. E in questo momento, dopo l'ipercomunicazione, dopo che anche le battaglie più complesse, più fondamentali, possono essere combattute solo condividendo la volontà di farlo, come se la semplice volontà facesse di noi la persona che siamo, in questo momento, dicevo, è di moda il silenzio. E così, una volta osservato, codificato, proclamato, imposto, vendicato, adesso, come nell'indovinello di mio padre, non esiste più.

Hanno ucciso il silenzio. Le hanno dato ragione. Non ha più significato.

Come finirà questa cosa? Non ne ho idea. Non posso prevedere il futuro. Potrebbe diventare più grande oppure finire nel nulla, una tendenza passeggera come tante, qualche hashtag e poi via, le cose nel web appaiono sempre più grandi di quelle che sono. In questo momento i social network registrano un calo di iscrizioni senza precedenti e percentuali record di disattivazioni, tra il cinquanta e il settanta per cento secondo le stime, ma i dati esatti non si conoscono, le aziende non li condividono. I giornali titolano *Ha vinto il partito del silenzio*, le parole per descrivere o tentare di comprendere questo fenomeno si sprecano, ma nessuno ne conosce davvero l'entità. Potrebbe allargarsi a dismisura oppure interrompersi a breve, ci sono diverse scuole di pensiero. Io non so farmi un'opinione, non sono mai stata brava a decifrare il presente.

Adesso che ci penso, mia sorella diceva la stessa cosa di sé. Ma lei ha sempre avuto capacità di analisi, spirito critico; amava farsi un'opinione, esprimerla, se le condizioni erano adeguate. Passata la fase delle balle, la verità per mia sorella è diventata una dimostrazione di fiducia, talvolta di affetto: da elargire solo a determinate persone. Esprimere la sua opinione non era più una maniera per farsi accettare, ma per testare una persona, un legame. Adesso, il suo silenzio è democratico, trasversale; non rispetta più un ordine di grado, di prossimità, non rispecchia un'appartenenza. *In principio era il silenzio*, hanno titolato altri giornali. *La generazione silenziosa. La rivoluzione silenziosa*, come quel film tedesco in cui un gruppo di ragazzi del liceo decide di osservare un minuto di silenzio in ricordo delle vittime della rivolta ungherese del 1956, e finisce perseguitato dalla Stasi. Solo che in questo caso i minuti sono infiniti e la motivazione è ogni volta personale e generale. *Il periodo del silenzio*. Il *silent period* è una fase dell'apprendimento linguistico in cui si registra una quasi totale assenza di produzione in favore dell'ascolto, dell'elaborazione e dell'attribuzione di significati alle parole. Il termine è stato preso a prestito, oppure impropriamente utilizzato, da qualche giornalista che non ne conosce il significato, nell'affannosa ricerca di definizioni per descrivere un vuoto. Conservo ogni articolo su cui riesco a mettere le mani, come faceva nostro padre quando eravamo piccole e il nostro nome finiva sulla *Stampa*, nella sezione locale, per qualche progetto scolastico o qualche piccola vittoria sportiva. Oggi mia sorella è venerata da una schiera di guerrieri muti, disposti a sacrificare la parola per onorare un dio senza nome; un dio qualunque, inaccessibile, disinteressato, che non si manifesta né guarisce, ma che ha il potere di farli sentire compatti: tutti uguali, tutti diversi, tutti magnificamente speciali, importanti, insostituibili, amati.

Elevazione

L'ho trovata. Non chiedetemi di dirvi dove, non lo farò. Non è nemmeno importante ormai; il movimento ha preso una sua forma, si è separato da lei come una cellula cancerosa dalla madre sana. Ma non vi indicherò dove si trova. Ho già detto troppo. Ora tocca a me fare silenzio.

So dove si trova, la vedo ogni giorno. Vado da lei e la lavo, perché è sveglia ma non si muove, è sveglia sempre e credo che non dorma mai, ha gli occhi spalancati e la pelle raggrinzita, così la lavo e la cospargo di crema e le metto due strati di balsamo sulle labbra, perché le usa solo per bere e mangiare e sembrano ali di farfalla, le tocco piano per non spezzarle. Lei mi guarda per un attimo e si perde nel nulla. Cosa leggo in quei pochi secondi di contatto? Gratitudine. E poi il vuoto. Ma non un abisso, non c'è alcuna vertigine in quella cavità. Non mi preoccupo più per lei. L'ho trovata ed è al sicuro. Quel vuoto prende la forma del mio corpo, come un letto caldo, mai sfiorato, il materasso che accoglie la tua schiena dopo una giornata infernale.

La imbocco e lei si lascia fare. Preferisce i pasti semiliquidi, le vellutate, il gelato. I cibi da masticare la infastidiscono. Lo leggo nei suoi occhi, nel modo in cui inclina il capo. La bocca per lei è un organo infetto, di cui rammaricarsi e chiedere scusa, come i bronchi infiammati che rigettano muco in mezzo a sconosciuti, in una sala d'attesa. È una membrana sensibile, da proteggere. È motivo di vergogna.

I cibi liquidi sono più facili, fanno il loro dovere con discrezione, non lasciano tracce. Risolvo frullando quello che posso, dalla frutta ai carboidrati. Cerco di metterci più calorie possibile, so che mia madre sarebbe fiera di me. È molto magra, molto debole, come se tutte le parole non dette in questi mesi fossero rimaste dentro di lei a infettarla, a cibarsi dei nutrimenti al posto suo, una tenia, un parassita. Forse è a questo che servono la voce, i gesti, la scrittura: a non rimanere intossicati delle idee non liberate.

Altri giorni, invece, ho pensieri differenti. Il suo corpo non mi sembra più magro, ma solo piccolo. La mattina, quando la trovo avvolta nelle coperte, mi sembra un uovo che si sta covando da solo. Io le resto accanto, mi prendo cura di lei, lo faccio piano per non danneggiarla. I pesci muoiono se li si tocca, le farfalle smettono di volare. L'essere umano è una forma aliena, velenosa, il suo contatto fa deperire alcune manifestazioni di pura e inaccessibile bellezza.

L'ho trovata, ma non vi dirò dov'è. Già mi pento di aver condiviso troppo. Non ci sono parole che possano esprimere il divino che si manifesta ai nostri occhi. Il momento in cui si termina un libro, un film che ci è piaciuto, e si custodisce quella sensazione che gonfia il petto, la si tiene solo per sé. E già sappiamo, in cuor nostro, che nulla di ciò che diremo sarà paragonabile alla grazia che il nostro corpo, in quel momento, ha provato.

La parola preferita di mia sorella, prima che rifiutasse ciascuna di loro, era *ineffabile*.

E mentre il mondo fuori sembra tacersi tutto d'un colpo, niente più sirene né motori né cani che abbaiano alla luna, arriva un suono dalla camera da letto. Forse è la mia immaginazione, non ne sono tanto sicura. Non è propriamente una voce, più un lamento. Un lamento che tenta di farsi voce. Non sembra appartenere a un adulto ma nemmeno a un animale. È piuttosto un gorgheggio da culla, una lallazione da neonato. *Lallazione*, si dice così? È così strano da pronunciare ad alta voce. *Lallazione*, sì. È un'onomatopea. Sa di latte e palato molle. Mia sorella, dall'altra stanza, ha il timbro delicato e incapace di un bambino. Nessuna parola di senso compiuto, solo suoni e sillabe. Io respiro appena, controllo i movimenti per paura di rovinare tutto. Mi avvicino in punta di piedi e mi siedo sul pavimento. Sembra una lingua nuova, fresca come la neve appena caduta. Come da bambine, la mattina dopo una nevicata, quando facevamo a gara a uscire di casa e lasciare la prima impronta nel cortile. Seduta a terra, sulla soglia, mi concedo di restare per il tempo che servirà, ad ascoltare, mentre fuori i camion della spazzatura iniziano il loro giro.

Ringraziamenti

Dopo anni di affannosa ricerca e sofferta stesura, è solo grazie alla vicinanza di alcune persone che questo libro ha raggiunto una forma compiuta.

Grazie a tutta La nave di Teseo, in particolare a Elisabetta Sgarbi, per la fiducia immediata e continua. Grazie a Chiara Spaziani, editor e amica, per l'attenzione e per la libertà che ha concesso al romanzo.

Grazie ad Anna Haddelsey e alla Wylie Agency per il supporto. Grazie a Ekin Oklap per essere, tra le tante cose, la mia prima lettrice, e sollevarmi dal dubbio e dallo sconforto con saggezza ed empatia.

Grazie a Isabella Borghese per la pronta collaborazione. Grazie a Daniela Guglielmino per i consigli e la stima. Grazie a Marco Amerighi, Alessandra Minervini e Carmelo Vetrano per l'incoraggiamento e l'amicizia, a Giulia Caminito per la gentilezza. Grazie alla dottoressa Cristina Di Nardo, e a molte conversazioni, libri, film, profili social, podcast, blog e articoli che hanno preceduto e accompagnato la scrittura, in particolare il saggio *The Aesthetics of Silence* di Susan Sontag e *Storia e pratica del silenzio* di Remo Bassetti.

Grazie a Giulia Muscatelli per essermi di costante aiuto e ispirazione, per aver salvato Cristina più volte, per quella cena di fine marzo – memorabile, come poi avremmo scoperto, per varie ragioni – e per avermi insegnato cura e tenerezza, che hanno illuminato (non solo) questo libro.

Grazie alle amiche e agli amici, alla mia grande, caotica e affezionata famiglia, ad Anna e Filippo Manfredi, Michele Prencipe, Federica Fugazzotto e Marino Rama per i suggerimenti e le indicazioni. Grazie ai miei luoghi familiari e alle persone che li abitano, anche quelle che non ci sono più; grazie a mio padre e a mia madre, fidata lettrice e consigliera, per il sostegno, l'affetto e per avermi trasmesso la passione per le storie.

Grazie a Enrico per allontanarmi dal silenzio; per mostrarmi la pazienza, la purezza e, soprattutto, la bellezza delle parole veritiere ed essenziali.